U0916028

核梦初心

—— 我国核工业第一批厂矿故事集

王寿君 ◎主编

中国原子能出版社

图书在版编目(CIP)数据

核梦初心:我国核工业第一批厂矿故事集/王寿君主编.—北京:中国原子能出版社,2019.5(2019.12 重印)
(核铸强国梦系列丛书)
ISBN 978-7-5022-9812-8

Ⅰ.①核… Ⅱ.①王… Ⅲ.①纪实文学—作品集—中国—当代 Ⅳ.①I25

中国版本图书馆 CIP 数据核字(2019)第 097270 号

核梦初心——我国核工业第一批厂矿故事集

出版发行 中国原子能出版社(北京市海淀区阜成路 43 号 100048)
责任编辑 王 青
装帧设计 谢定莹
责任校对 冯莲凤
责任印制 潘玉玲
印　　刷 河北文盛印刷有限公司
经　　销 全国新华书店
开　　本 787 mm × 1092 mm 1/16
印　　张 27.75
字　　数 264 千字
版　　次 2019 年 5 月第 1 版 2019 年 12 月第 2 次印刷
书　　号 ISBN 978-7-5022-9812-8 **定　　价** 54.00 元

传播科技 传承文化
中 国 原 子 能 出 版 社

网址:http://www.aep.com.cn
E-mail:atomep123@126.com
发行电话:010-68452845
版权所有 侵权必究

核梦初心

——我国核工业第一批厂矿故事集

主　编　王寿君

副主编　和自兴

委　员（按姓氏笔画排序）

丁　虎　王英稳　戈晓海　朱向军　刘士鹏
刘春胜　刘振河　刘皓洁　孙　雯　杜运斌
杨　龙　李卫东　李　平　李永祥　李　丽
李　涛　吴　微　沈振华　宋克祥　张天瑞
张昌明　陈安平　罗长森　单广宁　赵志军
姚泽军　唐榆荣　葛　焰　谭　俊　潘启龙

编辑部

成　员　谢武战　何中华　吴　珊　田　磊　樊　勤
满志颖　刘传伟　胡　静　宋翔宇　王　青
张　梅　蒋焱兰

（按姓氏笔画排序）

王世勇　王启丁　王杭州　王秉铃　王济芝　王晓楠

王菁珩　牛金宝　文功元　邓　兰　孔　静　由景新

乔书荣　刘　勇　刘　宽　刘书鹤　刘安成　刘建尧

刘惠芬　关伟宏　关国森　江小生　杨文辉　杨庆义

杨京洛　杨晓晶　杨爱民　杨朝经　李　平　李　杰

李　虹　李成君　李炳生　李德甫　何中华　何汉拯

谷万成　张长顺　张亚东　张　诚　张贵元　张修和

陈天义　林　辉　林丽圆　周荣林　周爱德　周福文

郑庆云　郑建新　胡　叶　胡邦秀　姜春明　祝麟芳

袁　智　耿　明　郭　宇　郭福生　唐榆荣　黄占元

黄克骥　旎　姗　蒋琳琳　谢武战　谢建源　谭晓云

黎成康　潘恩霖　魏良真

前　言

习近平总书记指出，历史是最好的教科书。有历史就有故事。讲好中国故事，是培育和践行社会主义核心价值观的重要途径。60 年前创建的核工业第一批厂矿，承载着中核故事的初心和使命，它们在最困难的条件下诞生，在最艰苦的环境中磨砺成长，为了中国核工业最初的萌芽和后续的壮大，经历了极其曲折的创业历程，最终成为彪炳中国核工业史册的一座座令人景仰的高峰。

1958 年 5 月，时任中央委员会总书记邓小平批准二机部上报的核工业第一批重点厂矿选址方案。从这一天起，中国核工业历史上著名的二七二厂、二〇二厂、五〇四厂、四〇四厂和七一一矿、七一二矿、七一三矿等，正式宣告开始建厂。数月后，在那神秘而遥远的金银滩揭开了中国第一个核武器研制基地（221 基地）的建设篇章。至此，核工业人在中国大陆版图上开始创建我国完整的核工业产业链，以“壮国威、扬军威”为神圣使命开启了我国核工业第一批厂矿强国强军、辉煌创业的序幕。

作为共和国“两弹”工程的重要支撑，20 世纪 50 年代末 60 年代初，大批从全国各地经过层层选拔而来的科研人员和技术工人，放弃在城市中相对优越的工作和生活条件，奔赴分布于东西南北中刚刚开始建设的核工业基地。由于工作内容严格保密，地图上找不到这些基地的具体位置，寄信地址通常只是“×× 市 ×× 号信箱”。当时，在这里工作的许多人，自己也不清楚所从事的是原子弹事业，“上不告父母，下不告妻儿”。但这些神秘禁区，却让年轻的共和国拥有了自己的核技术，这些厂矿出产品、出技术、出人才、出管理，为中国核工业从无到有、从小到大发挥了无可替代的作用。中国第一颗原子弹、氢弹和第一艘核潜艇的研制成功，中国核电建设的起步和发展，都离不开这些一度被“代号化”的厂矿和研制基地，以及在这些与世隔绝的保密禁区里默默奉献、艰苦创业的核工业人。

《核梦初心》就是为了纪念中国核工业第一批厂矿创建 60 周年而编撰的。书中内容都是由核工业人自己讲自己的故事，讲自己的家国情怀和创业初心。通过这些真实可信的故事，为 60 年来中国核工业第一批创业者，雕刻出生动传神的心灵肖像，以此作为中国核工业人的精神史记。不忘初心，永葆核梦，实现保家卫国的强军梦，造福社会的核能梦，做强做优做大的中核梦。

《核梦初心》是一部立足核工业创业史册、勾勒核工业成长历程的故事集，涵盖了中国第一批核工业厂矿的历史脉络和创业足迹，以故事叙述的形式、韵味、线条、画面，带你走进中国核工业的往昔岁月，带你领略创业史、创业人、创业事、创业风、创业情、创业梦。透过故事里的奋斗美、安全美、队伍美、精神美、文化美、家园美，拉近了昨日与今天、往事与现在、历史与未来的距离。

在60载创业历程中，核工业创业者的崇高思想境界、壮丽精神情操、美丽家国情怀和强国强军志气，一直是中国核工业的主旋律、主筋骨，也是核工业人对美好生活的内在需求和不懈追求。书中记述的是核工业人干事创业、建功立业的大事小情，有大人物的小故事、小人物的大情怀、普通人的朴素爱、平凡人的真挚情，用人人都听得亲、听得懂、听得进的百姓话、家常语，写出核工业人的心声梦影、思痕足印和诗魂情韵。全书除讲好中核故事外，每篇故事还配以“故事新语”，以独具魅力的语言，别具一格的注解，为读者提炼和浓缩出每篇故事的核心立意和精神梗概，正所谓“品故事新语，知故事百味。”

2015年1月15日，在我国核工业创建60周年时，习近平总书记作出重要指示,60年来，几代核工业人艰苦创业、开拓创新，推动我国核工业从无到有、从小到大，取得了世人瞩目的成就，为国家安全和经济建设作出了突出贡献。核工业是高科技战略产业，是国家安全重要基石。要坚持安全发展、创新发展，坚持和平利用核能，全面提升核工业的核心竞争力，续写我国核工业新的辉煌篇章。2018 年 5 月，承担中国核工业历史使命，为中国人民站起来富起来强起来立下不朽功勋的核工业第一批厂矿迎来 60 春秋。曾经，这些带着初心出发的国之骄子，在戈壁滩上、大山深处、荒郊野岭创业崛起，为中国核工业的拔地而起作出了不可磨灭的历史性贡献，是“两弹一星”精神和“四个一切”核工业精神的锻造者和播种者。今天，走进新时代的核工业人传承红色基因，不忘初心，牢记使命，把当年的神圣事业和神奇壮举进一步传播、弘扬、光大，形成新时代核工业精神与核工业文化的发酵溢出效应，激励十万中核人担当起建设强大核工业的时代责任！

党的十九大报告强调，人民有信仰，国家有力量，民族有希望。60年来，一代又一代核工业人筚路蓝缕，玉汝于成，铸就了祖国坚强核盾，书写了核能发展新篇章。这些可歌可泣的中核故事，弥足珍贵，铭刻着历史，承载着现实，也必将影响着未来。

《核梦初心》编委会

目 录

第一章

开业之石

毛泽东等中央领导研究过的铀矿石标本

第一节　核梦出发

1.核工业第一批厂矿的由来

1964年10月16日15时，随着一声巨响，中国西北这个荒凉且很少有人关注的地方成为了世界的焦点，中国第一颗原子弹爆炸成功。消息传到北京，当毛泽东、刘少奇、朱德等领导人在人民大会堂接见音乐舞蹈史诗《东方红》演职人员时，周恩来总理兴奋地宣布："今日北京时间15时，我国第一颗原子弹爆炸成功了！"现场人员热烈鼓掌，大声欢呼，周总理也高兴地说：你们可以鼓掌，可以开心，但不要把地板踏坏了。是啊，人们太激动了，这种激动只有了解中国近代百年的屈辱历史的人们才能理解。当世界上其他国家得到这个消息时，他们无法理解，一个一穷二白落后的红色中国，如何能在这么短的时间里制造出原子弹？现在可以说了：这一切还要从核工业的建立说起，从那些我们记得住名字和记不住名字的核工业人说起。

1955年1月15日，毛泽东主持召开中共中央书记处扩大会议，在听取了李四光、刘杰、钱三强等同志的介绍后，作出了发展我国原子能事业的战略决策。在随后的1955年4月20日，中苏签订和平利用原子能协议之后，我国原子能事业从此走向了快速发展的道路。

经过三年的准备工作，一批早期的原子能方面的人才队伍已经聚集起来，核工业的专门机构（二机部）已经建立，经过初期的勘探，核工业发展必不可少的铀矿也有了眉目，核工业大发展的条件此时已经基本具备。核工业建立之初的目标非常清晰，就是寻找铀矿、建立核武器相关的科研设计单位、建立生产制造核武器的工厂，直到完成我国核武器科研制造体系。为了在较短时间完成上述目标，许多工作并行开展，在核工业完整的工业体系建立起来之前，早期的很多工作是通过协调其他已经成熟的工业部门来完成的，如冶金部、地矿部、建设部等兄弟部门都对核工业的工作给予了大力支持，后来为了工作方便，其中一些部门都是整建制地划到了核工业部。

铀矿是核工业发展的基石，毛泽东等老一辈革命家也是在听取了李四光等的介绍以及前期找矿的情况汇报的基础上，下定决心开始全面发展我国原子能事业。但是，那次汇报仅是证明我国存在铀矿，距离找到可以大规模开采的铀矿还有很多工作要做。为了尽快探明我国铀矿的情况，大批地质队员被派到全国各地，他们风餐露宿，靠着一双铁脚板、一双慧眼为祖国找寻着宝贵的铀矿。因为工作的保密性，老百姓看到地质队员拿着不认识的工具仪器在山林旷野敲敲打打，十分好奇，胆大的老百姓前去问地质队员在干什么，拿的是什么，地质队员出于保密，告诉老百姓拿的是“机关枪”，实际是辐射探测器，因为这还闹出很多笑话。后来为了加快铀矿普查的速度，还向苏联提出租用飞机进行航测的请求。事实上，即使到了现在，技术条件有了飞速发展的时代，寻找铀矿仍然是一件困难的事情。在新中国成立初期，一缺人才，二缺技术，设备也十分落后，要在 960 多万平方公里的土地上找到适合开采的铀矿非常困难。好在功夫不负有心人，在湖南、江西、新疆、东北等地陆续发现了异常点，在此基础上继续深入勘测，早期核工业矿冶厂就这样诞生了。有这样一些数字是难以忘记的：当年从事铀矿地质工作的职工 2 万余人，钻探工作量从 1955 年的 4296 米到 1978 年的 153 万米，在核地勘队伍建立后的 40 多年里，铀矿普查 310 万平方公里，钻探工作量 3100 万米，探明铀矿床 300 多个。有这样一些名字更是不应忘怀的：1958 年 5 月建设的第一座铀矿山——七一一矿，被原二机部部长刘杰赞誉为“中国核工业第一功勋铀矿”，1994 年停产；地处江西的七一三矿，建于 1958 年 5 月，1986 年关停。翻开档案，有这样的记录：

《核工业北京第五研究所大事记》记载："1958年5月31日，邓小平总书记批准二机部4月24日建厂报告，其中金属铀精炼厂确定在包头地区，铀矿加工实验室确定在通县（五所）。"

《二七二厂志》记载："1958年5月31日，邓小平总书记批准了二机部4月24日的选厂报告，确定我国第一座大型铀水冶纯化工厂（湖南一厂）的厂址建在湖南衡阳市郊东阳渡。"

《国营七一一矿史》记载："1958年5月31日，邓小平总书记批准第二机械工业部上报的选点方案，确定在湖南省郴县许家洞建设四一一矿。"

《国营七一二矿大事记》记载："1958年5月湖南五矿正式成立。"

《国营七一三矿大事记》记载："1958年5月，邓小平总书记批准二机部4月24日关于4个单位上马的选厂报告，确立在上饶坑口建设413工程。"

有些记录由于时间久远已经无法考证，但从这点点滴滴的记录中，可以看到当年核工业铀矿冶一厂一所三矿的建立过程，正是他们的贡献，才有了后面核工业辉煌的东方巨响。

从1955年开始，在寻找铀矿的同时，核工业生产工厂也在同步进行选址工作，那时还缺少经验，苏联专家的意见起到了很大作用。由于核工业的特殊性，工厂地点要远离大城市，还要选在有特殊地质要求的地点，中国的大西北广阔的戈壁荒滩就成为了首选的地点，这也决定了核工业人从一开始就必须做好过艰苦生活的准备，要在一片荒原大野中建起一座座核城。时至今日，有些地方就是因为曾有了核工业的足迹而有了名字。

1956 年 8 月 17 日，中国政府与苏联政府签订了《关于苏维埃社会主义共和国联盟为中华人民共和国在原子能工业方面提供技术援助的协定》，时任二机部部长宋任穷批示成立了九〇一（后改为五〇四）选厂委员会，在奔波了河南、陕西、甘肃、青海 4 省之后，最终地点选在了甘肃兰州，1958 年 4 月 24 日报告送到中央，5 月即得到了批准。而厂区所在地曾是有数百年根茎的大片枣林，历经明清两朝，现如今，红枣依然香甜，颗颗见证着核工业当年创业的点点滴滴，如今的五〇四厂主要为核电厂源源不断地提供着原料，仍然为国家作着贡献。周恩来总理曾对五〇四厂作出了“不但是中国人民的最高利益所在，而且是世界人民的最高利益所在”的高度评价。

青海湖旁银滩上，栋梁奇才聚一堂。

峥嵘岁月攻核弹，九州腾飞英名扬。

1958 年 6 月 27 日，青海省海晏县银滩上，昔日放牧牛羊的草场上，我国第一个核武器研制基地——二二一厂开始建设。李觉，这个从战争硝烟中走出来的将军，要率领一批国内顶尖的科学家，开始在这片数千年来放牧牛羊的地方研制护国神剑——原子弹。数万人告别家园，远离亲人，在3200米的高原之上，只为一个梦想，铸造护卫中华的利剑。如今那里又恢复平静，一切又恢复了原样，仿佛什么也没有发生一样，蓝天白云下，牛羊悠闲地吃着草，牧人唱着王洛宾的歌曲“在那遥远的地方，有个好姑娘”，如梦幻一般。这就是奇迹，铸剑是为了止争，是为了和平。历史不会忘记，二二一厂的每一个人都有一个故事，当人们享受和平之光的时候，不应忘记那些为和平勇于奉献的无名英雄。

“劝君更进一杯酒，西出阳关无故人。”在古丝绸之路的玉门，这里不仅是古丝绸之路的要道，更是我国重要的石油基地，嘉峪关就坐落在这里，但人们不知道的是，这里还有一个职工要坐着火车上下班的核工业基地，这就是占地1200余平方千米，政企合一的中国占地面积最大的企业——核工业四〇四厂。1958年1月30日，二机部在经过技术会议研究后批准了甘肃玉门厂址，由此揭开了我国最大的核工业工程的建设工作。5月31日，邓小平总书记批准了包括四〇四厂在内的选厂报告。没人能够想象，在一无所有的一片戈壁中要建设一座现代的核工业基地要克服多少困难，水是通过铺设管道从雪山引来的，电是玉门电厂供给的，铁路是从零开始一条条铁轨铺出来的。待这里初步建成后，这里除了有高科技的生产堆和各种核部件加工设施设备，还有幼儿园、学校、邮局，甚至还有法院和一个动物园，这哪里是一个核工厂，这分明是一个完整的社会。有不少核二代就是在这里出生、长大，直至结婚生子，甚至他们的孩子的孩子现在仍在核工业工作，这些人统称为“四〇四人”。

反应堆的运转离不开核燃料，如果把四〇四厂的反应堆看成一个火炉的话，那么二〇二厂就是为这个火炉生产燃料的工厂。二〇二厂与其他几个核工业的早期核工厂是同一个时期开始选厂工作的。1957 年 3 月，筹建处成立；4 月 10 日，冶金部同意包头厂址；10 月 15 日，中苏两国签订建厂初步设计协议。1958 年 7 月 2 日，开工建设。工厂里的工人有的都不知道自己所在的工厂是做什么的，有些同在一个单位的夫妻都不知道彼此具体是做什么的，工程变成了一个个代号，大多数人只知道在从事一种高科技的工作，却不知道具体细节。直到 1964 年 1 月 1 日，该厂启用了新名称“国营建华机械厂”，代号“国营二〇二厂”，这个名字使用了很久，现改为“中核北方核燃料元件有限公司”，才让人们认识到它的真面目。

以当下的视角去回看核工业当年经历的一件件事情，人们可能很难理解那时的人是如何想、如何做的，不同的年代，不同的环境，塑造出不同的人和事，但无论如何今天的我们必须要感激那一代人的付出，核工业早期厂矿的建立为新中国在国际舞台上赢得一席之地作出了不可磨灭的贡献。直到今日，核工业人仍源源不断地分享着神奇的创造所带来的神圣光明。

☆**故事新语：**

那是创业年代的创业进行曲、英雄交响曲，第一代核工业人带着强国强军的初心，义无反顾地踏上使命非凡的创业征程。第一批核工业厂矿完整经历了中国核工业从无到有、从小到大、从弱到强的发展历程。它们是中国核工业史，乃至中国现代工业史上的高峰，展现了中国精神和民族力量，开创了大国崛起的神圣序曲和第一乐章。

2.铀矿魁宝七一三

七一三矿，是个有着光荣传统和辉煌历史的企业，这里的山山水水，一草一木，已经深深地镌刻在三矿人的心中。

1956 年 8 月，中南三〇九地质大队勘探航测发现，江西上饶坑口地区有铀矿。并于 1957 年 10 月提交了地质储量报告。1958 年 5 月，经党中央批准，二机部决定成立 413 工程处，同年 6 月就批准了在江西上饶坑口矿区上马建设的选址报告。由中南矿冶公司委派张亚贤、张学习、杨尚芳、黄振理等同志负责筹建工作。从此，拉开了江西上饶坑口矿区建设的序幕。

原七一三矿老办公楼

坑口矿区按照苏联的设计方案，采出的矿石全部通过公路、铁路运送到湖南衡阳二七二厂处理。当时二机部十二局设计院根据坑口矿区的实际情况，大胆提出了矿石不送二七二厂处理，而在坑口矿区直接建设水冶厂的设计方案。

1958年10月，部局批准了在苏联专家帮助下，由部十二局设计处完成的江西上饶坑口矿区建立水冶厂的设计方案。

七一三矿是二机部矿冶系统第一批建设的厂矿中的重点项目之一，坑口矿区上马得到了全国各地各部门的大力支持。提出了要人给人，要物给物，所以很快就从部队接收了大批的转业干部、退伍军人，又从全国各地、国家机关调入了各类干部、工程技术人员、大专院校毕业生，以及不同工种的技术工人。大批人员汇集于此，给坑口矿区带来了生气和力量。

七一三矿建设初期，正值国家三年困难时期，再加上当时苏联突然撤走专家，拿走技术资料，停止技术援助，这给建设带来了更大困难。在困难面前，大家没有低头，而是迎难而上。没有路自己修，没有房自己搭草棚睡地铺，吃不饱就想办法用“瓜菜代”。为了凝聚人心，奋发斗志，矿党委提出了“以矿为家、有啥干啥”的号召。全矿上下发扬了艰苦奋斗的精神，不分职务，不分工种，不计报酬。七一三矿人就是用苦干、实干的拼搏精神，大力协同，集中力量打歼灭战。从 1958 年 6 月筹建，到 1960 年 6 月，仅仅用了两年时间，就先后建成了采矿场、水冶厂、自备电厂、机修动力厂、尾矿坝、铁路道旁仓库、矿生活区和各类为生产、生活配套的附属建筑。为后来的设备安装、试车、试生产创造了条件。

1960 年 8 月，苏联撤走专家，停止供给一切设备和资料。这给矿水冶厂投产带来极大的困难。矿党委坚决贯彻部党组的决定，发动全矿职工，自力更生自己干，建成投产要提前。部第四设计院、第五研究所和矿科技人员三结合联合攻关。七一三矿成立以总工程师李远洲为首的攻关小组，大搞技术革新，针对设计、工艺、设备、试车试生产中的技术难关，昼夜奋战，从而攻下了试车试生产中的一个个难关。经过反复试验探索，终于攻克了工艺关、设备关、操作关，并于 1962 年 4 月底生产出合格产品——重铀酸铵。

1962 年 11 月 13 日，经国家经委验收合格，矿召开职工大会，二机部刘琪生副部长出席大会并宣布：江西三矿经国家验收合格，可以正式生产。至此，中国第一座铀矿冶联合企业正式宣告诞生。

水冶厂投产后，不断改革工艺和设备，加上水冶厂扩建，1972 年处理矿石比原设计增加 68%，水冶生产年处理能力达到了设计水平。通过技术更新改造，铀金属回收率不断提高，化工原材料消耗逐年下降，成为我国重要的铀初级产品供应地之一。

七一三矿不仅为核工业提供了合格的产品，也为铀矿冶生产提供了宝贵的经验和人才。今天可以无愧地说：凡是有铀矿冶生产的地方，就有三矿人的足迹，这是第一代三矿人的骄傲！

☆**故事新语：**

铀矿魁宝是核工业粮仓，是矿山基石，是山红林绿的野外，是溪清石白的乡间，是我们创业人的心香情味，是我们从初心里孵化的神秘园。

3.第一功勋铀矿七一一

1958 年 7 月 3 日，郴县铀矿（七一一矿）破土动工。根据二机部“风水电先行，工业建筑和民用建筑平行交叉”的指示，进行矿山建设。当时，材料设备到货少，风水电设施尚未建成，缺少专业技术人员和有经验的施工人员。扩修从三〇九队 10 分队接收探矿巷道后，工人们用矿灯照明，用大锤钢钎凿岩。铁锤落处，火花四溅，巷道里铁锤钢钎的撞击声震动耳膜。没有生产用水，用汽车从许家洞河装运；放炮，用火雷管引爆；出渣，人工扒渣、端渣、人工推车……为了赶进度，工人们手上起了茧，磨破皮，渗出血，但还是照样干！

七一一矿二号主井生产现场全景
（摄于 1987 年）

修路、架线、平整场地，建设临时风水电系统，是矿山开创时期的当务之急。柴油机功率小，满足不了生产需要，工人用大锤钢钎凿岩，劳动强度大，工作效率低。为突击形成临时风水电系统，全矿职工不辞劳苦，兢兢业业，不到两个月时间，就建起了列车电站厂房。

1958年年底，矿山有了风钻，工人操作时，不知道使用“气腿子”，由两个人抱着或由一个人用肩扛着钻机打钻。打完一个工作面，满脸油污，满身岩浆。打土法天井，水小了压不上去，工人们就利用油桶，把高压风放进油桶往上吹。

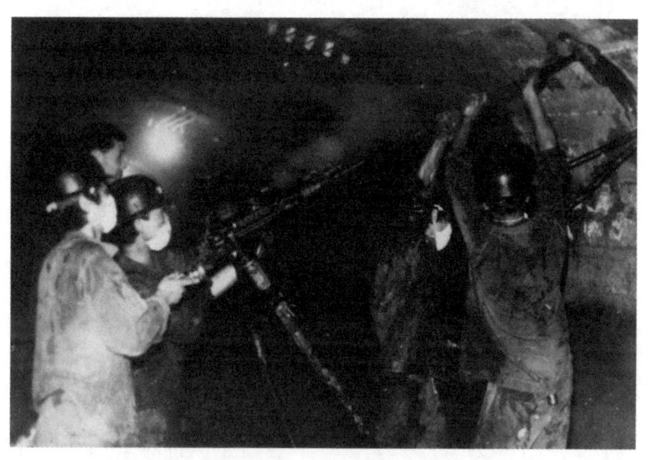

七一一矿工人在四号主井大巷打架空线孔
（摄于1979年）

1959年夏季，为解决永久用电，开始架设矿山至鲤鱼江电厂的输电线路，工人们头顶火辣辣的太阳，备受马蜂和毒蛇的骚扰，披荆斩棘，一天要翻越好几座山，吃了无数苦，才架好这条输电线路，保障了七一一矿的供电。

1960年，矿山开始建设我国第一座放射性预选厂。平整预选厂地基，土方量大，像移掉一座山。为减轻工人的劳动强度，技术人员、工人们进行了一些小改革，架设了横贯山谷的索道。

七一一矿放射性预选厂外景
（摄于2002年）

工人们作诗称赞：“木轮推车在头前，架空索道在空间；轻便铁路轱辘马，保证大家放扁担。”用欢快歌声代替了“哼唷、哼唷”的劳动号子。三年经济困难时期，七一一矿建设经历了一次严峻的考验。当时从事井下工作的粮食定量是32斤，从事地面工作的是25斤。蔬菜、猪肉供应十分紧张，生产任务受到严重影响。为战胜饥荒，矿里组建了副业队，开展生产自救，还发动职工利用业余时间种瓜菜，上山采集能够食用的野生植物。党和国家给予铀矿职工以特殊照顾，矿里为患病职工增开了“保健餐”，给上班职工发“甲菜票”，尽可能地对职工给予关心和爱护。

许多年来，井下职工日夜不息，在地层深处战高温、斗顽岩、制恶水、抢速度、创高产；地面职工紧密配合，急生产之所急，想井下职工之所想。全矿职工不讲条件、不计报酬，为我国原子能事业默默奉献，高品位的铀矿产品源源不断地从金银寨装上列车沿铁路运往二七二厂，高峰时达到一天一列。

1964 年 10 月 16 日，中央人民广播电台的一条消息，像一声春雷，震惊了全世界：中国第一颗原子弹爆炸成功！石破天惊的一爆，打破了帝国主义的核垄断、核讹诈。消息传到七一一矿，幸福和骄傲在职工们脸上洋溢灿烂的笑容如金银寨上盛开的红杜鹃。

刘杰部长去七一一矿视察工作时，挥笔题词“中国核工业第一功勋铀矿”。

☆故事新语：

用梦想收割岁月，用初心铺展道路。七一一的功勋，就是时间之矿，盛满了昔日荣光。第一矿，第一道铿锵的光芒，带着乡音，让崛起的共和国挺起脊梁。

4.勇闯难关的七一二矿

新中国成立之初，百业待兴，全国各族人民积极投入到各行各业建设的热潮中。1958 年经党中央、国务院批准，兴建衡山大浦铀矿（七一二矿），来自全国各条战线的大批干部、工程技术人员、技术工人、转业退伍军人聚集在这片神秘的土地上。

七一二矿由浦魁堂和汪家冲矿床组成，浦魁堂是苏联莫斯科设计局设计的，汪家冲是在苏联专家指导下由南昌设计院设计的。创建之初，苏联专家给予了热情的帮助，他们经常到矿进行现场指导，二号井口位置就是在施工图未到的前提下，由苏联专家现场踩点，使二号井得以提前动工。建设者们对铀矿建设技术非常陌生，技术问题必须得到专家认可才能实施。因此，工程技术人员十分敬重苏联专家，虚心向专家学习，在学习过程中，工程技术人员也注意结合矿山的实际情况，因地制宜地开展一些技术工作。

在熟悉矿区总体设计的时候，根据汪家冲的地质条件，一号井和四号井田地层属于缓倾斜，矿层底板及岩层顶板较稳定，水文地质条件较好，矿井倾斜方向不太长，储量不多，矿井寿命不长，很适应斜井开拓。另外，核工业原料需求迫切，斜井建设施工技术较竖井简单，投产快，投资省。在汪家冲同样条件下，建竖井要三至四年，但建斜井只要两至三年，可缩短投产工期一年多。特别是建设斜井，在基建工作开展的同时就可以拿出一部分副产矿石，意义很大。七一二矿工程技术人员认为对汪家冲矿井布局要做较大的更改，将一号井和四号井由原设计的竖井改为斜井。这一重大设想在当时必须经过苏联专家同意才有可能付诸实施。工程技术人员大胆提出了改进意见，并力陈理由。由于我们的方案将事实摆得清楚，理由也很充分，得到了设计单位的支持，苏联专家最后也同意，改建方案最终被给予肯定。这两座竖井改斜井关系到整个汪家冲矿区的战略布局，也是七一二矿建设速度较快的重要原因之一。

1960 年 8 月，由于中苏关系恶化，苏联专家也随之撤走。七一二矿党委号召全矿职工发扬奋发图强、埋头苦干、独立自主、自力更生的精神，矿山成立了技术委员会，组成 38 个专业技术小组，以解决矿山建设中的技术问题。由于苏联专家在的时候，我们技术人员水平未能得到充分发挥，苏联专家撤走后，二机部党组提出的“苦干三年，基本掌握，边干边学，建成学会”的方针，为七一二矿建设者壮了胆，他们大胆创新，发挥个人和集体的智慧，克服困难，攻克了技术上的一道道难关，确保了七一二矿如期投产。

办公楼

七一二矿建设初期，来自全国各条战线的精英们克服了种种困难，战严寒、斗酷暑，越过了坎坎坷坷，为国防事业作出了重大贡献。

☆故事新语：

矿山难建谁都知道，战天斗地的七一二矿创业人，在没有路的地方找到路，在矿井林立的山川地脉上，矗立了永远难忘的丰碑。

5.难忘的221“草原会战”

我国第一个核武器研制基地的代号为“221”，位于青海省海晏县境内的金银滩草原的银滩。这是人们心中神圣的草原。“草原会战”指当时要在基地集中突破技术难关，研制我国第一颗原子弹和氢弹。

金银滩草原

众所周知，20 世纪 50 年代末，我国研制原子弹、氢弹工程是国家的机密，参加的人员都必须经过严格的政审。开始工作前要先进行保密教育，以求达到能自觉地做到“不该知道的机密不问，不该看的机密不看，不该说的机密不说”。

还要进行保密宣誓，保证严守国家机密，不与海外人士和外国人接触，通信不谈论涉及机密之事等。

为了严守秘密，与事业有关的人、事、物都用代号、暗语或掩护名称。长期使用，习以为常，张口就来，这是当时人们用语的一个特点。如果不通晓它，常常就不明白对方说的什么意思。“原子弹、氢弹”是221职工最为敏感的词，从不轻易开口。我国自行研制的第一颗原子弹代号为“596”，源自1959年6月苏联赫鲁晓夫背信弃义拒绝按原定的协议向我国提供原子弹相关资料的时间，所以也叫“争气弹”。

1963年从清华大学毕业的谢建源与几位同学一起分到北京第九研究所。1964年初，在铁道干校礼堂召开了动员大会，李觉院长作了慷慨激昂的动员讲话，号召大家到“前方”去，到“草原会战”去！同志们群情激奋，纷纷以不同方式表决心，响应号召，到艰苦的地方去，完成光荣的历史使命！大家为能参加草原会战而感到无上光荣。

1964年春节过后，大家就陆续开始往“草原”转移。先遣队有20多人，任务是为“大队人马”到草原打前站，做些前期的准备工作，其中10余人押运器材设备，随货车前往。另外10余人乘客车到西宁，那时火车从北京到西宁隔日运行，要花40多个小时。但是参加会战强烈的愿望能得到满足，心中还是十分欣喜！

刚上草原只是觉得“气”有些不够用，上楼时心嘭嘭地跳。记得刚来的第二天住在招待所，有几位先到的复转军人要和他们比赛篮球，往往是由于差一口“气”而抢不到球。因为气压低，水的沸点仅为 89℃，煮出的米饭面条夹生，蒸出的馒头发黏，而且是越嚼越黏，难以下咽。幸好基地有自己的火力发电厂，电力较为充裕，每个办公室都可以用电炉，他们就靠烤馒头作为主食，但也落下了“病根”，见到再好的馒头都没食欲。

到草原后，每人发了工作必备品：棉帽、棉大衣、大头鞋和毛毯，整齐划一，大家的穿着成了草原上一道靓丽的风景。

“大队人马”来到之前，他们当“力工”打杂，102 车间基建尚未完工，还没交付使用，但又急着研制 4 号部件，总厂领导决定将厂区中央实验室的几间实验室先借给他们使用。他们打扫清理实验室，对运来仪器设备拆箱、清洁、安装就位，等着“大队人马”一到就可投入试验。

当年他们可以说是全身心地投入到任务中，没有上下班之分，双职工都分别住在单身宿舍，每天早上醒来穿好衣服就步行到厂区，在车间洗漱后到食堂买二两稀饭，吃烤馒头片，然后立即投入工作。中餐、晚餐根据实验情况，抽出两三个人拿着大锅把饭菜一起打回来，大家再分别或一起就餐。每个人月初都把发的保健票、自己买的食堂饭票放在办公桌的右边小抽屉，谁去食堂打饭谁负责取。晚上基本都留在办公室查资料，处理实验数据或学外文等。

艰苦创业

晚上十点后大家三五成群边说边笑步行回宿舍睡觉，这样的生活周而复始，没人觉得单调。现在回想起来更是觉得那些日子过得很踏实、很愉快、很有意义。

亲历“草原会战”的谢建源，自20世纪60年代起就从事核武器特殊材料及部件的攻关、研究及科技管理工作，解决了不少关键技术问题，对我国核武器事业作出了贡献。如在第一颗原子弹的攻关过程中，发生了严重的铀切屑燃烧事故，成为影响攻关的一大难题。他负责这一问题的研究，在大量试验的基础上，提出了防止燃烧、灭火及储存的一套方案，使问题得到解决。在氢弹的攻关中，他负责热核材料加工、储存过程的安全问题研究，很好地掌握了轻材料粉末燃烧、爆炸及变质规律，提出了加工中的一套安全措施，保证了热核部件攻关的顺利完成。同时他还负责整个热核部件的试验、生产技术管理与调度，对保证攻关进度起到了突出作用。

我国第一颗核航空炸弹模型

1964 年 10 月 16 日，中国西北一声惊雷，“596”核装置塔爆试验获得圆满成功，标志着我国已经掌握了自行研制原子弹的能力，并能实施核试验，这是中国核武器发展史上的第一个里程碑。10 月 17 日赫鲁晓夫下台，大家戏说是中国的原子弹把他轰下台的。1965 年 5 月 14 日，我国第一颗核航空炸弹空投爆炸核试验成功，从此中国才真正有了可用于实战的原子弹。1966年10月27日，我国自行研制的中近程核导弹（东风二号）在我国国土上进行了一次空中核爆炸试验。这次核试验是我国的创举，在本土上空进行实弹核试验，世界上只有中国这唯一的一次，可谓“空前绝后”。

现在可以说了：草原会战，强国梦开始的地方！

☆故事新语：

能把草原夜色唱成歌的人很多，能来草原参与一次创业大会战的人不多。当年夜不能寐的创业者，激战犹酣，在千里草原上建起一座不朽的丰碑——创业精神贯长虹，草原深处碧连天！

第二节　核之摇篮

6.“宝贝蛋”工厂五〇四

五〇四这个代号，已经使用了近60年。一个工厂的命运与共和国的发展历程休戚相关，一个工厂的几代创业者与伟大的使命、伟大的奋斗荣辱与共，在中国历史上都是罕见的。

1956年10月29日至1957年1月15日，五〇四厂选址委员会辗转河南、陕西、甘肃、青海4省11个厂址，最终看上了兰州西郊的柴家川。这里正在筹建飞机制造厂，三通一平工程都已经干两年了。为了发展原子能工业，飞机制造厂只好另找地方，连地方带队伍都移交给了五〇四厂。1957年10月15日，以王介福为主任的建厂筹备处正式成立。

五〇四厂对外称甘肃机械厂，当时属于国家的绝密工厂。从全国几乎所有省市区都抽调了精英和工匠，报到地点在兰州市中山路312号，然后送往临时住宿地。住的是低矮红瓦平房，点的是蜡烛和煤油灯。粗粮吃饱，蔬菜很少，饮水是明矾澄清的黄河水。去黄河北岸的工地干活，要坐当地老百姓的羊皮筏子。或者绕远路从西固化工厂过桥，自东向西两个小时才能到厂区。当时的基建处处长是红小鬼出身的郑流阳，他边学边干，刻苦钻研，后来于1959年9月担任五〇四厂的总工程师，创造了自学成才的奇迹。五〇四厂的土建施工由一〇一公司和一〇三公司承担，他们当时正在建兰州电厂和铝厂。全部人马都经过严格审查后转战到了五〇四厂建设工地上。

1956年10月起，9人选址委员会先后踏勘了全国4个地区的多个厂址，并提出了铀浓缩厂选址报告书

对五〇四厂的建设，国家有明确要求：全国开绿灯。尽可能地减少各种流程，特需、急需、必须急办的事情一律以

最快速度解决。有时候就靠王介福、王中蕃的手令，就可以把急需的钢材、木材、水泥限时到货。这二王都是大将之风，敢想敢干敢担当，有功是大家的，有过就自己揽，所有干部和工匠都信任他们俩。所以，没有办不成的事情，没有完不成的任务。仅用 10 个月时间，建成了黄河铁桥。仅用 5 个月时间，建成了 4 万平方米的生活区和厂区 8 项工程。

五〇四厂建设初期，人员和物资需摆渡穿行黄河

1958 年秋天，王介福厂长亲自带队，去重庆选调一批高级技工。王介福找来市委领导，摸排一家一家工厂的高级技工，并从几十家学校选拔愿意当工人的学生。最终选定 180 位工匠和 200 多名学生，送到北京集训。这些人走进五〇四厂成为技术骨干，后来又以师傅身份走向新的铀浓缩

工厂，培养了许多新技工。

五〇四厂是国家的“宝贝蛋”工厂，是铀浓缩工业的摇篮。五〇四厂的创业路始终保持强国强军的创业初心，最困难的时期也是初心最旺、干劲最大的时期。1961 年国家经济实施“调整巩固，充实提高”方针，五〇四厂“站稳脚跟，继续前进”。周恩来总理要求五〇四厂“实事求是、循序渐进、坚持不懈、戒骄戒躁”“高度的政治思想性、高度的科学计划性、高度的组织纪律性”。从 1961 年到 1965 年间，全国有 22 个大中城市的 81 个企事业单位为五〇四厂研制各种专用设备 832 种、400337 台件，还有 237 个工厂优先为五〇四厂开绿灯加工制造数不胜数的特种设备。在生活极端困难时期，周恩来特批 30 多万斤黄豆“救命粮”，为保人保机器立下卓越功勋。为了早日建成投产拿出合格产品，五〇四厂第一代创业者冲锋陷阵，单是重大技术难关就攻克了 157 项，终于等到 1964 年 1 月

黄河铁桥

14 日，实现了历史性突破，取得了首批合格浓缩铀产品。1964 年 10 月 16 日填充着由五〇四厂生产的合格装料的我国首颗原子弹在新疆罗布泊试爆成功，五〇四厂和五〇四人为了升起蘑菇云贡献了自己的智慧和力量！

☆故事新语：

心灵的邮戳，一旦盖上，就有清澈可鉴的红色基因。沧桑之路，大河之舞，西北之旅。细看祖国母亲的指纹，创业，以最美的识别，显示出来时的长路、来时的远方。

7.戈壁核城四〇四

扎根戈壁　艰苦创业

1957 年 7 月，时任中国人民解放军总后勤部政治部宣传部部长的周秩，调到第二机械工业部十四局，负责四〇四厂的选址、勘探、临建、三通等工作。

四〇四厂筹建之初，既面临着技术上的空白与匮乏，又面临着恶劣的自然环境的双重挑战。其间，周秩带领实习小组去苏联参加了设计工作。在苏期间，他尽量收集各种图纸资料。回国后，他又在北京与四〇四厂之间来回奔波。

周秩（右一）

1958年冬天，周秩任四〇四厂厂长，与大批施工队伍一起坚守在戈壁滩。当时的生活条件十分艰苦，生活用水要从几十里外拉运。一盆水，先洗脸，后洗脚，洗了衣服还要和煤砖。到了晚上，戈壁奇寒，许多同志都穿上大衣，戴上皮帽和口罩，再盖上被子，“全副武装”睡觉。半夜火灭了，火炉上的水到早晨都结成了冰块……

工程全面铺开不久，又遭遇了三年经济困难时期。当时工地有好几万人，而粮食奇缺，大家被迫以骆驼草籽充饥，许多人身体出现浮肿。二机部指示四〇四厂尽快考虑撤队伍。危急关头，周秩和领导班子拟定了两个方案：一是组织运粮队到新疆运粮，组织打猎队进祁连山打猎，派领导同志向外省求援，千方百计保障食品供应；二是实地考察了伊宁等撤离地点。最后，厂党委作出了“队伍不撤离、坚决干到底”的决定。四〇四人咬紧牙关顶住了生存危机，熬到了1961年下半年全国经济形势逐渐好转之时。对此，周秩曾说：“我们领导班子捏着一把汗啊！将来一是准备领功，一是准备坐牢。”

攻克难关　加强管理

20世纪60年代初，在遭遇经济困难的同时，苏联背信弃义，停止援助，给四〇四厂的工程建设和科研攻关带来了极大的困难。

在经济、政治形势严峻，技术条件薄弱的不利局面下，周秩领导四〇四人响应党中央的号召，坚决走自力更生的道路，加紧科研攻关，全力争取在1964年爆炸我国第一颗原子弹。

当时，攻关条件极其简陋，有些模拟试验是从一根铜管、一台旧真空泵着手开始的。周秩带领全厂职工严格按照周恩来总理“周到细致，万无一失”的方针，艰苦创业，全力推进生产科研工作。1964年，四〇四厂组织攻关人员多次研究方案，精心组织反复试验，严格确定产品加工人员和运送路线，最终确保了产品加工的成功。

周秩在回忆创业时期的工作时说，加工产品谁上车床，谁主刀，都是经过研究比较后选定的。要根据每个人的技术专长、操作水平、思想和身体状况、性格特点等严格选定加工人员。原公浦当时排在第一位，这才有了以后“原三刀”的美名和产品的成功加工。

1971年，周秩重新主持工作后，迅速恢复了相关的管理工作，逐渐形成了以岗位责任制为中心的“八制一法”，并在全厂推广。1977年，在全国工业学大庆会议上，四〇四厂被命名为“大庆式企业”。周秩等领导在建厂初期就加强管理的工作，为如今四〇四厂形成许多科学的管理制度打下了扎实的基础。

身在京城　心系核城

1978年，周秩调任二机部副部长，3年后离休，居住在北京。这期间，周秩身在京城却心系“核城”。在他的8场传统教育报告中，其中一个专题就是核工业第一次创业，为的是让更多的人了解四〇四厂，了解“核城”人。周秩还撰写了多部长篇回忆录，讲述在四〇四的创业历程，为后人留下了许多宝贵的第一手资料。

2006年，年已九旬的周秩参加了四〇四厂生活基地搬迁庆典。庆典时适逢下雨，他在即兴讲话中说：“今天是个好日子，戈壁滩上下一场雨，天公作美啊！也是一件大好事！”引得全场职工鼓掌欢呼。

庆典后，周秩回到了阔别25年的“核城”，受到了干部职工的热烈欢迎。他赴上游、下工厂，参观厂史展览馆，漫步核城公园，广泛接触职工群众。看到四〇四厂发生的巨大变化，特别是职工生活条件得到改善，职工精神面貌非常好，老人十分欣喜。

2008年，92岁高龄的周秩应邀参加了四〇四厂创建50周年庆典，再次来到“核城”，并深情留言，表达了对四〇四厂的殷切期望。

京城“核城”两相牵。多年来，无论是身居京城，还是偶尔“回乡”，四〇四厂都是周秩心中永久的牵挂。

☆**故事新语：**

戈壁滩上，风的阅历，沙的飞扬，花的絮语，仿佛粗粝的诗句，刻在塞外人间。大情如潮，大爱如流。紧紧攥在手心的青春之歌，伴随心泉激荡60年，汇入创业初心，汇入丰茂的时代咏叹。

8.雁城之星二七二

衡阳位于湖南省中南部，地处南岳衡山之南，因山南为“阳”，故得此名；又因“北雁南飞，至此歇翅停回”栖息于市区回雁峰，而雅称“雁城”。

衡阳回雁峰

石鼓书院

美丽衡阳的东阳古镇，湘江在这儿转了一个弯，成U字形向北流去。这片山林形成了一个湘水环抱的绿色半岛，一座大型的核军工企业60年前诞生于此。

有人把它称作“衡阳铀厂”“新华材料厂”“湖南一厂”等，但它对外交往一直沿用一个响亮的名字——国营二七二厂。

让我们以长焦距镜头切换到60年前的今天——

1954年地质部在广西富钟县发现“开业之石”后，地质部组成的地质勘测队，对湖南、江西、广东、福建、贵州、云南等6省进行勘测。在湖南郴县、衡阳大浦、江西上饶发现了储量丰富的铀矿。

1956年年初，地质部将探明铀矿储量上报中央。

根据党中央和各路专家的意见，当时确定的选址原则是：就矿建厂，或搞区域性的处理厂，符合环境保护要求，更符合国防核军工厂“分散、隐蔽”的要求。

1956年8月中旬，选厂工作组陪同苏联专家柯里波·马里采夫等人，先后考察了湖南郴县的金银寨、衡山县的大浦和广东的鹿狐顶等地区，提出了在金银寨地区或衡阳地区建厂的两个方案。

1957年1月至3月，冶金部勘察公司四一一勘测队根据冶金部三司提交的技术任务，分别对东阳渡地区面积为4.2平方公里的土地进行勘测。所测场地包括工业场地、工人村场地、东阳渡车站北面的小河，工业水源地和生活水源地湘江断面上河床，尾矿坝坝线等基础工程地形，测量面积为25平方公里。

该所完成的地形测量工作达到了规范的要求，绘制了地形图和平面设计图，地上和地下管线以及编制技术设计图。

1957年3月，冶金部勘测四一一勘测队开赴这片荒原。

勘测队树起了高高的钻井架，在1.4平方公里的土地上，钻了几百个探点，每个钻探点的深度都上百米。大口径的钻头，在山坡、沟壑、田埂上，日夜不停地开钻，机器的隆隆声在山谷回荡，平静的荒原一下子热闹了起来。

衡阳的春天，雨水较多，勘测队员为了赶任务，小雨小干、停雨大干，一身雨水，满身淤泥。

到 1957 年 6 月，历时 3 个多月，完成了钻探任务。二机部通过对湖南郴县的金银寨、衡山县的大浦和广东的鹿狐顶等地区勘测后，专家们对厂址方案作了比较，认为衡阳地区条件优越，交通方便，离市区只有 15 公里，符合污水处理条件，建设用地也容易解决。最终进行对比分析，厂址拟建在衡阳。

5 月 31 日，邓小平同志代表中央批准了第二机械工业部上报的核燃料、核武器、核心单位等第一批厂矿的选址方案。

二七二厂于 1958 年 6 月 1 日，正式破土动工兴建。

☆**故事新语：**

鸿雁传书，缭绕群山的翅膀，浮现衡阳上空。谁说雁去无留意？被称为“龙头”的二七二，出场雁城。雁影阵阵，雁声赫赫，二七二厂的老时光是一部老电影，一瞥即是难忘！

9.草原明珠二〇二

张诚是1958年12月从全国总工会到二〇二厂担任厂长兼党委书记的。到厂时，厂区和生活区的工程已开始施工，生产准备工作已经开始，但由于核工业是新事业，没经验，遇到不少问题。技术方面是边学边干，其他方面依靠上级领导机关和全厂广大职工去解决。

到厂后，他们发现在基建方面遇到的突出问题是施工单位劳动力不足和运输车辆少。同年10月，包头市市长李质来厂检查工程进度，对工程进展慢提出了批评，为此特意调了几台汽车，以解决劳动力不足的问题。党委委员们商量决定，把已经来厂的职工组织起来支援施工单位挖土方和搬运建筑材料。

当时，全国正处于“大跃进”时期，二〇二厂也成立了“基建跃进大队”。下设5个“跃进队”，共有400多名干部、大中专毕业生和工人参加，由党委委员潘高翔和牛树棠组织，开始了土方大会战。1959年春节过后，挖冻土很困难。跃进队的同志们为了加快进度，想了很多办法，有的用火烤，有的用水浸，年轻人就硬是用镐刨，手磨破了，渗出了血，年轻人坚持轻伤不下火线。五个队之间开展劳动竞赛，互相比干劲，跃进大队每天公布战果，有的队伍落后了，晚上挑灯夜战，平均每人每天挖冻土 2 立方米，后来土地解冻，劳动效率越来越高，到了 5 月份，最高的一个人每天挖土 15 立方米，这种场面使大家很受感动。这时，“三年困难时期”已经露头，吃的是高粱面窝头，没有肉吃。庆祝国庆 10 周年，搞了次全厂“大会餐”，主副食全是土豆，“土豆宴”让二〇二人记了一辈子。职工们劳累一天也洗不上热水澡，但是大家都乐在其中。那时，干部和群众在食堂吃一样的饭菜，并尽量挤出时间参加挖土方。在大家共同努力下，终于提前完成了主辅工程的土方任务。

组织土方大会战

土方大会战的意义在于争取了时间，使二〇二厂第一期工程得以提前施工，为后来以土建促安装，敦促苏联提前供应设备和专家提前来厂协助安装创造了条件，使80%以上的赶在了苏联毁约前到厂。

1959年2月，二机部部长宋任穷来厂。他来厂后和大家一起住在小平房里，到施工现场检查工作，召开职工座谈会，给全厂职工作报告，除了对当前和长远工作作了具体指示外，重点谈了培养我国自己的专家的问题。根据宋部长的指示，二〇二厂开始组织厂里的技术人员学习苏联提供的初步设计，要求他们不仅学懂，而且要敢于提出问题，每个人都要写出学习总结，还要绘制出生产堆元件生产线的工艺流程图，并将工艺设备、管道做成立体模型，以加深理解。1960年2月，刘杰副部长来厂，向我们提出：苏联专家一旦撤走，我们的生产还要接着搞上去，必须做好这样的准备。为此，1960年3月，二〇二厂党委提出了“苦学苦钻，自力更生，猛攻科学技术关”的口号，全厂掀起了学技术的热潮。

1960年6月，苏联专家来厂不久，部党组发出内部通知，苏联专家可能全部撤走，停止对我们的援助，你们要以“挤牛奶”的方法向专家学习。厂党委立即讨论制订了向苏联专家学习的规划，按生产线专业对口，采取“一对一”“二对一”的方法向苏联专家学习技术，提问题请专家答疑，把生产堆元件和氘化锂-6生产线的关键技术和生产管理尽量学到手。

1960年8月23日，苏联专家撤走后，按照部党组“自力更生、过技术关”的指示，以去苏联学习的技术人员为骨干，组织全厂的技术人员，进行了一次当时被称为“排关摸尖”的活动。其中，仅生产堆元件生产线和原料、产品分析方面就摸、排出较大的技术关36项，并制定了技术攻关方案，组织攻关。

技术攻关

1960年10月，从第三设计院调来一个设计室，二〇二厂成立设计处，负责工程设计。之后，又从六〇一所调来张永禄等一批科技人员和技术工人，成立了二〇二厂第二研究室，负责生产堆元件、游泳池式研究堆、原子弹反射层部件等产品的研制。为了加快研发速度，工厂还聘请了一些化工、冶金、分析专家来厂工作，先后从沈阳、北京等地调来陈健、曹大义、宗庆贤、刘允斌等一批高级科技人员，为二〇二厂的建设提供人才支撑。

在全力过技术关的同时，培养出我国第一代从事核燃料元件、氘化锂-6和核武器贫铀部件科研、生产的技术精英。

张诚在二〇二厂工作了7年，是老一辈二〇二人公认的“拓荒牛”。以张诚为代表的二〇二厂职工队伍，是不怕困难、敢于攀登科技高峰、忠于核事业的草原英雄。

☆**故事新语：**

呼吸草原之夜，星光入喉，璀璨的奋进之路，需要长驱直入，需要砥砺前行。在创业史需要伟大的书写者群体时，上天打开思想的城门和智慧的深井，于是草原上的二〇二，犹如天机倾泻大地。

10.五所加速度的简法生产

为了确保在几个大型核燃料厂投产前生产出四氟化铀产品，以满足后续工厂试验制造我国第一颗原子弹所需的合格装料，二机部经过认真研究，于1960年7月14日下达任务：迅速确定二氧化铀、四氟化铀、六氟化铀简易生产工艺流程，限期提出建设方案，并决定由六所（后改为五所）负责，通过简法生产工艺流程，生产二氧化铀、四氟化铀，获得生产六氟化铀所需原料。此时正值苏联专家即将撤走之际。

简法生产厂自始至终在上级领导高度重视下进行工作。二机部袁成隆、雷荣天副部长亲临五所布置和检查工作，十二局党委郑继斯书记几乎每周都来几次，督促检查，及时解决外部人员调配，材料供给等问题。

所二室的邓佐卿、李志恒负责简法生产二氧化铀的任务，他们带领一批年轻的技术人员，初生牛犊不怕虎，面对时间紧，任务重、白手起家等重重困难，越是艰险越向前。参照苏联设计的衡阳铀厂纯化系统流程，迅速组织设计，施工、制造和安装设备，也全都是自己干。没有厂房，就平地盖简陋厂房；缺少设备，就自己动手制造；不懂技术，就在实践中学习。除不锈钢为进口外，材料设备全系国产，并因陋就简采用一些闲置设备。一时设计不出正规的热分解炉，便设计制造简易的二氧化铀煅烧炉，并用耐火瓷管代替供应有缺口的耐火砖。就是靠一股自力更生的干劲，硬拼 45 个日夜，建成了简称二号厂房的二氧化铀简法生产厂。

在工艺技术上，他们大胆采用新技术，对苏联工艺流程进行改进，如 TBP 萃取剂的再生、三碳酸盐结晶母液的处理、改脉冲填料萃取塔为混合澄清槽，采用碳酸铵直接反萃结晶等技术，简化了工艺流程，提高了产品质量。

简法生产四氟化铀由所四室负责，也是从一无所有开始。号称四号厂房的四氟化铀生产厂，利用面积仅有 144 平方米的仓库为厂房，自主设计、施工安装，所需设备都是由所里的机修车间负责加工制造。

四号厂生产有五大特点：放射性、剧毒性、腐蚀性、易燃性和易爆性。为保证安全生产，车间加强通风，他们建立了在手套箱中操作的规章制度，同时攻克了四氟化铀产品纯度等五项主要关键技术，为顺利生产合格的四氟化铀提供了保证。

简法生产利用 1958 年建设的一些土法水冶厂生产的重铀酸盐作为原料，从 1960 年 9 月 5 日投料开始，到 1962 年底，二号、四号厂完成了任务，生产出了二氧化铀和四氟化铀，为后续六氟化铀生产提供了合格的原料。

1963 年 1 月，二机部党组发来贺信：“六所于 1962 年已提前超额完成二氧化铀和四氟化铀的生产任务。这不仅为提前取得六氟化铀产品创造了条件，而且也为二氧化铀、四氟化铀的工业生产积累了丰富的经验，在完成这项任务的过程中你所曾千方百计加强协作，采取措施，克服了设备材料和技术人员等方面的困难，充分表现了主动精神，请向全体有关职工转达部的祝贺，并希望在 1963 年再接再厉做出新的贡献。”

刘杰部长曾说：二氧化铀和四氟化铀产品的提供，加速了试验第一颗原子弹的工作进程，使我国核工业事业的速度提前了一年。

☆**故事新语：**

大道至简！简法，不是减法，而是创业人的加法：加入责任，才能担当使命；加入梦想，才能传承精神；加入智慧，才能百炼成钢。

第二章

第三节　核之初心

11. 221的“王京”

著名科学家王淦昌这个名字，在核工业人心里是永远无法忘却的。1961 年春，化名王京的他从苏联回国后就以“我愿以身许国”的誓言，投身到我国核事业中。他默默无闻地操劳着，奉献着，置个人生死安危于不顾地工作着，从此隐姓埋名 17 年。他不怕劳苦地在长城脚下“17 号工地”上，带领着青年科技人员和炸药打交道，进行爆轰物理试验。在那高原缺氧、气候恶劣的青海金银滩 221 基地时，他经常现身炸药装配车间。哪里出现技术问题，哪里就会出现一个叫“王京”的人。

王淦昌

有一年冬天，车间装配核弹时，出现了炸药部件装不到位的现象。

当时，现场操作指挥立即下令停止操作查找原因。原来是炸药部件和核材料部件装配尺寸误差造成的。这时，天已黑下来了，刮起阵阵寒风。王老穿上了白大褂、戴上了工作帽、口罩及手套，走进了操作区。听完情况汇报后，他征求了身边技术人员意见，随后果断作出决定——为保证生产装配核弹的工作进度，现场进行手工加工炸药部件。手工操作难度大，让人紧张又害怕。但有核物理专家在场亲自指导操作，还有什么可怕的呢?

经过多次反复加工测量试装，胜利完成了任务。随后，加工炸药件和核材料件的两个单位一起研究，设计了加工专用模具，很快解决了装配上出现的卡脖子的技术问题。

这个“王京”，当时哪里有人知道他的真姓名啊！只知道他是那么神秘，又那么谦和。与所有年轻人在一起，大家叫着“王老、王老”，谁都想不到他就是著名核科学家王淦昌。他是 221 人心中真正的“大先生”！

☆**故事新语：**

金银滩，清风徐来、明月吐芳。王淦昌，一腔英雄血，满心家国情，当年以身许国的诺言，始终萦绕着江山社稷。中国核工业的创业初心，在这个化名“王京”的大科学家身上，有了平平仄仄的诗意流淌。王淦昌一生的情缘，就像草原上的格桑花，摇曳着故乡的原风景，摇曳着为国请命的信仰与信念、一诺千金的忠诚与担当、纵横捭阖的勇敢与弘毅。王淦昌的旷世豪情，正是中国核工业精神之神韵、梦想之伟境。

12.五〇四人给苏联专家“变戏法”

1959年，中苏关系发生了很大变化。二机部指示五〇四厂一定要尽最大的努力把主工艺厂房抢上去，并催促苏方把主机全部运来，年底实现主机安装。面对突变的国际形势，以厂党委书记张丕绪、厂长王介福为代表的领导班子当机立断，提出“一切为了安装主机，一切为主机让路”的口号，按照“先生产后生活，先主后辅”的工作程序，缩短战线，集中力量，分段完成主工艺厂房的建设，限期把土建、安装工程抢上去。

红旗飘飘，哨声阵阵，机器隆隆。

工地上，穿梭往返的车辆，扬起几尺高的尘土；伸出巨臂的起重吊车，把一根根柱子、一块块屋面板吊向新建的厂房；人们脸上的汗水和着泥土，好似条条蚯蚓往下流淌……器材、设备运上门，开水、饭菜送工地，医疗、洗衣到现场，全厂上下一个抢建扩散厂房的运动蓬蓬勃勃地展开了。曾有一位职工被大伙儿每天连续工作十几个小时不下火线的精神所感动，写下了这样一首小诗：“初到三段吃饭，食堂空落清闲。帐篷林立近百，为何没人就餐？晚钟虽催下班，夕阳还没落山。星星未来邀请，我们不去吃饭。”

1959 年 12 月 18 日，苏联专家在副厂长王中蕃的陪同下走进新建成的主工艺厂房。这位专家戴上白手套，在墙角、地沟里摸了摸，摇摇头说："不行，清洁度不够，是不能进设备的。"

"你认为需要多久就可以达到清洁度？"王中蕃问。

"至少一个多月。"

"如果清洁度合格，是否就可以安装设备？"

"嗯，是的！"专家说，"我上午检查合格，你下午就可以安装！"

王中蕃斩钉截铁地回答："好！三天以后再来看！"

"三天？"专家瞪着眼睛不相信地问。

"三天！"王中蕃坚定地说。

说干就干。为了使主工艺厂房的清洁度尽快达到苏联专家的检查要求，全厂 1400 多名干部职工不论职务高低，不分身强体弱，在党委副书记刘喆的带领下，连夜奋战在现场。扫帚、拖把、抹布一起上，大家分头擦拭地面、地沟、机座、门窗、平台、管道……就连细缝狭隙之处也绝不放过。低处蹲着擦，旮旯跪着擦，地沟趴着擦。室外寒风呼啸，犹如战鼓声声，为创业者呐喊助威；室内热浪翻滚，好似烈火熊熊，为创业者鼓劲加油。当一轮红日从东方喷薄欲出之际，五〇四人硬是把主工艺厂房擦拭得光洁明亮，一尘不染。

那位苏联专家再次来到现场检查，看到厂房里一夜之间改变了模样，随即戴上雪白的手套，攀高爬低到处摸擦后也未见丝毫尘迹，他睁大了惊奇的双眼，对王中蕃说："我算服了你们，你们都是魔术师，简直像变戏法一样！"并竖起大拇指连声称道："哈拉少，哈拉少（好，好）！"

"专家同志，是否可以催运主设备进厂？"王中蕃笑着问。

"可以，可以！"专家做了个手势说，"我马上给莫斯科发电报，立即发运主设备。设备一到，马上安装！"

王中蕃握着专家的手说："一言为定！"

一波刚平，一波又起。

主工艺厂房

主工艺厂房设备开始安装了，一排排从苏联运来的主机整整齐齐地吊装、就位。突然，一位专家连比划带大声喊叫着要中止设备的安装。原来，这位专家认为虽然厂房里干净了，但周围环境却不清洁，还是不能安装设备。人们望着电缆裸露、场地不平、刮起风来黄土飞扬的厂房四周，不觉陷入了沉思。

这是一个十分棘手的问题。

黄土高原，刮风扬土，这原本是苏联专家选厂址时就了解的环境特点，要改变这种生态环境并非一蹴而就。可眼下最紧要的是时间，时间，时间！

急中生智！有办法了！工厂立即组织人员把施工现场的电缆全部放入土沟里；调来推土机，将厂房周围推平；到青海去拉草皮覆盖地面，阻止黄土飞扬。

这个办法果真有效。专家看见五〇四人仅用了一个晚上就将难题破解，再也无法用清洁度来推脱了。

1959 年 12 月 27 日，首批机组终于在主工艺厂房安下了家。

☆**故事新语：**

所谓变戏法，不过是一场创业大比拼，五〇四人不愿耽误一分一秒。干劲是创业的手，拼搏是创业的脚，初心是创业的灵魂，有了变戏法般的中国精神，神圣事业才有破釜沉舟的气场，也才能为中国核工业擎起伟大的希望！

13.“同星精神”

1958 年 12 月的一天，一位身材高大、体格壮硕的年轻人，大步流星地走进了二机部的大门，他是来报到的。

接待的同志告诉他：“组织决定调你去大西北，参加核工业基地建设。”

“搞核工业？”他十分惊诧。因为他在上大学时是学普通金属铸造的，对核知识一无所知，但他还是憨厚地笑了笑，爽快地说：“好的，叫我到哪儿都可以，干什么都行。不会，可以学嘛！”

他就是张同星，那年他 25 岁。

凿壁偷光　猎取知识

20 世纪 60 年代，中苏关系交恶，国内赶上三年自然灾害，严重的饥荒，也席卷了大漠戈壁，有的人被困难吓倒了，张同星恰恰相反，越是困难，越是思想坚定，越是感到形势紧迫，担子沉重。他利用到外地工厂、研究所实习的机会，白天做实验，晚上贪婪地阅读一切有关核知识的书籍。有时办公室上锁了，他就一个人蹲在路灯下读书。他攻读英语，为以后阅读国外资料创造条件。每到周末或假日，他不去公园影院，而是进城“泡”在书店里，争分夺秒地猎取核知识。在短短的两年多时间里，张同星以惊人的毅力，大踏步地走进了一个完全陌生的领域，掌握了比较全面的核专业知识。

1961 年上半年，张同星和他小组的同志们，把几间破旧的小平房改造成简陋的实验室。这是属于他们自己的实验室，没有实验设备，张同星和小组成员就自己动手，制造简陋设备，把普通的钟罩改造成一个真空实验室设备；把冶炼合金钢的普通炉子改装成他们需要的专用炉……就在这些自己改装的土设备上，他们进行了千百次实验，取得了大量参数。

张同星

1963 年 7 月，当张同星和大批建设者回到戈壁滩上的大本营时，他运用通过自学和在土设备上进行千百次实验所掌握的数据，开始对工厂的实验项目进行攻关。

爬坡过坎　成为标兵

1963 年 10 月，张同星和他的小组接受了第一项任务，进入实战攻关。没有资料，没有经验，他们一个数据接一个数据地实验，一步一个脚印地探索着前进。那些日子，张同星和他小组的成员们，不分白天黑夜，饿了，啃几口干馍；困了，在车间楼道里打个盹儿。人熬瘦了，眼熬红了。在最紧张的强攻时刻，张同星甚至做梦也想着实验中的事。张同星把同志们提出的 16 个攻关方案归纳为 7 个方案，作为主攻手的张同星，带领着全组成员日夜奋战，争分夺秒。张同星小组提前向国家交出了第一颗原子弹的优质核部件。这个核部件的诞生，来之不易，他们为此鏖战了上百个昼夜。

1964 年 10 月 16 日，当他们从广播里听到中国第一颗原子弹爆炸成功的消息时，一个个如醉如狂地在广阔的戈壁滩上飞奔，兴奋喜悦的泪花挂在每个人的脸庞："我们有了自己的原子弹！我们造出了自己的争气弹！"

大家一起出成绩

随着原子能工业的发展，张同星接受了一个又一个的新任务，闯过了一个又一个的难关。如，突破一种金属保护的难关，为我国新的核燃料的应用作出了贡献；发扬艰苦创业的精神，充分利用现有设备，很快完成了一项国家紧急的生产任务，填补了一项空白……

每一次接受新任务的时候，张同星总是说："我来，我来干！"

有一次，张同星在进行一种新材料的研制。突然，电炉坏了。这时，不仅炉体温度很高，而且还有射线，张同星毫不犹豫，立即进行抢修，保证了生产的正常进行。

还有一次，车间接受了精炼一种射线特别强的金属任务。为了防护，产品是放在一个精制的密封厚壁的小室里。分析人员操作时，设备突然发生故障。怎么办？张同星此时已是车间主任，没有让当班的操作工人去处理，而是第一个钻进去。由于穿着特制的厚防护服，要在一个极小的空间里操作，行动很不方便，张同星在里面修了很久才修好。在他看来，在这样重要的岗位上，拼了命也得向前冲，绝对不能耽误了生产。

1964 年以来，张同星多次被评为标兵或先进工作者。在荣誉面前，他一直非常谦虚，总是说："成绩是大家的，我能做点工作，是党培养，同志们帮助的结果，功劳应当归于党，归于集体。"

人活着，就是为了工作

1970 年，张同星患了肝炎。他破例地在家里享受妻子给予的特殊待遇——喝蜂蜜水，迫切希望把自己的病治好，早日投身工作。

这一时期，他藏起一张张医生给他开的全休证明，照样坚持上班。人们看见他脸上经常冒冷汗，捂着疼痛的腹部，紧张地忙碌着。后来，组织上作出决定，让张同星到青岛疗养 3 个月，可刚去了 1 个月，他就回来了。见了领导和同志们，他有些不好意思，嗫嚅地说："我就是离不开车间，放心不下这里的生产啊！"

为党工作，成了他生活的第一要义。他常对孩子说："人活着，就是为了工作，不工作，活着还有什么意思呢？"

有一次，为了一项紧急任务，他和 4 名同志出差去了四川。在火车上，他感到了阵阵的胃痛，身上直冒冷汗。同志们关切地问他，他微笑着毫不在意地说："没事，挺挺就过去了。"在四川的 19 天里，他一次次大量便血，但还是坚持开会，看资料，写报告，直到圆满完成任务。回到厂后，他想到事关紧要，又强撑着传达上级指示，布置和安排生产，直到工作大体就绪，他才抽出空去医院看病。

人们担心的事终于发生了，诊断书上写着"胃癌"，医生和厂领导不忍心增加张同星精神上的负担，对他说是胃溃疡，需立即转院到外地手术。张同星笑笑说："一个胃病，就跑到外地治疗，我怎么能带这个头儿。"后来党委书记严肃地对他说，这是组织的决定，他才服从了。临行前，他依依不舍地向同志们告别，把一本已经熟读过的《工作表面光洁度测量》的小册子交给党委书记，并一再嘱咐："这次生产任务，是关系到国防现代化的大事，可惜我不能和你们一起攻关了，这本书留下来，供你们参考吧！"

在外地手术期间，张同星还是从种种迹象和医生的对话中了解了病情。手术后第二天，张同星就吵着要下地，他扶着别人的肩头，用尽全身力气在地上蹒跚地"锻炼"起来。这个 20 多年来为了我国核工业披荆斩棘、英勇战斗的勇士，现在又怀着为党为人民多做工作的强烈愿望，和疾病做着顽强斗争。

出院后，张同星在体质极度虚弱的情况下，仍然不忘核事业，他支撑着病体查书翻资料，写出一份 1 万多字的技术材料，系统地总结了他参加过的重要生产工艺的实验。

多年来，他们一家人一直住在只有 22 平方米的普通职工宿舍里，房间太小，3 个孩子实在住不下，他就架起了一张双层床铺。多年后搬家，原本按条件，他可以住三间房，但他只要了两间。他和爱人的收入不多，要抚养 3 个孩子，赡养老人，但 20 多年来，他都谢绝组织上的补助，哪怕是自己得了胃癌，他依然觉得自己过得很好，什么也不缺。

1979 年，他被评为全国劳动模范。但走进他的家里，你却看不见一张奖状，张同星把它们都收了起来。他就是这样一个人，习惯把珍贵的东西珍藏在心里，作为鞭策自己的动力。

☆**故事新语：**

同星精神，是四〇四人的心灵高峰。戈壁滩上，同星精神闪烁核城，照耀着四〇四人的事业星空。创业之星张同星，四〇四的一颗永不消逝的辰星！

14.穿着草鞋跳舞的二七二

湘水之滨，东阳渡丘陵地段，中国第一座大型铀水冶纯化厂在这里拓荒兴建。

衡阳 8 月，骄阳似火。土方会战伴随着工厂的奠基锣鼓拉开了帷幕。酷热的天气，炽热的劳动情绪，交汇成一幅你追我赶、热气腾腾的创业图景。

来自全国各地的工人

来自湘南山区的小伙子，正在与姑娘们展开挑土方的对手赛。土方会战中，有一支特别能战斗的队伍——全是由 20 岁左右的小伙子和姑娘们组成的徒工连。两面绣着“穆桂英排”“青年突击排”的红旗，在他们奋战的工地上迎风招展。

从小生活在北方的342名土建技术工人，从来没有经历过这样的高温天气。他们热得吃不下，睡不好，白天没法干活，只好挑灯夜战。对土生土长的湖南小伙子和姑娘们却是另一番景象，为了加快挖运速度，他们常常开展挑土对手赛。小伙子们个个赤膊上阵，光着脚丫，踏着滚烫的地面，三担土箕叠成一摞挑着飞跑。可惜，他们这样卖力，还常常败在姑娘们手下。

副厂长李文超见状饶有兴致地探问小伙子败北的原因，没料到他们回答的竟是异口同声："脚板烫得受不了，请发一双草鞋吧！"不久，一双双笋壳编成的草鞋发到工人手中。从此，大家热情更高，原本是两个月完成的8万方任务，1个月就完成了6万方，加快了施工进度。李文超欣喜地把土方会战称为"穿着草鞋跳舞"。

华光书记、李文超副厂长和几个技术干部是第一批到达者。当时，这里一片荒芜，面对"一穷二白"的状况，华光书记果断决定，根据已知工程坐落位置资料，除了充分利用原住地单位移交的部分简易建筑物以外，集中技术力量，由各工区分工负责，抢修水利、电路、铁路、公路，仅用了3个月的时间就建成了满足临时需要的食堂、变电所、宿舍、厕所、浴室、售菜棚、电话室等一批大型临时设施，保证了进厂职工的基本生活需要。

9月，从祖国四面八方汇集到二七二厂的人员猛增到4000人，一部分人能搬进简易平房，其他的人员只能暂时住在劳改队留下的松树皮盖的房子里，工人的家就安排在靠近水塘的茅草棚中。

李文超跑工地、下现场，调节物资器材，处理职工生活问题。华光亲自去市里联系职工用粮指标，同附近农户交涉搬迁……脚肿了，嗓子也哑了。到了深夜，才钻进四面透风的茅草棚，地是湿的，床是冷的，外面的暴雨早已过去，屋内却还在淅淅沥沥下个不停。觉是没处睡了。他只得拿起手电，同值班人员当上了工地的“巡视官”。第二天清晨，人们又见到他东奔西忙。

1958年12月，二七二厂首任厂长何高明走马上任。同时，又配备了几名副厂长。

那年冬天，天气特别寒冷，工地上的学徒工都没有毛线衣，外面穿着一件厂里配发的薄棉衣，里边穿着一件薄衬衣。北风从胸口吹进去，贴身转了一圈又钻了出来，那时的雨衣是用厚厚的白布刷上一层黄油漆制成的，硬邦邦的，穿在身上咔嚓咔嚓直响。发的水鞋不经用，发的草鞋不够穿，没有夜班费，没有加班费，所有的加班加点都是义务劳动。然而工地上，从厂长到工人没有一个人喊休息。

大年三十，徒工连是在工地上过的年。大年初一，小伙子和姑娘们照样来到工地，挽起袖子卷起裤脚，一担又一担地挑走稀泥。

当时“大会战”成了二七二厂完成突击任务的“代名词”，如填堤加高的土方大会战，治理泉圹，消除炉渣缸灰，生活区道路修建、硬化工程分期包干大会战等。如今，人们已经记不清他们曾经铲平了多少山头，填平了多少沟壑。

1959 年初，在突击完成场地平整的土方任务后，水冶、纯化厂工业建筑的施工全面铺开。华光、何高明、李文超、金家杰等厂领导，分别派往工业主体建筑“磨矿、水冶、纯化”三大主厂房施工现场蹲点。同年 10 月掀起了全面建设的新高潮。厂党委率领全厂 6000 名干部职工，“一步一个脚印，摸着石头过河”，攻坚克难。

1960 年，中国处于经济困难时期，建设者们过着苦日子，不少人拖着浮肿的身子，忍受饥饿，在工地奋战。技术人员夜以继日地研究、试验、攻关……

苏华局长来了。刘伟、雷荣天副部长来了。刘杰部长也来了。

他们带来了党和政府的关怀，带来了不可动摇的决心，给建设者们以极大的鼓励，“龙头”工厂的建设进度加快。

1962 年 8 月纯化生产线建成，9 月底，纯化车间把外来重铀酸铵投进了煅烧炉，开始第一次试生产。经过三天三夜的奋战，生产了第一批合格的二氧化铀产品。

1965 年 5 月，第 3 条生产线建成，11 月又建成了第 4 条生产线，二七二厂向国家交出了满意的答卷。从此，二七二，中国的二七二，核工业人的二七二，成为一个经久不衰的密码，流传在伟大而神圣的使命历程中。

☆故事新语：

穿着草鞋起步不如穿着草鞋跳舞。事业就是使命，对创业者来说这是一种光荣。当草鞋上的一个一个春天舞动奇迹，暖暖的创业歌吐露心声，幸福的瞬间奔涌生命的力与美。

15.在地层深处的青春之火

初生牛犊不怕虎

闻名遐迩的七一一矿 401 段青年掘进队，成立于 1973 年，是一支青春飞扬的轻骑兵。

七一一矿东矿带深部中段工作面碳质页岩引发的冒顶现象，就像一只只“拦路虎”挡住了开拓的道路，401 段的 22 个年轻人，在党组织的支持下，组成青年掘进队，决心端掉这些“拦路虎”。

巷道刚掘进 30 米，10 多米高的碳质页岩冒下来，把 20 公分粗的圆木砸断，凿通的巷道被堵得死死的。“冲过去！”队员们突击了三次，未能奏效。改道重掘，又被冒顶区所阻。

这时，矿里也有人纷纷品头论足。

“四号沿脉拦路虎，三进三出白辛苦。倘若谁能冲过去，除非身躯钢铁铸。”有人望着龇牙咧嘴的工作面发愁道。

“初生牛犊不怕虎，青年人就要有这种气魄！”有人赞赏。

“嘴巴不长毛，办事不牢靠。就凭他们那几下子，能打通四号沿脉？”有人怀疑。

“他们只埋头拉车，不抬头看路。”有人诽谤。

青年掘进队的年轻人全然不顾这些，他们心中只有一个念头：最好的回答是实际行动，而不是高谈阔论！

向四号沿脉开战，是一场雄心、意志、干劲和智慧的考验。在队长王春初的带领下，队员们和技术员、工段领导到现场制订了具体的施工方案，做好对付意外情况的准备，采取掘一米砌一米的办法，硬是以愚公移山的精神，终于搬掉了“拦路虎”！

勇闯“火焰坑”

七一一矿东矿带二号主井，有个号称“火焰坑”的作业区，气温高达40℃，水温高达45℃，涌水量每小时100～200立方米。温高水大，加之通风条件差，这个“火焰坑”搁置了15年没开掘，并且“坑”得一些主要巷道不得不停掘。1983年3月，组织上把开拓任务交给了青年掘进队，并要求1个月内完成任务。他们二话没说，愉快地接受了任务。

巷道里积满了又深又厚的淤泥，热、闷、臭，各种刺鼻的气息交织在一起。作业的第一天，队员们个个恶心、呕吐。面对艰难困境，这些年轻人没有退却。呼吸困难了就到通风口透透气，呕吐了就跑到水管边用凉水漱漱口，热得受不了了，就边作业边往身上浇凉水。

副队长李方武发高烧，一天没吃饭，晚上仍然坚持上班。第二天一早，他看到早班人手不够，又顶了上去。由于过度劳累，晕倒在井下，同志们把他背出巷道，吃了药，刚好一些，他又下井打钻，一直坚持到下班。

雷小飞同志背上长了个脓疮，40 ℃的热水滴在脓疮上火辣辣地疼，医院开了 1 周的病假，他一声不吭，仍然坚持上班。同志们劝他休息，他风趣地说："这叫热水疗法，热水烫在脓疮上，还可以起到消炎化脓作用呢！"

随着井田往深部开拓，作业条件越来越艰苦，掘进队的工作面上"火焰坑"不断出现，青年掘进队的年轻人不仅没被热水高温"坑"垮，反而锤炼成了一支特别能战斗的队伍。他们仅用 12 天就超额 15% 完成了 1 个月的任务。

永不衰竭的活力

青年掘进队自组建以来，战斗在最艰苦的环境里，人员没有增加，而生产任务每年递增 15%，却没有伸手多要一分钱。队长换了五茬，队员不断更新，这支队伍却始终保持着青春的活力。这是为什么呢？谢六金、朱金龙同志代表这些年轻人作了回答。

共产党员工段值班长谢六金，在井下干了近 20 个年头。

他几十年如一日，吃苦在前，享受在后，忘我工作，从不计较个人得失。领导几次要调他到地面工作，他都谢绝了。他说："为了发展原子能事业，加快实现四个现代化，我情愿当一辈子井下工。"

401段青年掘进队部分队员在四号主井八号坑口合影

青年工人朱金龙，1982年7月参加工作来到这个队，在老队员的帮助下，他勤学好问，刻苦钻研，很快成为生产上的骨干。1984年矿里发生了涌水淹井事故，涌水量每小时达5000多立方米，温度高达54 ℃。在生与死的关键时刻，他把个人生死置之度外，为抢救2名井下工友，勇往直前，献出了自己宝贵的生命。湖南省人民政府追认他为"革命烈士"，团省委追认他为光荣的共青团员。在清理他的遗物时，发现了他写的日记："生活的强者，就要有驾驭生活的勇气。我立志做一个坚强的、有自制力的、有自我牺牲精神的人。”

十几年来，青年掘进队创造了辉煌的业绩，被湖南省人民政府授予“红旗掘进队”称号，被湖南矿冶局和湖南省国防科工局命名为“质量信得过班组”光荣称号。一批又一批富有青春活力的新人在队伍中得到培养。队员雷小飞当选为湖南省第六届人大代表，省“新长征突击手”。

青春，在地层深处燃烧。

青春，在开拓奉献中永生。

☆故事新语：

这是矿山里的青春之旅，远离地平线，也看不见高山之巅，却可以俯视地层深处的纯净与明亮，宁静与遐想。这里是，净土兴衰的晴雨表，青春进行曲的演奏厅，心灵深处的故事会。这里是，青春爆发的腹地，在朝圣般前行的征程上，创业精神以火的明亮穿行于青春无悔的选择里。

16.为了天边升起蘑菇云

1959年1月，塞外包头。

又是一个大风天，寒风呼啸着，沙土夹杂着雪粒横扫着冰封的大地。天气冷得滴水成冰。整个包头被凛冽的严寒笼罩着。一列火车冲破风雪在车站缓缓停下了，一个娇小的四川姑娘走下列车，她不禁打了个冷战，裹紧大衣随着人群走出了车站，经过多方打听才算找到了那个以代号称呼的接待站，奔向了阴山脚下那片茫茫的荒原，那个外界一无所知的神秘的地方——中国第一座核燃料元件厂。从此，就将黎明般美丽的青春和满腔的热血全部献给了这座工厂。

苏步环

她的名字叫苏步环。

当时的二〇二厂，一切尚在初建，她这个学机械的大学生也就和大家一样在简陋的小平房里用砖头支起床铺，然后立即加入到建厂施工的队伍里面。那时节，工厂环境实在太艰苦了。“白天老鼠夜间狼，大风一来刮走羊”，连一些健壮的小伙子都不时发出“天荒荒，地凉凉，孩儿有病见不着娘”的感慨。可想而知，这对于一个南国姑娘意味着什么？！但在这样恶劣的环境之中，苏步环却艰苦于斯、快乐于斯，经受住了艰苦的考验。在冰天雪地之中，她和男同志一样搞土建，搬砖溜瓦，担水和泥，筛沙子、挖土方什么都干。每天忙得不亦乐乎。她所在的七车间当时只有一个番号，一没厂房，二没设备，其中锻工组就在生活区找了把大锤、两把火钳和一个风箱，开始锻打基建用的锹镐、扒锔子等。为了遮挡风沙，他们就弄了几块木板，东遮西挡地在露天干活。

20 世纪 60 年代的第一个春天来了，荒原上钻出了茵茵的春草，百灵鸟也开始歌唱，然而工厂面临的困难也越来越多。随着中苏关系破裂，苏联对许多关键设备停止了供货，有人预言：中国再过 20 年也拿不出原子弹。随着天灾降临，粮食开始告急，许多人吃不饱肚子，人们开始吃猪毛菜、糖菜渣，喝酱油汤。大家在紧张的工作之余用锹，用犁翻松荒原上的土地，种下了可以果腹的蔬菜和粮食。苏步环和工厂的创业者们一样，他们记着毛泽东主席的话：在当今的世界上，要不受人欺负就不能没有原子弹。他们来时不就是发誓要准备吃尽千般苦吗？他们不怕吃苦，他们唯一渴望的就是中国的富强，民族的崛起，就是中国原子弹爆炸的那一天。二机部部长宋任穷来工厂视察，看到这艰苦创业的情景，眼含泪花地说："感谢你们，你们吃的是土豆，造的却是原子弹。"

苏联专家撤走之后，苏方停止了一项工程急需的衬胶真空鼓式过滤机供货。这是一台关键性的设备，当时苏方已起运到了二连边境，但又拉了回去。厂里经过研究，决定交由七车间自行研制。任务压下来了，苏步环负责研制中的技术工作。这是多么沉重的担子，缺少资料，又没有样机可看。可整个一线工程不能眼巴巴地停在那里。苏步环和车间其他几位同志吃住在现场，揣摩分析，多方实验，经过几个月的奋战，完全符合一线工程要求的衬胶真空鼓式过滤机终于诞生了。苏步环用自己的智慧和汗水赢得了众人的肯定。她不再是大学校园里那个腼腆娇羞的女大学生了，她已经在阴山脚下找到了自己的位置，展示出自己的才华，成了二〇二厂出类拔萃的年轻技术人员。

1964 年 10 月 16 日 15 时，西北地区一片大漠中爆发出一声惊天动地的巨响，中国的核太阳终于升起来了，那辉煌的蘑菇云闪耀出的光亮比太阳还要光明一万倍，强大的冲击波震撼着整个世界。为此，二〇二厂的每个科技人员和工人，包括苏步环都作出了他们应有的贡献。历史会永远铭记。

☆**故事新语：**

为了远方的眷恋，他们以创业者的名义，打通脚下的道路；为了天边的蘑菇云，他们把心血和汗水的馈赠，磨砺成精美的诗篇。将那些生命中不能忘记的故事，都交给天空和大地吧，创业诗篇精美得像蘑菇云所代表的辉煌崛起。

17.创业夫妇

伴随着淅淅沥沥的秋雨，我们来到位于浦东新区西营路的一户老式建筑。敲响一户房门，门缓缓地打开，一对白发苍苍的老人站立于眼前，这便是我们今天所要探访的主人公——刘克钦、王钰德夫妇。

刘克钦，原二二一技术研究部科研人员，研究员级高级工程师，享受国务院政府特殊津贴。非常遗憾的是，刘克钦老先生由于年事已高，双耳基本失去了听力，因此只能由王钰德老人为我们娓娓道来过去的那些人，那些事……

王钰德，原二二一技术研究部科研人员，高级工程师。1939 年 12 月出生于一个银行职员的家庭，她的父母一共孕育了 9 个子女，这也就使得家境变得一般。但她的父亲没有因此而让 9 个孩子失学，相反，个个都倾注心血，尽心尽力地培养。功夫不负有心人，9 个子女都如愿考取了不同的院校，而王钰德也以优异的成绩考取了清华这所名牌大学。

1962 年，王钰德大学毕业分配至北京花园路的九局工作。老人至今仍然清晰地记得 1963 年 3 月的一天，在北太平庄铁道部干部礼堂聆听中央军委张爱萍将军对九局干部作出的赴西北221基地“草原会战”的动员大会。那个年代的人，心地极其善良和无私，没有人考虑它的危险性，也不在乎高原严寒缺氧的艰苦。在动员大会结束后，许多人热血沸腾，纷纷表决心，积极要求去青海。那些没有被选去“大会战”的人还为此落泪，为没有能够投入这么一项伟大而光荣的事业、不能从事这一尖端的工作而抱憾终身，因为这一神圣的使命承载的是那一代人的荣耀与自豪。

王钰德和一同被选来的技术人员，乘专列从北京来到了青海西宁，在基地的西宁办事处（当时大家都称小楼）稍作休整又坐了几个小时的火车到达海晏县，然后换上了开往厂区的军用卡车。初春的高原依旧是天寒地冻，道路弯弯曲曲、路面坑坑洼洼，像是一条没有尽头的长绳。伴随着车辆的颠簸加上高原氧气稀薄，有人开始呕吐不止，还有的同志由于高原缺氧开始呼吸急促，可是没有人退缩，这些都考验着每一个人的意志。

1964年，221基地建设基本已经完成。王钰德的工作间位于当时最先进的105大楼内，从事的是核装置的结构设计工作。在回忆过去的工作时，王钰德老人仍旧一脸的激动，与同志们共同奋斗的情景更是历历在目：那时的105大楼，整夜都是灯火通明，满怀着对祖国的热情，饱含着对核事业的激情，许多基层科技工作者放弃休息，彻夜不归，一心扑在两弹理论和设计的基础工作上。有时为了一个最佳设计方案，大家一起绞尽脑汁，有不同的意见就展开争论，有时甚至争辩得面红耳赤，但谁说得对，就听谁的，彼此都从中得到启发、裨益，相得益彰。有时为了赶出一个图纸，通宵达旦，不分昼夜地加班加点，没半句怨言。

正是有一大批如刘克钦、王钰德夫妇一样的基层科技工作者们心怀祖国、无私奉献、日夜奋战，才使得我国的“两弹”研制在较短的时间内取得了巨大的成就。终于在1964年10月16日，我国第一颗原子弹爆炸成功，1967年6月17日，我国第一颗氢弹爆炸成功，确立了我国的国际地位，壮了国威，震了军威。

作为我国第一个核武器研制基地，二二一经过三十余年的艰苦奋斗，完成其历史使命。根据国家战略调整，撤厂销号。刘克钦、王钰德夫妇二人携家人回上海定居，开始了人生又一段美好的旅程。

中国今日可与世界强国比肩争锋的大国地位和底气，正是手中有了威慑力量的核武器。核武器的研发，曾是共和国最核心的机密，举全国之力，集八方英才，创造了举世震惊的巨响。大批的科研人员，默默奋斗，贡献了自己的一生，刘克钦、王钰德夫妇正是其中的一员。如今分布在各地的那些大国工匠们已将那岁月激荡辉煌的精神力量，传承至民族后人的血脉之中。“两弹一星”精神会激励中华民族奋发图强，屹立于世界东方！

☆**故事新语：**

创业夫妇，因创业结成夫妻。当年的创业大军中，有许多这样的因核相识，因核相爱的创业人。在创业中走到一起的有缘人，终将幸福一生。

第四节　风起八方

18.戈壁荒滩第一步

选　址

文功元曾于1957年至1960年主持过四〇四厂的全面建设，虽然时间不长，但给他留下了终生难忘的印象。

1957年9月，文功元接受了组建四〇四厂的任务。当时，厂址已选了几个点，后经筛选还剩下两个：一个在内蒙古的乌梁素海附近的大青山麓，另一个在西北戈壁滩上。两个点都不太理想，于是宋任穷部长和苏联驻部总顾问扎基江让文功元再选一个点进行比较。经踏勘，又在内蒙古的鄂尔多斯草原上选了一个（磴口附近）。三个点进行相互比较，由于大青山麓那个点的地下水与乌梁素海和黄河相通，排污问题解决不了，便首先被否定了。剩下的两个点中，倾向于磴口，毕竟草原条件优于戈壁滩，排放也不成问题，位居包头、兰州之间，不仅交通方便，生活条件也好。电可以从包头拉出，也可以从兰州拉出。唯一的缺点要从黄河中取水，扬程高达300米，还要打到七八公里远，水才能自流下去。

由于用水量大，要消耗许多电。而戈壁滩取的是自流水，线路虽然远些，但不需要用电。苏联专家米哈诺夫（设计总工程师）主张选址在戈壁滩，苏联驻中国代表（大使馆的一位参赞）也支持米哈诺夫的意见。作为厂长，文功元也不能只考虑满足工艺上的要求，还要考虑综合条件和生活条件。宋任穷部长说："老文，你选的地方不错，条件也比戈壁滩好，建起来也可能快些、省些。但是，苏联专家坚持在那个地方，如果不尊重他们的意见，他们会消极对待，我们自己也很难搞起来。再说，人家是援助我们，不尊重他们，会影响两国关系。我们没搞过这个东西，没有自由。如果我们搞出一个来了，并掌握了它，我们就有自由了。那时，你愿意建在哪里就建在哪里。这一个，是不是按他们的意见办啊？"

宋任穷的话给了文功元一个启示，那就是为了获得自由，要尽快地把四〇四厂搞起来，只有真正掌握核武器研制和核燃料生产等各方面的技术，中国人说话才有底气。

勘探测量

选点定下来后，苏联专家同他们商定了一个总体规划。规划中要求，要在 5 至 7 年内先后建成四〇四厂中的两项高大精尖、技术十分复杂的 801 工程和 802 工程，以及相应的配套工程。

勘探队员合影

1957年冬，第一支队伍——地质勘探队带着两顶帐篷，扛着钻机开进了荒无人烟的戈壁滩。那一年冬天，风雪非常大，温度经常在零下23 ℃左右，队员们穿着高筒靴子，一踩一个雪窝，茫茫戈壁滩上留下了他们的足迹。除了一辆卡车外，没有其他交通工具。他们白天四处奔忙，晚上睡在帐篷里。当时，队伍里有两名女同志，一个是第二设计院搞地质的全静波，另一个是建工部勘查设计院的丘金。她们同男队员一样工作，并同男同志住在一顶帐篷里，中间搭上一块布帘，上厕所时选株骆驼草遮一遮。

经过半年的紧张工作，勘探队员找到了理想的位置，拿出了地质资料。

第二支队伍——测量队也开进了戈壁滩。苏联测量专家也参与了这项工作。当时时间紧任务重，1958 年 3 月进驻，6 月就要求完成基本测量。测量的面积很大，大概有 5000 平方公里。

安 营

1958 年 8 月，兰州工程局一〇二公司的先遣队 1200 人开进了戈壁滩。当时任务很明确，就是为了 1959 年大批人员的到来，为工程的大干快上、全面铺开创造基本条件。

平地起家难。而戈壁滩上建设四〇四厂这样的重点工程，困难更是可想而知。由于事业的特殊性质，进驻工地的人都是经过严格审查的，不合格的根本就不能参加这项工程。这批人，光是一个个审查就花了好几个月时间。

勘探队员合影

为了解决职工的安全过冬问题，建设者向周边兄弟单位借了一些砖，突击修建了两栋住房，没有门窗，就弄了些油毡挡上，但大风一吹就破了。宋任穷部长在武汉开会时，找四川省支援 2 万立方米木材，但一时半会儿，也运不到工地，没办法，只有求助于总参解决，他们当即支援了100顶军用帐篷，才把队伍驻扎下来，为1959年大干快上创造了必要的条件。

三　通

水：施工队伍进入现场后，一面搞工程，一面抓三通，争取在入冬之前，把临时用水、用电、简易公路、铁路通到离火车站约10公里的生活区。开始靠汽车从20多公里外的小河沟中拉水，后向玉门借了两个油罐车日夜运水，但还是解决不了大量用水的问题。

路：一是公路，一是铁路。在戈壁滩上修建公路不困难，那里地势平坦，有些地方稍一平整就能跑车了。但修铁路就难了！但如果没有铁路，施工用的材料、生活用的物资就运不进来，更何况还要为来年大干快上创造条件。于是，又请铁道部做设计，但是钢轨、枕木运来后，没有那么多的车辆运到工地，只好让人去抬。不管是工人还是领导，只要工作离得开都去抬。只要是事业需要，一呼百应，没有一个叫苦的。经过两个多月的苦战，终于修建了一条长达10公里的专用铁路。

电：一开始靠一台柴油机发电，在当时物资紧缺的情况下，能有一台柴油机就算不简单了。但它只能解决少量的生活用电，解决不了施工用电，后来同周边兄弟单位商量，在他们的电厂里增装一套发电机组，拉了一条高压线到工地。1959年夏，施工用电基本得到了解决。

这些工作都是在极其困难的条件下完成的。通过1958年一个冬季的努力，工程的准备基本就绪，一些必要的附属设施，如机修、汽修、预制构件厂、车站、采石场等，也都规划完毕，陆续开工兴建。物资供应系统、生活供应系统也基本建立起来，为第二年的全面铺开打下了良好的基础。

抢　上

1959年，中苏关系发生了微妙变化，但一时还不至于影响到四〇四厂的工程。苏联专家对工作是积极的，但苏联政府的态度发生了变化。但是，又不能不承认协定，于是苏联方面能拖则拖，能推就推。

在这种形势下，四〇四厂若想快上快建，关键是要加快建设速度，使苏方早出图纸、早运设备、早进专家。只要有了速度，就能夺取胜利。

要速度，就必须抢工程，压力是相当大的。苏联专家提出801工程开工前，水线必须建起来。801工程主工艺厂房要求在1960年7月开工，水线要求在1960年年底前建成通水。

恰逢三年困难时期，粮食开始定量，库存粮一天天减少，开始吃不饱肚子了。工厂找甘肃省的有关同志反映情况，戈壁那个地方，交通太不方便，如不存上个把月的粮食，一旦出问题，人都撤不出来啊！省里对四〇四厂很照顾，在非常困难的情况下，给四〇四厂拨了青稞面、包谷面。那个时候，偶尔能吃上一顿白面做的馒头就算不错了。生活确实苦，但大家的精神很饱满。

为了便于统一领导、统一指挥，建工部决定将承担四〇四厂西北地区建设的施工队伍交给二机部。组织机构统一后，大家齐心协力，各司其职，相互配合，加快了建设速度，以速度催设备，迫使苏方运来了部分设备，派出了专家，帮助工程建设。这一年，除水线工程因管道订货未到没有完成外，其余工程都按计划完成了，尤其是 802-2 的土建工程真是优质高速，苏联专家看了，翘指称赞。

801 主厂房的土石方工程，更是一场硬仗。苏联专家要求 1960 年 5 月打完基础板，而图纸 2 月才到工地。在长不过百米、宽不过六七十米的工作面上，深挖 20 多米，困难可想而知了。加上中间还夹着一层厚达四五米的胶结石，又硬又黏，挖土机挖不动，爆炸爆不破，只能用镐头一点一点地啃，难啃极了。承担这项工程的工人、干部，无不双手打满血泡，磨起老茧。三班连续苦干，经过 3 个月的日夜奋战，终于按期完成了计划任务，为设备的安装、调试抢出了时间，打下了基础。

☆**故事新语：**

戈壁辽远，关山雄奇；大漠孤烟，落日余晖。创业艰难，铁肩担道义；执著跋涉，风雪夜归人。创业者，前世敬天，今生敬业，一腔热血不会冷，一粒尘埃不渺小，隐姓埋名，只为核事业直冲霄汉！

19.地下奔走的光芒

七一二矿，坐落在湖南衡东县大浦一片褐色丘陵之中，1958 年 8 月，这里突然被竖起的铁丝网围住了，每个路口都有军队把守，对于里面的一切绝口不提。而后成千上万的青壮年，陆续以招工的形式从祖国的四面八方来到这里。在这片“禁地”之中，逐渐形成了一座与世隔绝的繁华小城。外界对于这里的了解仅限于一个神秘的代号“衡阳市 20 号信箱”。这里就是大部分衡阳人都难以知晓的核工业七一二矿。矿区距离京广铁路线 5 公里左右，一条水泥路从大浦街伸出，像蛇一样在山坡和稻田间蜿蜒。

老矿工冉秀和，1957 年从志愿军转业到北京京西矿务局，一年后，组织通知他调去一个新的单位。

踌躇满志的冉秀和被分配到七一二矿，成了一名井下工人。1960 年，中苏关系交恶后，苏联专家突然撤走，在这里待了两年的冉秀和才知道自己每天挖出来的矿石，是原子弹的重要原料——铀矿。当得知自己肩负着如此重大的责任时，曾经作为志愿军战士的他，被誉为“最可爱的人”那份骄傲与自信又再次回到了冉秀和的身上。

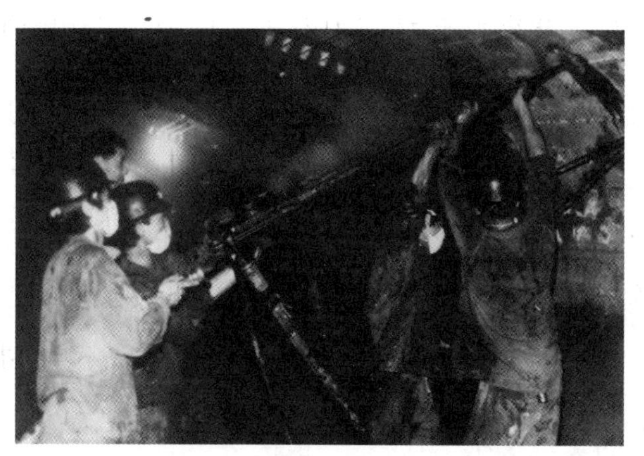

井下施工图

冉秀和到七一二矿后，分在汪家冲三坑口矿区工作，三坑口分三个中段：250米中段、180米中段、130米中段，他们班在250米中段采矿，其他两个中段还在开拓中。冉秀和穿着新发的工作服，戴上口罩，全副武装下矿，每当走进水泥砌成的主巷道，总会感到自豪。望着两边的行人道，靠峒壁两边是水沟，水沟上挂满了各种各样的电线、管道，圆弧形的拱顶全用水泥覆盖，给人一种安全感。平峒的风很大，迎面吹来，倒有几分凉意。行走了20多分钟，到了工作的石门，再往前走几分钟，才到了工作面。井下全是24伏的低压电灯照明，灯光明亮，电灯线可以拉到工作面，在矿房有风机通风，通风效果很好。

1964年10月16日，中国第一颗原子弹试爆成功，东方蘑菇云震惊世界，也大大振奋了刚刚从三年困难时期走出来的中国人。此后，七一二矿也掀起了一轮接一轮的生产高潮，作为班长的冉秀和工作更是积极主动，他带领班里 8 名矿工，休息日仍旧坚持工作，“义务”下井挖矿。广播里每周都会有一次叫到他的名字，或者宣传他的班组，对于他们吃苦耐劳，工作出色提出表扬。每次开职代会，年终表彰，他都坐在前排，胸前贴一个红条条，戴一朵土红花。冉秀和的班组真的又红又火。

77 岁的谢高就，当年也是冉秀和班里的成员。1958 年刚满 18 岁的农民谢高就，在家乡湖南郴州报名参军，当天晚上被一名乡镇干部带到县里，那一名干部对他说：“你家庭出身好，国家需要你们这些年轻人去保卫，我们帮你争取了一个比当兵还好的单位。”谢高就听了又惊又喜，他没有想到自己被送到七一二矿，成为了一名井下挖矿的工人，而且一干就是 27 年。

在这 27 年间，他身上多处受伤，最重的一处伤是 1961 年井下的矿难事故。那天他与工友们同往常一样，从一号井下去 400 米来到了他们挖矿的现场。刚刚工作就隐约听到支撑矿床的木头，喳，喳，喳地发出响声，顶在巷道上的大树弯了，紧接着一根一根往下掉，他意识到灾难即将发生，还没有等他向工友们发出警示，突然轰的一声就塌方了，哗啦啦的矿石将他埋在里面。当时，他就昏迷了。

经过24小时的营救，谢高就被从矿泥里挖了出来，已经奄奄一息的他被送往核工业四一五医院抢救，他全身多处骨折，在医院住了一年，才逐渐恢复。27年中，谢高就经历大小矿难十余次，每次都死里逃生，荣获过多种荣誉和勋章。

20世纪80年代初，随着国家工作中心转向经济建设，核试验陆续减少。核工业产业结构进行重大调整，对一些资源枯竭的铀矿山陆续实施关闭。大批矿工也陆续搬迁，离开了这座曾经神秘的禁地之城。

十里矿山，一切都已葱茏在岁月的记忆中。七一二矿只是核工业众多矿山中的一个代表，但也是一个时代的缩影。

☆故事新语：

事业在上，路在脚下。脚下是我们有火有光有青春的矿脉，我们在这里奔跑，我们在这里吼唱，我们在这里出类拔萃，或默默无闻；我们在一起肩负重任，把祖国扛在肩上，强国强军战歌嘹亮。

20.阴山下的雄鹰

荒原筑梦竖红旗

毕业于北大物理系的刘佩玉来到二〇二厂时的情景是这样的：这里只有一棵歪脖子树和一口深不见底的枯井，遍地荒草，漫天沙土，那时人出去经常找不到回家的路，空旷的厂址上，散落着一些创业者的帐篷，其他标记一点都没有。因为害怕迷路，大家就把几根木杆立起来，上面绑上一面鲜艳的红旗，这样远处的人们透过昏暗的黄沙，还是能看到那抹不去的红色，就能找到回家的方向。

刘佩玉初到二〇二厂时，住的是单帐篷，中间用铁管顶起来，帐篷顶部有个炉眼。风刮得特别大，从炉眼往外看，刮的是黑风，黑烟绕着帐篷转，沙子在地上翻滚……

荒原的夜晚，让创业者们难熬，呼啸的北风夹杂着砂砾依然不停地敲打着帐篷。月光隐约透过帐篷照在他们的梦里，梦里或许会有出发时的铮铮誓言，或许会有故乡父母守望盼归的眼神……自古忠孝不能两全，既然选择了核事业，就选择了奉献，选择了到祖国最需要的地方去。“安下心，扎下根，荒沙滩上献青春；不怕苦，不怕累，大青山下埋忠骨”，是二〇二厂创业者的誓言，也是他们用青春和热血诠释的信仰。

荒原筑梦写忠诚

岁岁年年的风雪，让创业者们懂得，只有一颗坚强的心，才能装下这辽阔的荒原。

二〇二厂刚开始建设不久，就赶上了三年自然灾害，刘佩玉和大家一样，为了充饥，吃猪毛菜、灰菜，喝酱油汤。可即使在这样的条件下，他们也未曾有过丝毫的懈怠。

由于没有专门的生产厂和研究所，技术人员在简易仓库里，凭着“有条件要上，没有条件创造条件也要上”这股子不服输的精神，白天黑夜不停地干，利用简陋的试验条件，试制关键部件。刘佩玉参与了所有重要科研活动，他们当中有几位党员真是拼了命的干，在工作中起模范带头作用，经常为了摸清一个工艺参数，为了解决一个技术问题，在仓库里连续工作30多个小时不休息，尤其是冬天，仓库里零下30℃，滴水成冰，可是没有一个人退缩……就这样一直干了两年多，创业者们凭借着对核事业的忠诚和数年如一日的努力，弥补了仪器设备欠缺和技术力量的不足，在较短的时间内试制出合格的产品，为我国爆炸第一颗原子弹作出了巨大贡献。

☆故事新语：

唯有雄鹰翱翔，才见山高路远水无香。

唯有展翅高飞，才知我本将心向明月。

当天空之城以雄鹰为图腾，草原上的明珠在风雨打磨下渐渐升起。我们的工厂啊，是鹰击长空的精灵。被雪水洗亮的眼睛，看得清天空与泥土的芬芳。

21.激情燃烧的岁月

1961 年，李远洲离开工作 12 年之久的山东五〇一铝厂，怀着为我国原子能工业献身的崇高荣誉感，到二机部工作。到部里报到后，他立即动身匆匆赶到上饶七一三矿，放下行李就直奔已基本建成的水冶车间了解情况。水冶厂的许多工序同铝厂基本相似，唯有用阴离子交换树脂来吸附铀是崭新的工序。

水冶产品——黄饼

七一三矿水冶厂是 1958 年开始筹建，1960 年基本建成，1961 年进行试水和局部投废石试车。工艺技术是由苏联科学院第二研究所提供。苏联专家撤走后，在技术上出现许多问题，突出的矛盾和分歧，是用苏联专家提供的现成流程，还是用我们自己的科研院所验证试验后提出的第二流程？其次，试车后暴露出许多设备问题，大的有140余项。尤其是以矿浆离子交换吸附铀的大型不锈钢“巴丘克”设备，遇到的问题最多、难度最大。吸附塔的许多技术细节，专家撤走前都没有交底。这种大型不锈钢矿浆离子交换技术和设备，当时在国际上属“机密”，是尖端型的，在国内又是第一次利用。有关制度规定，即使在设备上开一个小孔，都需要上报部局批准。

面对这一大堆课题，七一三矿水冶厂的干部职工凭着一股劲，干事创业，自力更生，靠自己的力量来建设我国第一个铀水冶厂。

崭新的铀矿冶工业，是由一支有激情的年轻队伍去闯关。这支队伍的基本结构是：水冶操作工是刚从部队优选来的班长、副排长等青年战士组成，如原上海南京路好八连8个标兵之一的李祖根等；机电技术工种大部分是从上海、东北等大型企业中选拔出来的优秀中青年“老师傅”，如热忱支援国家国防企业的李德成、彭振元、汤启筹、周孝伦等工匠；技术人员则是从各地老企业选拔来的杨应雷、胡汝州、马仁良和北京十二局来的杨金华等一批工程师和技术员，及留苏回国和刚大学毕业的闵耀中、李振先等学生。这支队伍来自五湖四海，怀着为原子能事业献身的共同目标，有强烈的事业心与责任感，是能打硬仗的好队伍。加上第五研究所、第四设计院等一批技术人员，在“大力协同”和“三结合”的方针指引下，齐心协力打一场攻坚战、“志气仗”。

在各个攻关活动中，大家充满了创业激情，夜以继日，忍饥挨饿，奋力拼搏。一旦出现故障，大家冒着浓酸雾、高放射性，争相下槽入罐，清理积泥打结垢，修改焊接设备，出来就是一身汗水，一身泥浆，一副花脸，面庞上溅满斑斑点点的泥巴。这些被激情燃烧的工作场面，李远洲至今难以忘怀！大家就是凭借这种为核工业忘我献身的精神，克服了一个又一个难关，终于在1962年5月1日，拿出我国第一批重铀酸铵产品！同年11月13日，我国第一座铀水冶厂竣工投产。

几十年过去了，七一三矿完成了搬掉“三座大山”（东山、西山和65号点）的历史使命，处理过来自浙江七七一、江西七二一、七二四等三个单位的铀矿石，完成了江西省省长邵式平要求的“出产品、出经验、出人才”的三大任务，向国内后来建设的新疆、甘肃、贵州、辽宁及江西七二一、七一九铀水冶厂输送了大批人才。

☆**故事新语：**

七一三矿是核工业人愚公移山的创业矿，也是书写核工业人创业史的重彩浓墨。历史不会忘记这个辉煌的老矿。老矿虽然已经退出创业舞台，但筑梦路上，历史不会把七一三矿遗忘！

22.龙头

1960年年底，刘坤从上海市某区委书记岗位调任二七二厂厂长（第二任）。上任之前，他去北京参加了一个会议，部长找他谈话："大区长，调你去衡阳支援核工业建设，有没有信心？"

刘坤斩钉截铁地说："有信心！"

他从北京坐火车来到了二七二厂。刘坤接手工作时，基建工程已进入关键阶段，生产准备工作则刚刚开始，又赶上国家连年自然灾害，全厂工作面临着重重困难。

建成的水冶生产厂房

苏联专家撤走不久，留下一大堆难题。职工生活异常困难，因营养不良患浮肿病者甚多，住房也很紧张，大家称之为过"苦日子"。

他上任时，主抓了两件事：一是为改善职工生活抓紧建设住房，办农业生产队，搞些蔬菜和肉食给职工解决实际困难；二是加强思想政治工作，稳定职工队伍。

1961 年春天，赶上倒春寒，阴雨绵绵，寒风刺骨。主体厂房已经建成，设备安装正在进行中，厂党委及时发动组织职工围绕基建和生产准备，开展“摸关、排关、攻关”活动，提出“攻克四关，占领五尖”的口号。先后处理了大小 400 多个质量、技术问题，攻克了 260 多个难关。

1962 年初，厂长刘坤赴京参加二机部党组扩大会议。会后，部长刘杰将几个生产厂长召集在一起，具体布置了计划在两年内爆炸第一颗原子弹的设想。

部长走到刘坤的跟前，问道：“龙头（当时部内称二七二厂为‘龙头’）怎么样？有困难吗？”

刘坤坚定地说：“保证完成任务！”

“好，我要的就是你这个态度！”部长加重了语气。

刘坤知道，这就算立下了军令状。

扩大会议结束时，罗瑞卿总参谋长来到会场，接见了出席会议的全体代表。

罗总长神情严肃，语气坚决，洪亮的声音回荡在每个人的耳畔：“完成第一颗原子弹爆炸的任务意义重大，计划不可动摇，延误时机，将负有不可推卸的重大责任！”

这就是军令，是排山倒海的进军令。

“‘龙头’决心提前完成任务，为爆炸争取时间！若完成不了任务，就是砍掉我的头也不足以谢天下啊！”刘坤在心里立下了誓言。

刘坤火速返厂，立即排出了抢先建成“纯化工程”的计划，尽快生产出合格的二氧化铀，为后续厂的生产腾出时间。

那些日子，他和书记华光，副厂长金家杰、李文超，几乎每天都在安装现场，对遇到的问题与难关，会同技术人员一起攻关。厂部各有关部门为落实计划，按季、月、旬、日，一段一段进行布置和检查。

经过 8 个月的苦战，终于达到了预期目标。1962 年 9 月，纯化系统在试水、试酸成功的基础上，开始了第一次试生产。经过三天三夜的奋战，终于生产出了合格的二氧气铀产品。

喜讯传出，全厂沸腾。

厂党委决定“杀一头猪，会餐一顿”，来奖赏正在过着“苦日子”，为早日造出“争气弹”而拼搏的将士们。部局、省委的贺电飞来，衡阳市委领导到厂祝贺，全厂沉浸在胜利的喜悦之中

1963 年 8 月，磨矿、水冶一线系统相继建成生产。这

次试生产遇到的问题更多，如吸附塔结构设计不合理，物料通不过，不解决这个问题，整个试生产无法进行。时间紧迫，形势逼人，而改动设计，按照规定必须经部党组批准，若履行更改手续，则时间无多。如何是好？等待厂长刘坤拍板。厂领导同四院驻厂人员研究后，决定“先斩后奏”，把吸附塔进料结构全部改变。不管失败与成功，责任将由他厂长承担，甘愿为创业冒风险被撤职查办，也不能图保险，坐以待毙。

刘坤决心已定，就立即指挥行动。经过 20 多天的努力，改造成功了，生产出了合格的中间产品——铀合格淋洗液。

刘坤快步走向电话机，他要把成功的消息，以最快的速度传到北京，报告给党组。他也要让电讯传去二七二厂这届班子的心音脉搏，向党袒露赤子的磊落，一切听从上级的处置。

党最能理解儿女的心。危难之时，以事业为重，置个人荣辱于不顾，这正是一个共产党员的可贵之处。党为有刘坤这样一群忠诚的战士而感到满意。

1965 年 5 月，第 3 条生产线投产，11 月又建成了第 4 条生产线，衡阳铀厂建设交上了圆满的答卷。

刘坤在二七二厂工作了 14 年，他说：“最大的遗憾是很多时间都是在运动中度过，没有更好地为党和人民工作。”

在二七二这片充满诗意的土地上，刘坤和后来人经受住了各个时代最严峻的考验，顶着各种压力和冲击，不灰心，不气馁，奋力拼搏，战胜了重重困难，取得了一个又一个胜利，创造了一个又一个奇迹。

☆**故事新语：**

风为谁怒吼，水为谁吟唱，钟声为谁而鸣响，激情为谁燃烧。捧着一颗心来，不带半根草去。龙头拂拭苍穹，乾坤一掷日月。创业精神就是我们的龙头恋歌，告诉未来：我们，闪烁龙马精神，天地即是疆场！

23.一个瓦工的足迹

小小一个瓦工汉，走遍东北和西南。
只为信仰和信念，奔赴大漠不畏难。
黄沙漫道土为伴，荒漠路上洒血汗。
骆驼草籽当便饭，戈壁滩上铸利剑。
追随西北转西南，玄秘雨雾藏蜀山。
深山密林挖洞体，一线建设奇功显。
远足寻觅探踪迹，小小瓦工成大腕。
悠悠岁月峥嵘意，创业足迹永流传。

建设核工业四〇四厂

1952年，21岁的杨庆义参加了黑龙江省第一工程队，1957年调到东北一公司，是当时东北最大的一个公司，1958年，他积极响应中央统一部署，随同东北一公司的人全部调往兰州总公司，开始了建设大西北的历程。

杨庆义参加的第一个工程是建设五〇四厂，随后调到四〇四厂。当时，作为一名年轻的技术工人，怀着对核工业事业的美好憧憬和满腔热情，投入到四〇四厂的工程建设中，能够参加我国第一个核工业基地的建设而感到十分激动和光荣。

当时他和队友们来到四〇四厂的时候是经过了严格政审，核工业部到家乡去调查几辈人的关系，历史有一点不好的地方都不行。当时他的一个队友叫龙文焕，是共产党员，和他一起参加五四青年突击队。因为妻子是日本人，政审没有过关，最终他没有能够参加四〇四厂的建设。

1958 年 10 月，杨庆义和建设队伍一起开进了戈壁滩下了火车，一眼望去，没有一户人家，没有一株树，只有稀稀拉拉的骆驼草。只见二三十里地以外都是茫茫戈壁荒无人烟，地势低洼，后来知道它有一个形象的名字，叫“低窝铺”，风刮得呼呼的，周围昏昏沉沉的，看不清四周。

杨庆义

杨庆义清晰记得：“刚到四〇四厂的时候，风沙大，生活也苦，刮大风的时候，就戴上一个风镜，向前走路要弯着腰，脸朝着地面，否则风吹得走不动。”人们形容“风不多，一年刮一次，一次刮一年”。有时候刮十级风的时候，两米的距离都看不清。当地气候干燥，初到此处，人们很不习惯，口唇裂流鼻血。尽管当时很艰苦，但大家还是以很高的热情在干，因为是服从国家安排，心里充满了自豪感和使命感来建设四〇四厂，虽然艰苦，但职工不怕苦，不怕风吹日晒。吃饭时，饭里、菜里都是沙子，蔬菜供应很少，一年有半年靠吃咸菜。有时候刮起狂风，连饭也不能做，只好用饼干充饥。当时住的是帐篷和地窝子。晚上帐篷里很冷，有的同志戴上皮帽，戴上口罩，穿上大衣，再盖上被子，叫作"全副武装睡觉"。最缺的还是水，最初施工生活用水都要靠火车、汽车从几十里地外甘肃省劳改队那里运过来，当时一吨水的成本相当于一吨汽油的钱，真是"滴水贵如油"。生活用水少，只好定量分配，早晨用过的水留到晚上再用。52 公里的正式输水管线工程量大，一时建不起来，便突击抢修临时水线和泵房。1959 年初，才初步建成并通水，之后又经过改造才正式通水。

杨庆义是一名瓦工，四〇四厂建设初期就担任突击队队长，参加四〇四大坑的施工，是建设四〇四厂施工中一个至关重要的环节，施工的进度和质量直接影响到整个工程的进度和质量。为了保证施工质量，上班前，他组织队员进行班前的技术交底，在砌砖时，做到"横平竖直，灌浆饱满"；为抢工期，除了加班加点以外，他们进行一些施工技术小革新，比如，采用铁瓣（大马勺）左右手一起挖混凝土，提高了工效，砌砖由原来的一天能砌 200 多块增加到 1800 块。杨庆义作为突击队长，常常累得直不起腰，小腿浮肿，只能用膏药和热毛巾敷来缓解疼痛。一天辛劳之后，吃完饭，衣服也来不及脱，就倒在床上睡着了。历经 4 年的艰苦奋斗，终于完成了施工。

四〇四厂建成后，需要调来警卫团保卫四〇四厂，当时警卫团没有地方住，杨庆义的突击队被调去为警卫团修建住房，在时间紧、任务重的情况下，他很痛快地接受了这个任务，向领导表态，带领突击队员进行了“战前”宣誓，最终他们按期完成了任务，受到上级的嘉奖。

1959 年春天，杨庆义由于多次带领突击队完成任务，成绩突出，被授予跃进献礼积极分子，并去北京参加了表彰大会。表彰会上，他作为一〇二公司一线工人代表受到周总理、邓小平等中央领导人的接见。1959 年 9 月，他又一次作为突击队长的先进代表，参加了在人民大会堂召开的全国群英大会建筑系统先进经验交流会，这是他人生最为辉煌的一年，从此他将核工业精神的种子深深埋在心底，将自己的一生与核工业紧紧地联系在一起，将最好的年华留在核工业光荣而神圣的事业，并带着组织给予的至高荣誉奋斗终生。

正当四〇四厂建设的关键时期，杨庆义他们遇到了国民经济三年困难的时期，加上自然灾害，吃不饱，穿不暖。灾荒年，对核建人来说又是一次严峻的考验。“咬紧牙关，过苦日子”，这是国家的号召。最困难的时候，他们吃过榆树叶，用开水烫一下，拌点儿苞谷面。骆驼草籽压碎了吃，还吃骆驼草籽加工或面粉掺和做成的馒头，有些人吃得身体浮肿，腿一按一个坑。杨庆义和队友们经常吃不饱，还要坚持施工，感觉到头昏的时候就躺一会儿，或者去卫生室要点药吃，然后接着干。

“当时宋庆龄视察四〇四厂，目睹四〇四厂建设者们生活的艰苦，她从外调了些粮食，这样大家才勉强吃饱。”杨庆义说道。后来陆续从全国又调来一批批急需的生活物资，有些供应甚至是周恩来总理亲自安排的。为了解决生活困难，他们自力更生，自己种菜，还组织打猎队进祁连山打猎，运回野羊肉等，生活逐步从难以为继的阴影下走出来，获得生机和力量的队伍又焕发起勃勃朝气。

1966 年 3 月，时任副总理的邓小平视察国营四〇四厂，与各单位职工代表合影，杨庆义同志作为中核二二公司的十几名先进代表之一，受到中央领导同志的接见，使他再一次感受到组织对他的高度信任，更坚定了他为核工业奋斗的信念。

转战大西南

1964年，在“备战备荒为人民”“好人好马上三线”的时代号召下，成千上万的工人、干部、知识分子、解放军官兵和上千万人次民工，打起背包，跋山涉水，来到祖国大西南、大西北的深山峡谷、大漠荒野，露宿风餐，肩扛人挑，历时十几年，用艰辛、血汗和生命，建起了1100多个大中型工矿企业、科研单位和大专院校。1967年，杨庆义又随着建设西南的大军，从大西北转战西南，参加到建设三线的热潮中，开始了他的三线建设之旅。

杨庆义刚到重庆的时候，感觉到处都是山，山很高，交通极为不便，上山经常脚下打滑。当地老百姓生活很苦，有一次赶集，杨庆义看到老百姓穿得裤子破了，他把他的裤子给他了，自己穿个衬裤回来了。杨庆义说：“万事开头难，在工程建设之初，那时很苦，连路都没有，山上修路，要费很大的劲。为了赶快把路修好，当时中核二二公司党委书记程世德动员公司家属也参加到修路的劳动中。有个职工的母亲，一个60多岁的也去修路，为了建设816工程，职工家属一起动员，在这深山里埋头苦干，日夜奋战，终于修好了路，建起了生活临建。”

1969年，杨庆义又一次作为突击队长，参与到八一六的建设中。参与八一六建设的不仅有中核二二公司，当时国家派了重点工程兵一个师在这里。当时挖洞口的时候，因为塌方，随时都有可能牺牲。

当时杨庆义带领的瓦工班作为攻坚克难的突击队，承担起取水口的施工，取水口工程关系着当地上百家企业的生活、生产用水。当时的工期要求 4 年建设完成，工程施工难度大，技术要求高，为了抢工期，不管是下雨还是刮大风大家都要施工，为了抢工期，采用三班倒。进取水口，进泥巴，穿连体的雨衣雨裤，冬天还好一点，夏天闷热，浑身长痱子，相当难受。冬天的时候，特别是到下半夜，过了十二点以后，刮的那个风很凉，他和队友们感觉到透骨的寒冷。当时交通不便，运送钢筋、设备、仪器等都是靠摆渡，工程最艰难的是爆破施工，为后序挖基础、抽水、埋钢筋、灌浆施工的关键环节。爆破施工时，当时牺牲了 4 个人。有一个技术员叫严树朴，是个大学毕业生，技术水平很过硬。在取水口爆破施工中，他黑天白夜地干活。那天，他下班了回宿舍吃完饭又来加班，不幸牺牲了。正是在这样的奋不顾身的艰苦努力下，原计划 4 年的取水口工程，只用 3 年半的时间便完成了。

中核二二公司参加的工程都是打头阵，经历了常人难以想象的艰难，无论哪个工程，中核二二公司都是建设先锋，因为土建是工程施工的基础。建设八一六厂涌现出很多可歌可泣的故事，杨庆义作为亲身经历见证者，仿佛又回到施工现场和工友们在不分昼夜地忙碌着……

☆故事新语：

历历在目的创业人和创业事，将“创业艰难百战多”的老时光拉回眼前。人们看到的创业足迹是创业人的生命线，既有承诺和坚守，也有信念和信仰。在血与火、泪与歌、昼与夜的淬炼下，每一个创业人的心与魂、肝与胆都化作生生不息的创业颂：唯有创业最光荣！

第三章

第五节　开路先锋

24.第一个五〇四人王介福

王介福比所有的五〇四人都来得早——

1957 年 1 月，他和选址组的专家来到兰州西郊，被一大片枣树林吸引住了。虽然是冬天，枣林都是灰蒙蒙的，但仍然让他们感到惊喜若狂：这里的河湾，枣林，红山，土地，不正是他们要寻觅的最适合厂址吗？

他和专家组成员很快达成一致，写出关于铀浓缩厂的选址报告。不久，中央军委命令正在这里筹建的飞机制造厂搬迁，腾出地方给第一座铀浓缩工厂让路。

王介福

王介福当时的身份是三机部（后改为二机部）十五局局长。此前他担任过多年的我国驻匈牙利大使馆参赞。

回国后，开国将军宋任穷部长是他的顶头上司。在宋任穷部长点将下，王介福于 1957 年 11 月正式担任中国首座铀浓缩工厂的筹备处主任。因此，说他是第一个五〇四人再恰当不过了。

筹备处领导班子成员包括王介福、张丕绪、王中蕃、刘喆等，最大的 43 岁，最小的 40 岁。

1958 年 5 月 31 日，邓小平同志亲自批准了兰州铀浓缩厂的选址方案。

铀浓缩工厂是首批核工程建设厂矿中的重中之重。为此，国家根据特殊的用人条件，从全国各地抽调精兵强将，聚力于这片神秘的土地上。所以有人说五〇四就是指的五湖四海，也不无道理。

作为第一个五〇四人，王介福真的是一位福将。从 1958 年 3 月 10 日抢建工厂大桥开始，一项项密集的工程项目齐头并进、蹄疾步快，紧锣密鼓向前推进着。

即使在那“大跃进”“放卫星”的年代，王介福依然保持着一份特别的清醒。他说，必须以科学的态度抢时间、赶速度，百年大计、质量第一。

王介福带领科技人员在工程现场进行三查：查隐患、查问题、查漏洞。一下子查出 200 多起质量事故。他和部里派来的领导一起在枣树林召开工厂大会，上万人参加。他说：出了问题，责任我来背，工作大家做，只整改，不整人！

职工们听了，欢呼雀跃，争着和厂长一起担责任、挑重担、渡难关。所有人都表达了一个信念：工程质量是铀浓缩工厂的命根子！

于是，大家和王介福厂长一起抡起大铁锤，把不合格的作业砸了个稀巴烂，重新开始精雕细刻。从那时起，工厂的施工转入正规化，五大连续的各种工程都注重科学性，保证真空度、清洁度、温度、湿度、耐腐蚀度、放射性标准不能变。

王介福的魅力，可能就是现在流行的说法“情商高”吧！他胖胖的，憨厚可爱，每天都是笑呵呵的，上班多是步行，偶尔坐车，只要有空座，就把抱孩子的、衣衫单薄的或是怀孕的女工让进车里……连周围的村民都知道，五〇四有个朴实无华的胖厂长。

至今，很多人都津津乐道于他的一件小事：有一次王介福去职工澡堂子洗澡，没想到地面那么湿滑，他“扑通”摔了一跤，他自己爬起来，顾不上疼痛，对围过来的工人们说：摔得好，摔了官僚主义！他一边心疼地看着职工，一边马上想办法派人给澡堂子地面装上了防滑木格子踏板。

王介福厂长，第一个五〇四人，就是这样爱着、护着、关心着、照料着自己的职工，无微不至的深情像黄河水一样，自然而然地流淌在五〇四的沃土上。

☆**故事新语：**

在王介福的人生词典里，创业！创业！！创业！！！……如同冲锋号声，此伏彼起，一起奋斗，一起思索，一起憧憬。创业者，永远不会独行！

25.枕戈待旦的创业功臣华戈旦

华戈旦，是一位名不见经传的铀浓缩专家，却是五〇四厂和其后二套新厂的功臣。

1951年，华戈旦作为新中国最早的一批留学生，带着祖国人民的殷切期望，奔赴苏联，开始了漫长的客居国外的学习生涯。

留苏7年中，祖国经济建设发展对专业人才需要的变化，频繁地改变着华戈旦的学习进程。他辗转4所大学，学习了3个专业。他孜孜不倦，刻苦攻读。令他终生难忘的是，1957年11月，他亲耳聆听了毛主席在莫斯科会见我国留学生和实习生的讲话："希望寄托在你们身上，世界是属于你们的。中国的前途是属于你们的。"毛主席那意味深长的寄语，深深注入了他的心灵。

华戈旦

1958年，华戈旦刚回到朝思暮想的祖国，便立即投入五〇四厂的紧张筹建工作。他参与工厂的施工设计；培训首批工艺设计的技术干部；培训首批运行工艺人员；负责投产前的技术准备、资料校译、规程编制；参加组织启动投产；工艺运行管理……他这个喝过洋墨水的人带领工厂的土专家日夜攻关。

1960年前后，中苏关系恶化了。苏联专家一批一批地撤走，釜底抽薪的威胁，使这个工厂面临着生死存亡的考验，国外有人预言：过不了几年，工厂设备将成为一堆废铜烂铁。

华戈旦是个事业上的有心人，深知，对于这个工厂来说，有关技术资料具有血液对于人体那样的重要性。早在研究所实习期间他就翻译和校译了大量技术资料；苏联专家撤走后，又与其他同志一道校译了专家带来的全部技术资料，约500份，累计600余万字，其中他个人就校译了近150万字。华戈旦，枕戈待旦，为第一个铀浓缩工厂的建设立下汗马功劳。

这无疑是一项浩大的工程，更是一笔无法以金钱衡量的巨大财富。它对我国技术干部迅速掌握生产工艺，使工厂迅速顺利投产，及早取得合格产品，起到了极为重要的作用。这些资料在相当长一段时间内，对我国核燃料事业的发展，都具有宝贵的参考价值。

他领导的规程编写小组，经过一年多艰苦奋斗，组织编制、审核了生产工艺的全部主要规程和170余份化工生产规程，组织编写、审核并参与实施了工艺运行的各期启动方案、启动议定书和各种试验方案，还与其他同志一起解决了设备安装、热处理和调整启动过程中的一系列技术难题。

一次，白天安装的设备无法抽至真空，如待到天明，那设备只能拆下返修，造成时间上经济上难以估量的损失。深夜，灯光下，华戈旦和另一同志，仔细研究了设备结构可能的薄弱环节，找到了症结，攻克了难关。就这样，他们夜以继日，反复推敲，不断设想，从小规模到大规模地试验，摸索着前进，迎来一个个阳光灿烂的早晨。

1964年6月14日，五〇四厂终于一次启动投产成功了。当第一批核燃料产品由中国人自己动手操作生产出来时，华戈旦再也抑制不住激动的心情，双眼闪着泪花，深情地为自己留下了一个永难忘怀的纪念，给刚出世的小儿子取名为华启。

不久新的使命接踵而至，华戈旦被五〇四厂二套新厂筹备处征召，开始新的创业历程。

他风尘仆仆，马不停蹄，往返奔波，不厌其烦地记录着山形地貌，水文风土，为新厂选址。

厂址选定后，作为生产厂代表之一，他同设计单位就工艺设计中的主要原则和重大改进项目进行协商，他参加审查生产厂的初步设计方案，组织编写生产大纲，筹建工艺实验室等等。

1970 年 9 月，工厂又一次启动投产成功！这在我国国防事业发展中具有划时代的意义。这一切，渗透着华戈旦的一份辛苦。

他常常讲："我不怕得罪人，就怕得罪工作。"

其实，与人私交，他可亲，和蔼，平易近人，虚怀若谷。但对工作，他丁是丁，卯是卯，一丝不苟，难容半点敷衍。

在生活常识上，有许多他不了解的事。而凡涉及工艺生产技术问题，他几乎可谓洞若观火。他对各种设备结构性能等都了如指掌。在他的业务档案上记载着：1970 年，他负责筹建工艺实验室，从设计、土建，到主辅设备选型，安装，直至建成，为厂开展各项工艺试验奠定了良好基础。1975 年，他负责工艺运行的日常管理，领导了规程的修编，组织编写并审核转换方案等，还参加了组织实施及总结，为新厂连年稳产高产贡献了一份光和热。

此后，他在落实部里提出的"挖潜促高产"的工作中，在从未间断的技术改造和科研试验中，在"调整转民"的第二次创业中，都作出了重要贡献。在他作为主研人员参加的技改和科研项目里，有一项荣获国家级科学技术进步奖，有4项获部级科技进步奖。

厂里有人称呼他“华老总”，有人称呼他“老华”，甚至还有人称呼他“华师傅”。这些不同的称呼，反映了大家对他的敬重和亲切感。

他像一颗闪光的铺路石，为后继者前行填洼补坑；又像一块层层剥落的炽炭，依旧散发着光和热，为事业增加着亮度，为别人增添着温暖。

☆故事新语：

我们记得华戈旦，这位转战五〇四厂和其后二套新厂的创业人物，无可置疑地走进创业史。那些优美的词汇不适合形容他，从踏上核工业创业路的那时起，华戈旦就义无反顾地稀释了自己的幸福、浓缩了自己的梦想，他的故事其实就是大多数科研一线知识分子的精神的合成版。

26.“两弹”功臣吴际霖

有许多科学家被称为原子弹功勋，但吴际霖，更愿意被称为原子弹之星，是繁星般的原子弹创业功臣中的一颗启明星。

吴际霖，1918 年生于成都。他从 1957 年 5 月起在二机部九局任职，并与李觉、郭英会、何广乾以及外籍专家等10余人，在甘肃、四川等许多地方勘察，几经周折，终于为共和国选定了第一个核武器研制基地——青海金银滩草原。

张爱萍（右）、朱光亚（左）、吴际霖（中）在核试验基地

从 221 基地选址、定点到基础建设，吴际霖都是参与者和领导者。1962 年青海核武器研制基地建设时，他是时

任九局局长李觉的得力助手，优秀的科研生产管理者，曾任221基地党委书记、总工程师。

当年苏联专家要求九局确定研制原子弹的科学负责人和总工程师的人选。九局明确告诉苏联专家，科学负责人朱光亚、总工程师吴际霖。专家看了他们的履历后，对朱光亚这个人选很满意，对吴际霖为总工程师的人选不满意，甚至说“我们是造原子弹，不是造手榴弹”（因吴际霖在延安时期曾在兵工厂工作过）。

吴际霖曾作为我国政府代表团成员三次赴苏联参加会谈和签约。在苏方毁约后，吴际霖说“有一门学问叫空气动力学，现在苏修欺负我们，我们憋足了一股气，要把这股气变成动力，努力工作，为祖国争气，这也是空气动力学嘛”。这些话激起了全体干部奋发图强的巨大热情。

吴际霖组织、领导、指挥着庞大的原子弹、氢弹研制的系统工程。他有创见地设置了4个技术委员会：产品设计技术委员会，主任委员吴际霖、副主任委员龙文光；冷试验委员会，主任委员王淦昌、副主任委员陈能宽；场外试验委员会，主任委员郭永怀、副主任委员程开甲；中子点火委员会，主任委员彭桓武、副主任委员朱光亚。兵分四路，同时并进，加快了进度，缩短了研制的时间，出色地为我国造出了原子弹、氢弹。

即使在“文革”中，群众揪斗他，完事后他仍坚持工作，尽量减少“文革”群众运动对氢弹研制的不良影响。在处境极其困难的情况下，他还主持召开1966—1967年氢弹科研、生产的两年规划，组织起草了我国核武器研制、发展方案。他领导了我国第一颗原子弹、第一颗氢弹的研制、生产、试验工作，是我国原子弹、氢弹技术突破的杰出组织领导者。

国民经济三年困难时期，对原子弹研制项目是否下马存在着争论。中央决定派张爱萍和刘西尧到现场调查研究。他们向中央作出不要下马研制任务的建议，中央采纳他们的意见。1962年9月，二机部刘杰部长与李觉、吴际霖、朱光亚等研究后，向中央上报了《关于自力更生建设原子能工业情况的报告》，提出两年内进行中国第一个原子弹装置爆炸试验的“两年规划”。

为进一步分析研究其可行性，根据领导和专家集体讨论的意见，由朱光亚主持拟制了《原子弹装置科研、设计、制造与试验计划纲要及必须解决的关键问题》和《原子弹装置国家试验项目与准备工作的初步建议及原子弹装置塔上爆炸试验大纲》。这两份文件在科学总结前期工作的基础上，明确指出了技术上最关键的问题，提出了必须完成的基本建设项目和条件，并对下一步工作进行了全面部署，提出了核爆炸试验分“两步走”的方案，第一步先做地面爆炸试验，第二步再做空中爆炸试验。

整个安排有条不紊，环环相扣。后来的实践证明，这些分析和部署是符合实际，切实可行的，对当时很快突破原子弹技术起了非常重要的作用。这两份至关重要的文件，被誉为“两个纲领性文件”。

凡接触过吴际霖的人都知道，他有杰出的军工管理才能，严谨缜密的工作作风，他思路清晰，待人和蔼可亲，是核武器研制基地难得的领导人，为核武器研制基地的创建和“两弹”的突破，作出了杰出贡献！

☆**故事新语：**

“祖国需要我，我更需要祖国。”星光熠熠的天河，吴际霖是其中的亮丽的一颗。第一颗原子弹功勋科学家，心灵辽阔，事业壮阔，梦想浩阔。为什么出发？为什么前行？只因对祖国的爱，回荡在心窝。在爱中拼搏，并且在爱中收获。

27.七一三矿之子闵耀中

1960年2月16日，闵耀中同志从莫斯科有色和黄金学院毕业回国。那时回国的留苏学生先集中在全国总工会干部学校学习、劳动，以适应国内环境和等待分配工作。

当时，党组织号召青年学生到基层去，到生产第一线，到祖国最需要的地方去。他主动报名到基层工厂矿山工作。5月12日，他到第二机械工业部十二局报到，被分配到我国第一个铀矿冶联合企业国营七一三矿工作。当时，中苏关系出现问题，在二机部工作的苏联专家即将撤回去，十二局领导决定他暂留北京，参加在北京五所进行的七一三矿水冶工艺流程验证试验及十二局的一些技术活动，如讨论七一三矿和二七二厂水冶工艺流程问题，与即将撤离的苏联专家探讨水冶流程中的一些技术问题。

有一次，北京五所的同志反映，在五所工作的一位苏联专家态度比较傲慢，因为快要撤离不太愿意传授技术。他得知后去五所看望这位专家。交谈中，这位专家得知闵耀中和他是同一个学校同一个专业毕业的校友，且都是著名教授暮拉契的学生时，一下子拉近了距离，态度变得十分友好，表示要尽力帮助所里同事，共同做好相关工作，为建设中国原子能事业作贡献。在京时间虽很短，但对于他吃透苏联提交的七一三矿水冶厂工艺流程和设备，并结合我国实际情况消化吸收，受益匪浅。

1960 年 8 月下旬，闵耀中同志来到七一三矿，立即投入水冶厂设备安装调试、工艺流程和工艺参数的确定工作中。在当时抢时间争进度，先生产后生活的思想指导下，七一三矿的生活条件十分艰苦，住的是原先的民房和简易房，一间十几平方米房子住了四五个人。当地夏季潮湿闷热，冬季寒气逼人。吃的菜就是辣椒、萝卜，吃一次豆腐渣还要凭票购买。

在厂房建设和调试期间，他每天上午不是到实验室做实验，就是到厂房参加安装调试，下午要研究工艺流程和工艺参数，编写操作规程，培训操作工人，晚上还要挑灯夜战，整理技术资料，研究问题解决方案。

试车、试生产期间问题很多，闵耀中作为水冶车间技术负责人，常常一整天都泡在试生产现场，往往是一身矿浆一身汗。加之当时营养不良，工作劳累，闵耀中得了浮肿病。医院安排他到杭州疗养院疗养，他考虑到水冶厂正处于试车关键时刻，放弃了疗养，继续坚持在试车第一线，和大家一起过工艺关、设备关、操作关。

1962 年 4 月 30 日，他一直在水冶厂组织试生产，直到

5 月 1 日凌晨，当从矿石中提取的第一批合格产品——黄澄澄的重铀酸盐卸入产品桶后，他才怀着喜悦的心情回宿舍睡觉。

从 1964 年开始，闵耀中同志担任矿化验室主任，生产技术科科长，1975 年任副矿长兼总工程师，一直负责铀水冶厂的技术工作，并于 1978 年代表七一三矿出席了全国科学大会。在大会上，七一三矿获得先进科技单位荣誉和 6 个科研项目奖。

1991 年 6 月 22 日中核总总经理助理闵耀中（前排中间）到七一三矿指导工作

随着工作的需要，闵耀中同志逐渐从基层矿山领导岗位进入省局、部局领导岗位，后来又担任中核总纪检组组长，当选为十四届、十五届中央纪委委员，成为铀矿冶基层单位走出来的副部级领导干部。

不论走到哪里，闵耀中都以“七一三矿之子”为荣，因为七一三矿留下了他的青春、他的梦。

☆故事新语：

从基层走出来的领导干部，都会回味基层时光，感恩当年的奋斗之旅。核工业人扎根核工业，从未忘记自己的创业初心和奋斗使命。

28.二〇二之子

1967 年，李冠兴从清华大学研究生毕业，分配到了二〇二厂。当时这里被著名科学家钱三强称为“厂所合一”，主要是从事核材料研究与生产，与他的专业非常对口，他自己也希望能在国家尖端企业进行锻炼，进而实现“求真务实，创新图强，厚道为人，报效祖国”的人生信条。来到二〇二厂，他就没再“动过窝”，一干就是 40 年。

李冠兴

他刚来二〇二厂的时候研究所有 600 多人，李冠兴很快就进入了角色。可是刚刚工作 1 年多，由于“政治问题”，他被派去当时的施工连，劳动了 1 年半。期间，当过装卸工，抬过 200 公斤重的盐包，做过瓦工，还开过搅拌机。那是一段饱经艰难、困厄坎坷的岁月，但他通达乐观，在磨难中掌握了很多技能。后来考虑到他的研究生身份才重新让他回到研究室从事科研工作。回去后做的第一项工作就是从事中间层的研究，所有的事情都要自己做，查资料、定方案、整治设备、选材料等等。第一次做项目报告时，他就遇到了核材料界的老前辈张沛霖院士，张先生评价他的工作说：很好、很“科班”。就这样，第一次见面张先生就记住了这位清华毕业的小伙子。

之后，张沛霖不断地把一些科研攻关课题交给李冠兴，每次他都能出色地完成任务。1976 年，李冠兴攻克了核材料元件生产中的技术难题，为当时大幅度提高元件包装成品率和降低反应堆内事故概率作出了重要贡献。他根据以往的经验，建立了一套新的理论，并用自己的推理正确解释了生产实际中的现象，从而解决了问题。这次任务的完成，影响很大，也得到了张沛霖先生的高度赞赏。1999 年，59 岁的李冠兴以他渊博深厚的学识和开创性的业绩被评为中国工程院院士，在核工业企业科技人员中史无前例。

1990 年到 2000 年，李冠兴任二〇二厂总工程师期间，在厂经济状况十分困难的情况下，筹建起了核工业唯一建在工厂里的重点实验室，建设了研发基地，争取到一批重大科研项目。2000 年，他被任命为二〇二厂厂长时已经 60 岁了，真正的“破格”。他组建了我国第一条重水堆核燃料元件生产线，拿出了我国第一组合格的重水堆核燃料元件，同时为二〇二厂的发展造就了一大批的英才……

李冠兴的妻子谈起自己的丈夫是这样说的，“他眼里只有工作，完全不会照顾自己，但也正是他的敬业精神深深打动了我。”李冠兴夫妻刚结婚那会儿是住在医院一个空着的传染病病房，后来，搬到一个与邻居共用厨房和厕所的只有12.3平方米的房子，直到1983年才搬到一间60平方米的楼房内。后来的几年中，上海有关单位几次想“挖”他，给出了丰厚的待遇条件。但他为了核事业还是留在了包头。40多年来，李冠兴多次谢绝大城市、大企业和国外的高薪聘请，在二〇二厂脚踏实地，勤奋耕耘。

他说：“有些东西不是金钱能买到的，人总要有点精神。”他是这样说的，也是这样做的，他配得上“二〇二之子”的荣耀！

☆故事新语：

阴山下，一个大写的二〇二，在创业的海拔高度上，抒写与天空比高的壮丽。二〇二之子，含英咀华，以一抹阳光的馨语，告诉风餐露宿的同路人：我们都有一个共同的名字叫创业！

29.谁人不识王中蕃

王中蕃，是五〇四厂早期能够与王介福齐名的老领导，是五〇四人最不能忘记的一个大刀阔斧干事业的闯将。

从革命战争年代走进新中国的王中蕃，在1950年11月25日至1952年11月25日的两年间，先后担任志愿军后勤一分部副政委兼政治部主任、政委等职，亲历抗美援朝最艰难、最残酷的第二、三、四、五次战役，以及1951年夏秋防御作战、1952年春夏季巩固阵地与反轰炸反细菌战，还参加了著名的上甘岭战役。因战功赫赫，王中蕃1952年被授予朝鲜二级国旗勋章。

王中蕃

1952年冬，从朝鲜战场返回国内的王中蕃，本应该回到东北局，只因在朝鲜饱尝美国空军狂轰滥炸的滋味，回国后他坚决要求到航空部门工作，立志要造中国自己的飞机，自己的轰炸机。王中蕃被任命为原第二机械工业部（后航空工业部）一二〇厂副厂长，兼代党委书记。1955年秋至1957年春，王中蕃调任原第二机械工业部（后航空工业部）甘青地区新厂筹备处主任兼四三〇厂主任和党委书记。四三〇厂的厂址就是后来的五〇四厂。四三〇厂作为一个飞机制造工厂，原计划人员6万～7万，同时拟建有机校、航校、发动机研究院等配套机构。但是计划不如变化快，1957年初，原三机部（后二机部）九〇一厂（后五〇四厂）的选厂人员也选中了四三〇厂这块地方，由于九〇一厂的特殊性，上级要求四三〇厂让出此地。这地方是王中蕃千辛万苦找寻到的，在这里饱含着他的强国强军梦，可现如今“鸠占鹊巢”，王中蕃心有不甘。虽经反复抗争，但终究胳膊拗不过大腿，无奈之下只得拱手相让。最后从大局出发连自己也“赔”了进去。王中蕃被调到原第三机械工业部五〇四厂，被任命为常务副厂长，从此离开了从朝鲜回国时立志要为之奋斗的航空事业，全身心地投入到了核工业事业中。从基础建设到浓缩铀的产出，倾注了他的全部心血。他和王介福厂长、张丕绪书记被称为中国铀浓缩“三杰”。

工厂领导在建设工地现场合影

（右二：党委书记张丕绪，右三：厂长王介福）

有一本书叫《596 秘史》，其中写道：“1957 年底，二机部派了几个人到列宁格勒实习，由王中蕃和刘宝庆带队，王成孝搞理论计算，华戈旦搞主工艺，陶平搞仪表检修，彭士禄搞机修。”这几个人回国后都在五〇四厂工作过或短期参与工厂技术攻关。其中，王中蕃和刘、王、华、陶 4 位专家都先后从事主工艺科研，是工厂的中流砥柱，彭士禄则奉命去搞核潜艇成为中国核潜艇之父。

一向实事求是的王中蕃说，“我们不应忘记帮助过我们的苏联人民，我接触的苏联专家多数是友好的。还有五〇四厂的建成，离不开参与工程的全体建设者。当时工厂人员以及二一公司、二三公司还有设计院的职工们都是由全国各地挑选来的优秀人员组成，是一支各方面能力都很强的队伍”。他说：“原子弹的成功爆炸绝不是一两个或者几十个什么人就能办得到的事。”

他说毛泽东是中国核工业的缔造者，没有毛主席，中国核工业是不可能发展那么快、那么好的。经历过血与火洗礼的王中蕃是毛泽东的铁杆粉丝。他这样说：“毛主席办的是大事，我办的是小事。”“原子弹的爆炸成功，是在毛主席、周总理的亲自领导下，在中央军委、国务院的直接指挥下，在几十万核工业建设者不畏艰难困苦、勇于拼搏下，在全国上百家兄弟单位的大力协助下，在全国人民无私的帮助下，才得以在较短的时间内完成。”

1964 年 1 月 14 日，五〇四厂取得第一批合格产品，王中蕃实现了自己的第一个强国强军梦。1964 年 9 月 30 日，二机部根据中央专委关于在我国三线地区新建铀浓缩工厂的决定，通知五〇四厂加紧二套新厂的选址和筹建工作，并指定张丕绪和王中蕃负责新厂组建工作，王中蕃又踏上了新厂的创业路，为五〇四厂亲手完成了一个“备份”。王中蕃后来出任核工业部核燃料局的首任局长。

王中蕃为两座铀浓缩工厂的建设和发展立下汗马功劳，是我国铀浓缩工业的重要创建者之一。王中蕃 99 年生涯中最光荣的时刻就是亲自参与两个铀浓缩工厂的创建。99 岁，真正的高寿，高山仰止。在世时，他经常说的话就是：“这辈子我够本了。”“我亲身参与了两个半厂的建设，并且都按计划圆满建成了。毛主席说他一生办了两件事，我一生参与了两个半厂的事。”两个厂就是铀浓缩工厂，那半个厂就是四三〇厂。

☆**故事新语：**

转战两座铀浓缩工厂，身经百战的王中蕃，是核工业的拓荒牛。他，德高望重，高风亮节，高韵深情。他，疾风劲草，烈火雄心，剑豪如雨，披荆斩棘。谁人不识王中蕃！他与核工业之间，仿佛高山流水遇知音，哪里需要他，他就出现在哪里。

第六节　核之苦旅

30.第一桶二氧化铀产品

二七二厂至今保存完好的18号厂房，是生产核品的重点工程。纯化车间管线密布，罐塔耸立，关键设备，关键岗位，重点部位较多。1962年9月10日正式开车前，厂长刘坤坐镇指挥，在安全、技术部门的监督下，几乎每台设备都要启动试转，每根管线都要加压试水、检漏，然后再全线联动试车。

溶解工序的设备在纯化车间里管线最长，弯头最多，扬程最高，扬量最大。由于当时的操作人员大多数是从部队转业和从其他行业抽调来的，不熟悉设备的性能，单体试车时，先后损坏了四个叶轮，一个泵壳。整整试了一个星期，才达到要求。

萃取工序的工作面很广，萃取塔很高，从0米到11米，中间还隔了一层楼和两个工作平台，上下设立了好几个岗位。试车时，没有电话，岗位之间相互联系要上下爬梯子，一班十多趟来回，有时甚至几十个来回，小伙子们累得直喘粗气。能不能解决上下联系的问题呢？几个人一琢磨，办法想出来了。那就是用原始的通讯方法，在岗位与岗位之间装上一根钢管，两端焊上喇叭口，需要联系时，先用槌子敲几下，通知对方接应，然后一方对着喇叭讲，另一方用耳朵贴着听，联系起来省劲多了。他们就是靠这些土方法和科学的精神，解决了联动试水中的问题，提前进入带料试产阶段。

保存完好的纯化老生产厂房

1962年9月11日，厂长刘坤，副厂长李文超、金家杰，车间主任黄星威，他们早早地来到现场，岗位工在溶解槽里投下第一批物料，进料后，工艺师乔世昌对全车间所有的岗位仔细观察，认真操作，试车顺利进行。可到了沉淀岗位，由于原设计不合理，物料在隔膜泵里堵住了，强大的压力将物料喷射到地面和设备上，急坏了带班的工程技术人员。堵了，怎么办？从上海调来的技术工人,40多岁的殷富春师傅，见到这一情景斩钉截铁地说：“堵了，不怕！我用手来掏。”他脱掉防护手套，硬是把手伸进容器中，一点一点地把被堵的物料抠出来，终于将管线疏通，保证了试车的正常进行。

这一天投进的第一批物料，在师傅们的精心操作下，顺利地通过了溶解、萃取、沉淀、结晶4道大关。但进入煅烧炉后却又受阻了，进去的料出不来。运行一段时间后，不但外面的料进不去，连进到炉筒里边的料也从进口处往外冒，急得大家直搓手，必须搬掉这个“拦路虎”！

纯化生产线第一台煅烧炉，是从苏联进口的。据说，那可是中国人在三年自然灾害的日子里勒紧裤带，省吃俭用，用了几十万头肥猪才还清债务的一台关键设备。它一直由解放军重点保护，除了本岗位的操作人员、本车间的主管领导及配有特别通行证的带班技术人员外，其他任何人要一睹它的尊容那都是做梦。

工艺师乔世昌开始以为是料口堵了，找来一个木槌，在物料出口的管道上不断地敲打，希望找出它的症结所在，但一切都无济于事。他急了，找来几个技术人员，一头钻进50℃以上高温的煅烧炉机房，对煅烧炉的运转方向、运转速度、进料、炉温、炉压等情况进行认真、仔细地观察，最后断定，是“煅烧炉转反了，赶快改”。于是找来了电工师傅，对炉筒电机进行倒相，本来应该顺时针旋转的炉筒却变成了逆时针旋转。症结找到了，问题解决了，试生产继续进行。一连三天三夜，当产品出来时，在场的人激动得热泪盈眶，奔走相告。

1962 年 9 月 14 日，是二七二厂第一桶核品试生产成功的日子。喜讯传出，全厂无不欢欣鼓舞，欢庆这来之不易的成功。有了这第一桶二氧化铀产品，万事开头难的中国核工业从此走上神圣、神奇、神秘的创业、创造、创新之路，无数新的“第一”一个接一个地呈现给世人。

☆故事新语：

对核工业来说，手中有铀心不慌。拿下第一桶铀，如同攻下第一座堡垒。有的事渐行渐远，第一桶铀的往事却不会远去；有的事渐行渐远，第一桶铀的传奇却仍然近在耳边。

31.忆氢弹原理试验

1965 年 1 月，毛泽东主席提出：“原子弹要有，氢弹也要快。”1960 年氢弹的理论预研工作就开始了，1965 年底氢弹原理实现突破。于敏院士解决了核武器物理中的一系列基础问题，发现了热核材料燃烧过程中几个特征量和释放能量的关系，并从中找到了产生自持热核反应的关键，从而提出了从原理到材料到构型基本完整的构想。

1965 年 12 月，在 221 基地领导吴际霖主持，刘西尧、李觉副部长参加的九院科研生产会上，确认了于敏、邓稼先等提出的氢弹原理方案的合理性和可行性。1965 年年底，中央批准了氢弹核武器研制试验的两年计划。

当时，青海金银滩上狂风劲吹，天寒地冻，大雪盖上了周围的群山，铺上了茫茫的草原。在这一片银白的世界里，221 人心里都在燃烧着一团坚信之火——力争为我国第一颗氢弹试验成功贡献自己的力量！

1966 年 11 月初，参加国家氢弹原理试验的第九作业队成立并公布成员名单。12 月初进行的试总装的氢弹原理试验弹圆满完成了任务。接着就进行核弹分解装箱等一些准备工作，待命出发。

12 月 9 日，装配组全体人员乘上大轿车离开 221 基地驶去西宁。第二天早 8 点，他们登上飞机，中午飞机降落在武威机场加油休息。晚上 7 点，他们飞到新疆大戈壁试验基地。并按周恩来总理的“严肃认真，周到细致，稳妥可靠，万无一失”的指示，进行了工作安排，制定了“五定”分工责任制（五定：定任务、定时间、定人员、定指标、定工序）。由于时间紧、任务重，他们第二天便开始去工房里拆箱检查产品零部件、地（包）装和工具等工作。

戈壁滩上的冬天气候恶劣，寒气逼人，经常刮起狂风，扬沙飞石，使人难以睁开眼睛，特别是晚上，那帐篷被风吹得如同大海里摇晃的小船，睡在里面头昏脑涨，久久不能入眠。那天深夜，组员黄克骥实在憋不住了要去小解，就赶忙穿上衣裤，头戴棉帽，身裹棉大衣，走出了帐篷，顶着狂风走到帐篷后头，一不小心撞倒了一个空油桶，他一跳，狠狠地踢了空桶一脚，那空桶便咣当咣当地被风吹跑了。他忘记了寒冷，赶忙跑回帐篷钻进被窝，感到一阵轻松温暖，心里想着那昼夜守卫在百米多高铁塔下的解放军战士，手握钢枪，昂首挺胸，不惧风吹雨打，那威武雄壮的场面，不禁浑身增添了力量。那排排帐篷又像是一艘艘战舰停泊在狂风暴雨的戈壁滩上，等待着总装核弹上塔试验的命令。

12 月 16 日，在厂作业队领导的工作安排下，大家畅所欲言进行阶段工作小结。大家一致认为，在练兵过程中，始终做到了守纪律，听指挥，严格执行工艺流程，认真遵守“五定”分工责任制，保证了装配现场有条不紊的工作秩序。铺铅板、装限位片、手动天车吊装等工作，都要求技术过硬和操作熟练水平很高等等。但在练兵中也出现了一时工作衔接上的混乱。潘长春技术员在小结会上说：“深知这次氢弹原理试验的重要性，老是怕自己在工作中出现问题，所以，我反复看图纸和工艺，检查工具和产品零部件，有时情绪急躁……”曹庆祥老师傅说：“我也有急躁情绪和不重视练兵的思想。要消除私心杂念，树立全心全意为人民服务的思想，和大家团结一致，一丝不苟地完成党和国家交给我们的氢弹原理试验装配任务！”

12 月 27 日，装配组完成了两弹对接的热核装置试验任务。他们乘大轿车撤离试验场地，一路颠簸地驶进了马兰基地司令部，和各路参加大会战试验的英雄们汇聚在一起，满怀豪情地等待那激动人心的时刻的到来。

12 月 28 日上午，氢弹原理试验装置塔爆成功了！这一特大喜讯很快传遍全国，震撼世界。傍晚时分，马兰试验基地总指挥部庆贺酒宴的大厅里灯火辉煌，喜气洋洋。黄克骥作为一名装配工人代表，能和聂荣臻元帅、钱学森、朱光亚等科学家，共同举杯庆贺氢弹原理试验成功，他感到非常幸福和荣幸！在酒宴临近结束的时候，李觉将军把他叫到身边，喝了一杯茅台酒——这是首长和领导给工人最高的奖赏和鼓励呀！他心情激动地看一眼自己代表221工人这双粗糙的大手，眼前一下子闪现出核弹爆炸的场面。在这振奋人心的时刻里，他在心里写下了一首纪实诗：

沙飞戈壁野茫茫，排排帐篷风太狂。
搏风抗寒腰杆直，各路英雄摆战场。
原子弹接氢弹出，科学攻关靠栋梁。
核爆轰鸣排大地，火球凌云万道芒。

半年后，1967年6月17日，我国第一颗氢弹空投试验成功，这标志着我国核事业迈上了新的里程，向着科学技术高峰攀登再攀登！

☆故事新语：

两弹元勋所干的事业，就是两点一线：一个点是爱国报国的信仰，另一个点是强国强军的首责，而一条线是科学的思维导图与科技的攻坚克难。这正是闪烁首创精神和中国风采的伟大事业，也是核工业人在“两弹一艇”研制历程中的创业壮举！

32.提取第一瓶高浓铀

刘晓波不是最早来到五〇四厂的人，但却是亲手提取第一瓶高浓铀产品的人。

刘晓波

时间定格在1964年1月14日，刘晓波成为我国核工业发展史上一个重大拐点的见证者。

那时他刚24岁，是主工艺运行岗位上倒班的年轻操作工。

从西安机器制造学校毕业来到五〇四厂工作，刘晓波始终保持着高度的热情、认真、谨慎、细致，坚持工作第一、学习第一，一丝不苟地在神秘而重要的岗位上坚守阵地，随时准备迎接我国第一瓶高浓铀产品破晓而出的曙光。

从1958年到1964年，为了拿出至关重要的神秘产品，五〇四厂的创业者在神圣使命和神奇创造的共同推动下，豁出一切加快突破难关，立下了向建国15周年献礼的军令状。

由于浓缩铀产品在整个核工业体系中的极端重要性，五〇四厂处于最核心的咽喉部位，五〇四厂上去了，一切都会迎刃而解，五〇四厂的命运决定着核燃料生产循环系统的中枢神经。所以，五〇四厂先开始的名称叫九〇一厂，意思就是这个厂所起的作用在我国原子能事业中占据90%的重要性，真是“四两拨千斤”。

刘晓波从中专毕业来到五〇四厂的那一天起，就参与了机组启动工作，一批又一批机组在雄伟壮观的620多米长、将近100米宽的厂房里，排成了波澜壮阔的机器的海洋！呼之欲出的第一瓶高浓铀产品，在干部职工的梦寐以求、翘首企盼中即将诞生。

历史的指针拨到了1964年1月14日那一天。

那一天，风平浪静，但又似乎激流涌动。

那一天，轻抚日历，这里的黎明静悄悄。

那一天，万事俱备，东风正好吉祥劲吹。

当时，刘晓波是五〇四厂第一车间工艺运行三值3号厂房操作员。他提前一个多月就将平时背得滚瓜烂熟的工艺操作规程，再一遍又一遍地对照现场模拟演练。他也不知道交给哪个班哪个人参与提取首批产品。但他和工友们在一起互帮互学，相互激励，把所有的细节都过了无数遍，确保万无一失。熟悉流程，检查装置，研读规程，掌握预案，实际分析，反复演练，技术交底，操作考试，心理测评，写出心得，做出保证……只等一声令下，看谁能够走上这个最重要时刻的最关键操作岗位。

刘晓波成了那个幸运儿。1964 年 1 月 14 日正好是他们的白班，取得合格产品的任务就与他们巧遇相逢。本来他火车票都买好了，准备回山西老家过年，有了这样的千载难逢的历史任务，他二话不说就留在岗位上了。

又兴奋，又紧张。

又慎重，又期待。

班前会开得很特别，负责投产取料的工艺师来了好几个，给大家井井有条地布置了每一个环节的每一步操作要领，要求所有当班的人严格遵循、不得有误。

然后，现场工艺师郑重将“操作许可证”递交到刘晓波等人手上，上面写着：命令刘晓波为操作员、黄性章为监督员……随着现场指挥的果断操作指令，沉着冷静的刘晓波就像一个久经沙场的战士，不动声色地完成着一项项操作。这一时刻，他的心里只有眼前的机器、设备、阀门、线路、容器，心无旁骛，聚精会神，专注到底。

上午 11 时 15 分，取料正式开始，他满怀信心地打开精料容器阀门，1 立升产品容器顺利接纳高浓铀气体缓缓流入并渐渐冷凝。紧接着，产品取样分析结果出来了：我国第一瓶高浓铀产品完全合格。

当天，刘晓波内心的激动难以言表，他甚至手套都舍不得丢掉，手都舍不得洗洗，他觉得十指连心，他的手里捧着、心里装着盛大辉煌的核事业。

凝结着五〇四厂和五〇四人心血智慧的核工业血液——浓缩铀产品，从 1964 年 1 月 14 日这一天开始，源源不断地走上大国崛起、民族复兴之路，创造了“四个第一”的人间奇迹。

刘晓波，有幸亲手操作提取我国第一瓶高浓铀合格产品，他也成为真正的“五〇四之星”，伴随着工厂走过了一个个春夏秋冬。

至今，每当中央电视台等各大媒体争相采访他时，他最爱说的一句肺腑之言就是：“我们这个厂，是国之栋梁、家之向往，在熠熠生辉的创业者群体中，最璀璨的是王介福、张丕绪、王中蕃、王承书、刘广均、蒋心雄……他们撑起了五〇四厂的历史星空”！

☆**故事新语：**

刘晓波的手，这双提取第一瓶高浓铀的手：普通版的沧桑，创业版的朴实。他形容自己是第一瓶高浓铀的“接生婆”，奇迹靠大家。他形容自己的工厂是一个“创业部落”，大家为了同一个梦想、同一个目标，赶上了创业的最高潮。虽然老一辈创业者头上堆满白雪，但他们心中春风万里。

33.第一颗原子弹核心部件诞生记

为研制我国的原子弹，党中央下了很大的决心，对二机部的政策是“要钱给钱，要人给人”。1958 年秋天，全国各高校的应届毕业生分配到二机部的就有好几百人。报到后，这批大学生首先参加部里的统一集训班学习，结业后再分到部内各成员单位。

根据我国 1958 年 9 月 29 日与苏联签订的《中苏核协定》，四〇四联合企业的所有子项都要求同时上马，并马上动工。1959 年 2 月，王秉钤来到政法干校报到，负责接待的是张大本（后任四〇四分厂总工程师）。之后，王秉钤有幸跟随他，为我国核武器的研制奋斗了 8 年。

为了抓紧 802-2 号工程的筹建，以张大本为首的集训班成员，还有郭景田、王崇良、谭绍英和王秉钤等，来自全国各个行业。这些人后来都成为了四〇四厂的科研生产骨干。

1959 年夏天，苏联的施工图纸终于到了，厂里马上派出以郭建斌、于贵山为首的土建筹建组，押运图纸到工地，组织破土动工，展开了 802-2 号土建工程的抢建。那时，四分厂所在的“1200 工地”车水马龙，热火朝天，真是一天一个变化。到 1960 年中期，工程主体基本完成。没有想到苏联方面撕毁合同，撤走专家，把核心资料和图纸都带走了。

党中央号召“发奋图强、自力更生，按时拿出争气弹”。为此，二机部调整了建设方案，将四〇四厂原来的几条生产线的“同时进行”改为“分步走”——第一步先攻关5号料生产线，然后再攻关9号料生产线。四分厂以祝麟芳和王崇良、郭景田、李维时等人员为主，围绕化学冶金、冶炼机加工和相应分析等科研课题开展工作，在张大本总工程师的具体安排下，分别在北京九所、北京五所建立3个实验室开展科研攻关。在非常困难的条件下，白手起家，迅速建起了实验室，大胆开展模拟实验，进展很快，拿到了一些基础数据，获得了一些基本经验。

1962年下半年，基建工程摸底、国外设备开箱检查和设计复查修改补充等工作也都相继告急，科研攻关到了最关键的时刻。王秉铃和刘雪涛、苏长仙、彭铭钊、尤永清、吕万章等参加设计复查修改，在三院夜以继日地奋斗。从苏联专家撤走算起，用了不到两年的时间，便对第一颗原子弹核装料的生产工艺、分析检验、工程设计和技术装备基本做到了心中有数。

这时，二机部上下开始酝酿《两年规划》。面对十万火急的任务，全体从业人员都在开动脑筋，一部分同志主张把“大厂房”干到底，理由是“苏联方面原方案整个设计构思是经过实践检验的，不宜轻易放弃”。另一种意见则认为苏联设计的“大厂房”图纸许多地方都未显示清楚，现在苏联方面又撤走了专家，许多核心设备都要作为“非标”靠国内研制开发，能否一次成功，没有把握。而四〇四人通过自己科研攻关形成的“简法实验室生产线”，是经过实践检验的，是靠得住的。双方争论很厉害。最后，二机部慎重地采取了双管齐下的方案。

简法实验室方案于1962年7月19日经二机部批准定案，可按时间倒排，却要求四〇四厂在1963年底试车。显然，这是一个超常规计划，17个月时间，去掉必要的初步设计和审定时间，真正留给基建的时间还不到15个月。王秉钤与铁路机车工出身转行搞土建的工程师谭绍英谈心，认为这个任务是超常规的，能不能按时完成难以把握。谭绍英却坚决地说：“事在人为！设计我没有参加，使不上劲，我希望你们去抓。主体土建安装，只要有图纸、有东西，我尽力而为。如果需要，哪怕把我老谭当砖砌上去我也心甘情愿！”

为了抢时间，在四分厂统一安排下，王秉钤等人参加了以本厂力量为主的设计工作。经过两个月的努力，抢出了初步设计方案并获得批准，1962年9月土建工程破土动工。那年冬天，四〇四厂的勇士们干得热火朝天。“四〇四厂简法实验室及其配套工程”成为全国重点工程。为此，以周总理为首的中央专委会直接过问这项工作，几乎是动员了全国的力量来支援这项工程。

在全党全民总动员的形势下，四〇四厂在二机部的直接领导下，一批基建大军开进了戈壁（一〇二公司、一〇三公司、七局三公司等），1963年6月工厂适时地发动了“奋战三个月为建厂立功”运动，全体职工死打硬拼，硬是用不到一年零一个月的时间，于1963年9月底，提前3个月完成了全部基建安装调试工作。并在二机部袁成隆副部长的坐镇指挥下，在四〇四厂轰轰烈烈地展开了对核部件铸造需要的特殊石墨坩埚进行攻关，因当时坩埚材料在国内尚属空白。在部领导的支持下，四〇四厂和北京钢铁研究院组成立了突击攻关小组，四分厂的几位大学生和专业技术工人投入了研发工作。经过105次对比实验，终于研制出了合格的特种氧化坩埚。攻下坩埚技术关后，铸造工艺便成了当务之急。在高真空精密制造中，面临着很多问题，如铸造技术问题等。这急坏了当时任铸造组组长的张同星，他连晚上做梦都在喊“气泡！气泡！”部里的总工程师张沛霖亲自指挥，王清辉、毕清华、高庆昌、张文祥等工程技术人员出主意想办法，经过上百次的实验，终于解决了铸造中的技术难题。

四〇四厂的工程技术人员，相继突破了退火、压力加工、精加工等关键技术。经过两年1266次实验，终于打开了冶炼加工的神秘之门，四〇四厂的功臣们可以拍着胸脯说："终于可以拿出合格产品了！"

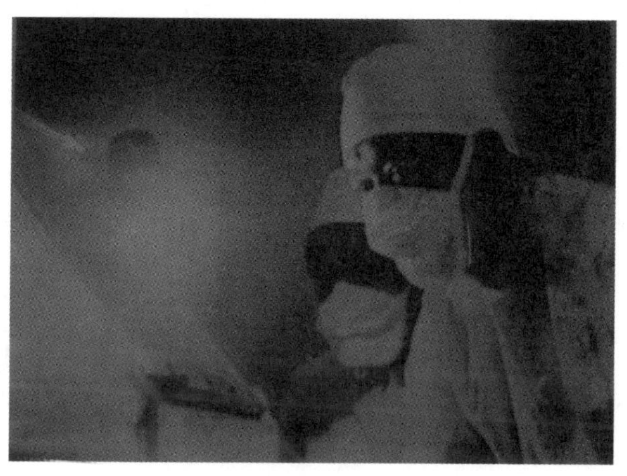

原公浦

1964 年 4 月 10 日，原子弹核心部件的加工到了最后一道工序——精加工。这是一道非常关键的工序，万一出了差错，产品就要报废，政治和经济损失巨大，造成拖延工期，后果不堪设想。为此，以何绍源、李传祚、秦元达为主的机加工工程师，根据加工的要求，编制了实施方案。28 岁的车间党支部委员原公浦作为操作手负责主刀，思维敏捷、技术熟练、责任心强的匡炳兴负责复核、监护，认真细心的质量检测技术人员张淑芝负责数据计算、检查、测量、记录，从而形成了严密的加工检测网络，做到了万无一失。

1964 年 4 月 30 日，最后的冲刺时刻到了。部局领导、专家、总厂和分公司领导都来了，公安部派了一位专职处长在一线值班，负责产品保卫，车间副主任指挥现场的生产操作。原公浦、匡炳兴和张淑芝各就各位，整个厂房沉浸在严肃而紧张的气氛之中。这时，主操作手原公浦开动机床，测量、进刀，测量、再进刀，再测量……他们的全部精力都倾注在产品上了。

人们期待的时刻终于来了。1964 年 5 月 1 日凌晨 3 点，我国第一颗原子弹核心部件经质量技术检验鉴定，产品所有技术指标均达到了设计标准。凝固的空气流动了，紧张的心情舒缓了，寂静的厂房活跃起来了。所有在场的人都长长地松了一口气。我国第一颗原子弹核心部件的特别专列，在解放军战士 10 米一岗的保卫下，徐徐从四〇四厂铁路专线开出。这个宝贝疙瘩来之不易，喜讯报到北京，中央首长十分兴奋。为了尽量减少中间环节，中央批示不要空运，要确保产品的绝对安全，直接运往试验场组装待试。

1964 年 10 月 16 日 15 时，中国第一个“大炮仗”——原子弹，终于在大西北戈壁滩上爆炸成功！

☆**故事新语：**

跨过漫漫长夜，能听到黎明的歌声。走过漫漫长路，能看到远方的寂静。第一颗原子弹核心部件就是创业之心，心里装的是忠诚、使命、责任、拼搏、奉献和不畏牺牲。

34.第一颗铀球

一

1959 年 2 月，正当我国核事业艰难创业之际，组织上决定从重庆市挑选 20 个品学兼优和具有一定专业知识的人员调入第二机械工业部，由祝麟芳带队赴北京报到。于是，祝麟芳告别了故土自贡，告别了病中的慈母和身背襁褓的妻子，踏上了北去的列车。

祝麟芳厂长在厂庆 25 周年作报告

祝麟芳，从此成为四〇四人。从天府之国来到大西北荒凉的戈壁滩，组织上把筹建核部件加工车间的重担交给了他，让他担任主工艺车间副主任，他深感自己肩上的担子不轻。

当时，核部件的研制、生产在国内还是一项空白。由于对核工业技术知之甚少，加之苏联撕毁合同，撤走专家，使我国刚起步的核工业遭受了严重挫折。当然对他来说，困难也很大，他是学机械的，对原子能这门新的科学技术可以说是一窍不通。既来之，则安之，安下心来从头学起！读书，查资料，不分白天黑夜地学习，保密的东西编个暗号，写在手心里，记在胳膊上，走路想着，吃饭背着，非弄懂不可。

在上级的统一部署下，他和张同星等人前往北京，同核武器研究所的同志一起，开始了艰难的攻关。为了解决试验用的高真空电阻炉的炉体卷制问题，几乎跑遍了北京城。冶炼要有炉子，他们所需要的炉子要达到高真空的标准。

一天，走进西城一家五金工厂，碰到一位面容慈祥的老工人，他急忙放下钢板，跟他招呼上了。

“什么要紧活儿？”老师傅语气很温和。他们急切地把炉体的规格和要求详详细细说了一遍。老师傅满口应允了，立刻与

张同星

几位工人师傅利用午休时间把他们所需的炉体卷制出来。炉体带回攻关基地，经过焊接、检漏等工序的试验，完全符合标准！民间真有大工匠啊！高真空冶炼炉炉体问题终于解决了，攻关的同志们都很高兴，以饱满的热情投入到下一步的工作中。

攻关工作正在紧张进行，就在这节骨眼上，一封又一封电报从家乡飞到首都。他握着“母病危，速归”的电报，恨不得立刻飞回母亲身边。可是攻关就要进入试验阶段了，关键时刻，又怎能离开呢？！他只好默默收起电报，强忍内心的痛苦，继续投入工作。4年后，当他趁工作间隙回家时，跪在长满青草的母亲坟前，泪花泉涌，那一刻，仿佛余光中的诗《乡愁》：我在外头，母亲在里头……一捧黄土让母子俩永远相隔。

1962年下半年，北京催促他们加快工作进度。1963年，专家们已经在原子弹理论设计、炸药组件和点火装置等方面取得了重大突破。按上级要求，四〇四厂承担研制的“产品”交付最后期限是1964年7月，时间相当紧迫。为了按期完成任务，他向上级建议改变苏联专家制订的计划。

必须组建专用厂房。他认为可以用代用设备来解决这一问题。有人说：“按原设计建大厂房还怕搞不成呢，简易小厂房能行吗？”

好心的同志劝阻道：“祝主任，这样做要担风险，万一出了问题，你担当得起责任吗？”

有人提醒他说：“你应该记得部里的规定，不能更改苏联的设计方案。”

他回答：“我不怕担风险。搞原子弹的人哪个不担风险？”

面对喋喋不休的争论，他和攻关的同志们顶住压力，坚信提出的方案是正确的。于是，搞出了一个名为“×号”的厂房设计方案，一层一层上报到二机部。

经过部党组认真讨论，新厂房的设计方案终于通过，并在预定时间得到了批复。为了抢时间，建筑工人在零下20℃的天气下，日夜苦干。新厂房从破土动工到完工用了不到7个月时间，1963年7月，核部件制造厂建成，相继完成了设备安装任务。

为国家节约了近2100万元的资金，更重要的是，为实现党中央制订的“两年规划”赢得了宝贵的时间。

二

新厂房于1963年冬建成。经过准备，正式进入试车阶段。第一次试车，单管冷凝器震动得很厉害。于是，他们决定改变原设计方案，连续加工了5个模拟产品，没有出现任何质量问题。之后，又用经过精炼提纯的 ×× 进行了 3 次模拟试验，也没有发现问题。为做到万无一失，又进行了几次稳定工艺试验，发现铸件中心部位有“气泡”。当时，他听到铸件出现了气缩孔，心里猛地一惊。这意料之中的情况终于发生了！

怎么办呢？ 1964 年初，距上级要求拿出产品的日子已临近。多次试验，“气泡”问题仍未解决，引起了二机部领导重视，姜圣阶总工程师急得吃不下饭，睡不着觉，每天赶到车间了解情况。大家商量之后，决定继续冶炼，查出产生气缩孔的原因。每天浇一个部件，加工检验后都有大小不同的缺陷。一炉接着一炉，一天接着一天，气缩孔产生的原因始终查不出来。

当时，有人提出可能是原料的原因，也有人怀疑是铸模的问题，但都没有具体的改进办法。“气泡”像幽灵一样困扰着每个人，大家都心急如焚。祝麟芳整天守在高真空感应炉旁，急切地等待着结果。工人是一班倒一班干，而他只能连轴转。

小小的“气泡”牵动了所有人的心，副部长袁成隆和部总工程师张沛霖来到现场，成立了专家小组，与厂总工程师姜圣阶一起亲自坐镇，出现问题，立刻拍板解决，集思广益，共同寻求解决问题的方案。

意见统一后，铸造组把每个方案都收集起来进行研究，并且对比分析了多次试验的相关数据，最后形成了几个方案。将方案提交会上讨论，对大多数人赞同的一个方案进行浇铸试验，“气泡”终于消除了！连铸几次，“气泡”都没再出现，这一关总算攻下来了！悬在大家心头的一块石头终于落了地。

三

1964 年 4 月 30 日，四〇四厂技术人员通过一番精心准备，开始投入生产原子弹的核心部件——铀球的工作。

为了加工核部件，车工早在 6 个月前就开始进行模拟操作训练。担任主刀的原公浦在苦练中，体重减轻了 15 公斤，可他为了早日加工出合格的核部件，一切都豁出去了。

加工铀球精确度要求非常高。原公浦平时无数次练兵，用的都是模拟料，到真刀真枪实干时，大家都捏着一把汗。

一声令下“开始”，主操作手原公浦走上操作台，监护员、记录员各就各位。

当铀球在夹具上夹好时，主操作手原公浦突然失去沉着，变得慌乱起来。这时，一位同事发现他有些紧张，就催促他开始加工。特种车床飞快地转动起来，原公浦的双手抖得更加厉害。突然，部件“啪”的一声掉进切削盘内……原公浦浑身猛地一颤，额头上的汗水“唰”地流了下来，浸湿的衣服紧贴在身上。他脸色煞白，十分紧张……

加工不得不停了下来。

有关领导随即决定暂停这项加工操作，把等候在车间外边的人们重新召集起来。四〇四厂的周主任关切地走到原公浦面前，问他：“小原，怎么样？你还有信心干完这项工作吗？”

原公浦望着大家关切的目光，又慌又愧，一时不知说什么才好。

“今天不干了，推迟加工！”负责监护的匡炳兴说。

“到底能不能接着干？”周主任征求祝麟芳的意见。祝麟芳说：“原公浦应该马上回到车床，继续加工。”

祝麟芳稳定了一下自己的情绪，用平静的语气对原公浦说：“对你来说，这项工作是不成问题的。由于你精神过于紧张，技术优势就没有发挥出来……”

他让原公浦喝杯牛奶，放松几分钟，把情绪好好调整调整，然后继续工作。

当时，已经是深夜了。

原公浦做了几次深呼吸，这时情绪稳定多了，同志们的关怀和鼓励给他增加了新的勇气。他重新振作精神，再次走上操作台。

特种车床再次启动，操作手柄转动起来……原公浦神情专注，小心翼翼，一刀一丝，一丝一刀，每车三刀，复核一次，每次都用心把尺寸核对准确后再车下一刀。他屏住呼吸，全神贯注，加工、测量、调整，再加工、再测量、再调整，每一刀都要有 100% 的把握。特别是最后三刀，每进一刀都得经过计算，认真进行核对，确保没有差错，并经总工程师批准才能进刀……原公浦逐渐进入角色，他那高超的技艺在沉着冷静的情绪配合下，发挥得淋漓尽致……

1964 年 4 月 30 日深夜，中国第一颗原子弹“心脏”——铀球像一个新生的婴儿，呱呱坠地了！经过严格检验，完全符合规格要求。

1964 年 10 月 16 日，我国顺利引爆第一颗原子弹，大西北荒凉的戈壁滩上升起了第一朵蘑菇云，那是从四〇四厂和广大核工业创业者心中绽放的绚丽花朵！

☆故事新语：

同唱一首歌的人多，同干一件事的人少。无法掌握命运，就会心如浮萍；无法探知未来，就会忐忑不安。幸好，我们核工业人把机遇牢牢把握在自己手里！四〇四人，用第一颗铀球，改变了中国在地球上的命运。

35.金银寨下的光环

南岭山脉，绵延百里。在这莽莽群峦中，簇拥着一座传说藏有无数金银的山峰，当地人给她取了一个美丽的名字——金银寨。

1955 年 9 月 9 日这一天，一架银白色飞机在金银寨上空盘旋、俯冲。引来无数村民的好奇，他们仰望天空惊愕道："这是什么飞机？是不是金银寨真发现宝藏啦……"

谜底终于揭开了，原来这是中南地勘局航测飞机在金银寨发现放射性异常点，测到这里真有比金银还宝贵的铀矿啦！

在中央指导下，1956 年 2 月，三〇九队 10 分队开进金银寨进行普查工作，命名"411-1 工程"。经过一年钻探、坑探，向国家提供了金银寨矿床的铀储量，并命名"四一一矿"。1958 年 5 月 31 日，时任中共中央总书记邓小平批准了二机部上报的"在湖南郴县许家洞建设郴县铀矿（七一一矿）"的报告。

金银寨苏醒了！沸腾了！同年 7 月 3 日，在首任副矿长刘宽带领下，开山放炮，打钻凿井，工地一片热火朝天。建设大军来自全国各地，南北语言交汇一起奏响大时代的凯歌。1959 年 3 月，二机部部长刘杰来矿检查工作，发现井下粉尘弥漫，工人打干钻，他立即作出指示，三天内解决井下湿式作业。一位从新化锡矿山调来的老工人谢序道说："打干钻害死人，锡矿山好多井下工人得了矽肺病。"说完，他找来一个大油桶装满水，用高压风吹进巷道，土法解决降尘，后来钻机都装上了风水管，解决了井下湿式作业。

为加快矿山建设步伐，1959 年，二机部把李太英调来七一一矿任副矿长。这位抗日战争的老兵，深知责任重大，开铀矿就好比在冀中平原打鬼子一样，一个战役接着一个战役干。上任之初他便使出"三板斧"：一是加机油——对干部严抓严管，二是搞检修——群众评议干部，三是换零件——撤换个别不称职的干部。

工人在复杂的地层中实施平巷掘进

1960 年，三年经济困难时期。国家对铀矿工人特别照顾，每月 32 斤粮食、二两油、半斤猪肉，但还是有很多人得浮肿病。矿党委号召全矿党员干部不吃肉，省下来送给医院患浮肿病的矿工吃。他一手抓生产，一手抓生活，七一一矿终于渡过了难关。

1960 年 4 月的一天，全矿电网停电，矿山面临淹井、停产的危险，李太英立即电告部里，没想到周总理很快知道此事，总理在日理万机中电令湖南省委，马上解决七一一矿供电问题，省委即刻指令鲤鱼江电厂优先解决矿山供电。1962 年 1 月，李太英到北京出席原子能工作会议，回矿后他信心倍增。为了使矿山尽快投产，他把被子搬到职工宿舍，与一线工人同吃、同住、同劳动。为了加快平巷、竖井开拓进度，生产急需电雷管，他和工人昼夜奋战，将 2000 多个火雷管改成电雷管，工人们都叫他“雷矿长”。

1963年6月，矿山全面投产,11月份就采出第一批矿石，运到二七二厂。随后的 30 多年里，运矿列车源源不断地从这里开出，为我国的国防建设提供原料。

☆故事新语：

金银寨，可以说是核工业金银巢吧，就是温暖的巢，就是幸福的巢，就是核工业人的梦想之巢。这里连着祖国的脐带，连着母亲永久的血脉。

第四章

第七节　光荣使命

36.登上云梯的歌谣

不知道是他的名字还是他的声音，让我们记住了他冷静、消瘦的面容和令人难忘的历史瞬间，一指绕风云，山河同此声——他石破天惊的一按，引爆了大国崛起的东方巨响……

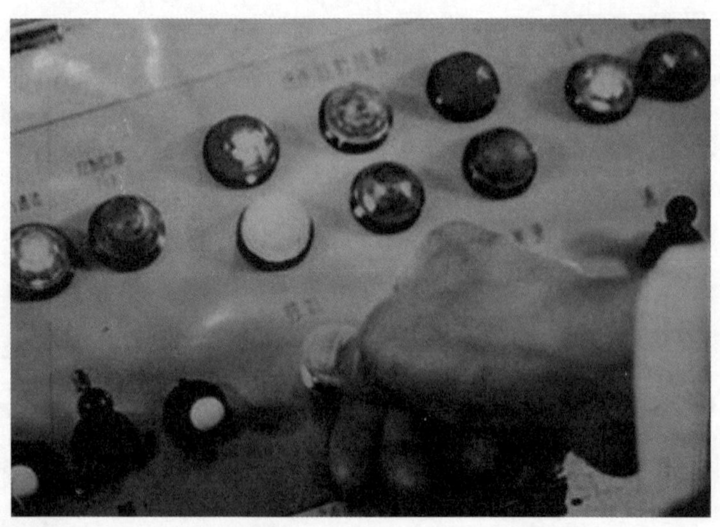

原子弹起爆按钮

1963 年夏，韩云梯从哈军工核控制专业毕业，分配到九院不久，就奔赴草原参加“草原会战”，负责测试雷管的同步试验。第一次核试验时，他负责押运引爆控制系统等试验设备，到试验场被分配到主控站工作。

主控站，全场控制指令都统一由这里发出，引爆原子弹的指令也是从这里发出。韩云梯认真负责的工作态度和严谨娴熟的业务能力，很快引起领导们的注意，不久，经常到主控站检查工作的张爱萍也认识了韩云梯。

8 月下旬，核试验进入倒计时的“临战状态”，全场各工号测试仪器的安装调试，单系统测试，与控制系统单项联试等均已完成，准备开始全场联试和综合预演。

主控室里只准有 3 名技术人员，其中负责主控台的操作手责任重大，他要按下起爆第一颗原子弹的最后一个按钮。

综合预演时，在众多首长面前，来自部队的备选操作手过于紧张，对几种假设的紧急预案反应不快，站在身后的张爱萍看在眼里，摇了摇头。离开主控站时，张爱萍说：“换个人吧，我看哈军工毕业的小韩就不错嘛。”

于是，韩云梯就成了主控站的一员，当上了主控台的操作手。主控室的组长是惠钟锡，另一位是高深，他们朝夕相处，配合默契。

主控台上有一个红色的“紧急刹车”按钮，它是为起爆前 10 秒之内出现异常状况时使用的，如果给引爆系统的同步装置所加的电压没有达到预定的下限值，或电压超过预定的上限值，都要立即“紧急刹车”。综合预演时发生过误动作，引起大家的高度重视，特别是主控台上的韩云梯，寝食难安，绞尽脑汁地思考着如何解决问题。

在10秒内监视、判读，到传递、操作,3个人平均是3.3秒，而高压稳定下来就要占去4秒，只剩下6秒，如果有了异常，监视台的两个人要先后判断，取得一致意见后，再向主控台发出口令，时间太不富裕了，怎么办?

韩云梯苦思冥想，想出了一个妥善的解决方案，把“紧急刹车”按钮，由主控台移到监视台上，如果出现异常，由惠钟锡直接操作岂不更保险?何必先发出口令，让操作手去执行，把简单的事情复杂化，得不偿失。

韩云梯把自己的想法向惠钟锡和高深说了，他们说主控台的研制单位是个大研究所，早有话在先，不允许我们更改线路。再说，一旦我们改坏了，谁也负不起这个天大的政治责任。韩云梯又想了一个晚上，他觉得共产党员要说真话，讲老实话。

翌日，他找领导谈了自己对改装按钮的意见。各级领导慎重研究韩云梯的意见后，同意采纳改装主控台的建议。韩云梯凭借自己扎实的电子线路基本功，很快就完成了主控台和监视台的电路改装，克服了紧急刹车反应时间过短的问题。

1964年10月16日下午两点多，李觉和张蕴钰进入主控站，分别把塔下转主控站的两把钥匙交给了试验总指挥长张震寰，张震寰沉默片刻后，下达指令："开启主控台罩盖，韩云梯在主控台就位，惠钟锡和高深在监视台就位。"

主控室里一片肃静，韩云梯、惠钟锡和高深镇定地坐在自己的座位上，面对主控台上闪烁的指示灯和按钮，韩云梯神态自若，如洪钟般纹丝不动。李觉、张蕴钰、张震寰就站在他身后。按照预定程序，韩云梯按下30分按钮，全场所有系统进入程序控制；韩云梯按下15分按钮，引爆系统加电；韩云梯按下10秒按钮，同步装置加高压。

此时，响起报数声："9、8、7、6、5、4、3、2、1，起爆。"韩云梯的拇指使劲地向下按去，准确地完成了一个具有划时代意义的动作。

分秒不差的1964年10月16日15时整，寂静无声的戈壁深处，骤然爆发出比太阳还要强烈百倍的夺目光芒，旋即，从地面升腾一个巨大的火球，接着就是一声惊天动地的巨响，飓风般的冲击波以排山倒海，雷霆万钧之势，从爆心向四周冲去，大火球垂直跃上天穹，由红变黑，黑里透红。团团火焰和烟云翻滚着，一根粗壮的尘柱平地拔起，紧追不舍，烟云在高空蔓延变幻，戈壁滩上长出一个直冲云霄的"大蘑菇"，我国第一颗原子核装置爆炸成功。

韩云梯，由此成为中国核工业第一个攀登“云梯”的人！

☆**故事新语：**

多美的名字，多美的寓意！带着创业初心，站上历史的云梯，倾听倒计时最惊心动魄的声音，开启心灵深处的最强音。在时代的良辰里按下奋斗的美景，在创业的轨道上找到使命的频道。云梯上的雄鹰，璀璨而矫健！

37. “我愿意”

古今中外，能够被世人尊称为“先生”的女士并不多，王承书绝对算一个。

王承书教授在看资料

这位对中国核工业，尤其是对中国铀浓缩技术发展作出过卓越贡献的女科学家，与五〇四厂有着不解之缘。

作为新中国成立后，最早一批从美国归来的杰出科学家之一，王承书做梦也没想到，她会被选中从事极为尖端的同位素分离理论研究，这可是连她自己都没有接触过的国内空白。

尽管王承书早在美国留学和任教期间，就取得了非常引人注目的学术成就，但一步跨到一个完全陌生的科学领域，肯定是一种充满风险的考验。

1956 年，王承书已经 44 岁了，她的专业已经定型，改变专业，就意味着从零开始、从头再来。从她原先的统计物理学、热力学研究与教学工作，转向世界上处于高度保密状态的同位素分离研究，看似还在圈里，实则两重天地。转，还是不转？行，还是不行？愿，还是不愿？王承书面临着人生历程和学术生涯中最关键的抉择。

透过宋任穷部长关切的眼神，王承书知道，国家的信任、事业的要求、科学的精神，都不容许她在困难压力面前有一丝一毫退却。她义无反顾地对宋任穷部长说，半路改行我不怕，我愿意为同位素分离研究付出一切。

同样是大科学家，钱三强先生深知这项工作的极端重要性和艰巨性，落在王承书身上的担子实在太重了。钱三强告诉王承书：考虑成熟了，再做抉择也不迟。

王承书和青年工作者在讨论问题
（左起：过松如、陈念念、吴映红、王承书、郭顺连、诸葛福）

然而，别看王承书身躯瘦弱，说话轻言细语，在新的专业、新的事业需要她站出来时，她一点都没多想，坚定地对钱三强说："我愿意！"

可别小看这一句并不石破天惊的"我愿意"，从此以后，世界科学界少了一个统计物理学大师级人物，却多了一位为中国填补同位素分离研究空白的伟大开创者。

王承书记得很清楚，刚回国时，有人问她要不要参加一个党派，她当时的回答很简短，也很有力："我就是冲着共产党的新中国回来的，要入我就入共产党！"

现在，党的信任、国家的重任摆到了自己面前，还有什么理由吞吞吐吐呢！

从事同位素分离研究多年以后，在铀同位素分离技术进入关键阶段的1961年年末，钱三强找来王承书，让她亲自出马到兰州铀浓缩厂去做一项无人可以替代的工作。钱三强对王承书说：国家正在研制原子弹，你干的工作是最高机密，今后不能再出席任何公开会议，更不要说国际会议，从此可能一辈子隐姓埋名。

年近五旬的王承书一点没犹豫，掷地有声的还是当年那句话："我愿意！"

带着"我愿意"这个唯一的心愿、诺言和信心，王承书和其他科学家组成的攻关小组，于1962年年初，悄悄来到大西北黄河岸边的五〇四厂，开始搜集和解决至关重要的技术难题。其中，王承书负责的是最为核心的净化级联理论研究。

在五〇四厂，王承书忘我工作，埋头攻坚，抢时间、抢任务、抢进度。王承书和吴征铠、钱皋韵、刘广均这些后来都成为中国工程院院士的科学家，先后解决了数百个理论、技术、材料和工艺问题，为五〇四厂早日拿出合格产品提供了根本保证，打破了苏联专家撤走时留下的“你们的设备将会变成一堆废铜烂铁”的预言。其中由王承书担任首席专家的研究成果于1978年获得了全国科学大会奖。

1986年12月，王承书与参加学术研讨会的部分人员合影

（前排左起：金兆熊　应纯同　梁尤能　王承书　刘广均　赵鸿宾　聂玉光
后排左起：董德有　耿进喜　沈祖培　陈金铨　肖绍坚　丁占鳌　诸葛福
王恒禄　钱　新　谢庄应）

记得当时张爱萍将军代表党中央到五〇四厂进行实地调查研究，问工厂领导能不能按时拿出合格产品，首任厂长王介福给了肯定的答复。张爱萍说："我要听专家的意见。"在场的女科学家王承书回答说："我们的理论计算和试验证明，能保证按时出合格产品。"

王承书信心满满地对张爱萍将军，以及所有到场的五〇四厂干部们表示，在她的字典里，承诺就是一诺千金，除了对自己孩子的承诺没有兑现外，对国家的承诺都能兑现！

张爱萍将军高兴地说：有了你们，国家有福！为了国家的最高利益牺牲一切，我和你们一样"我愿意"！

在大中小机组构成的机器的海洋里，有了王承书为代表的这一批杰出科学家的研究成果的护航，1964 年 1 月 14 日，五〇四厂成功取得第一批高浓铀合格产品。喜讯传到中南海，毛泽东主席写下了"已阅，很好"的著名批示。

"千淘万漉虽辛苦，吹尽狂沙始到金。"1964 年 4 月 12 日，邓小平到五〇四厂视察，从人群中一眼认出王承书："你隐姓埋名，不知去向，连你先生张文裕也找不到你了！"

王承书像珍爱生命一样珍爱自己的事业和自己的工厂，无数个日夜拼搏，终于等到了东方巨响、大国崛起的那一天！1964 年 10 月 16 日，我国第一颗原子弹在罗布泊上空腾起壮观的蘑菇云。至此，王承书出色地完成了在五〇四厂的技术攻关使命。

不久，钱三强来到兰州，在五〇四厂又找到王承书，有过这样一次感人肺腑的对话：

——“你在这里工作有什么困难？”

——“没有！”

——“那生活有什么困难？”

——“没有！”

——“有什么话让我捎给文裕吗？”

——“没有！”

——“如果让你继续选择核事业，继续在五〇四厂发挥作用，你愿意吗？”

——“我愿意！”

三个“没有”，一个“我愿意”，这就是王承书先生之所以为先生的伟大之处，这就是我国铀浓缩分离理论研究第一人王承书先生的家国情怀！

☆故事新语：

王承书先生，曾经在五〇四攻克铀浓缩科研高峰。因为她的到来，五〇四成为核工业科研创新和走向成功的技术高地，成为各路精英进行学术研究的殿堂，成为第一代中国核科学家心中向往的精神驿站。

38.阴山下的来客

二〇二厂的第一批创业者，都是“阴山下的来客”，为了二〇二厂，他们的青春都在阴山下百炼成钢。

苏成文，1958 年 5 月，来二〇二厂参加建设，当时就住在南门外支起的帐篷里。工人村那时除了没过膝盖的青草，连半块砖都没有。苏成文说，帐篷旁有个破房子，房外有个大院套，人们就在院里用席棚子搭起了一个食堂，吃饭没桌子，就拿两三个笼屉当桌子。吃饭时，得一手捂着饭碗，一手赶紧往嘴里扒饭，不然碗里尽是泥沙。吃水很困难，南门外的马路东面，有个 40 多米深的土井，上面有个油罐，大家就用油罐往下打水，但打上来的水尽是黄泥汤。要沉淀一会儿才能喝。来基

抢建居住平房

地的人多了，土井的水不够喝，于是大家穿上棉裤棉袄决定自己动手挖井。天太冷，不到十分钟就得换一拨人，井挖好后，他们就用土井里的水做饭吃。

那时袁相成分配在电工段工作。1958 年 4 月来到二〇二厂之后，大家都住在二道沙河的小房子里，小房只有一个炕，住着 4 人。大房间一个作理发室，一个作商店。有一天，大伙都到东河去玩了，黎成康不爱玩，就留在家中看守那 5 顶帐篷。那时是单帐篷，中间用铁管顶起来，帐篷的顶上有个炉眼。那天风刮得特别大，他从炉眼向外望，刮的是黑色的风，就像黑烟似的，沙子在地上翻滚，他在北京从来没见过那样的风，突然帐篷被风刮跑了，差一点铁管就砸在他的后背上，那场大风把人刮得胆战心惊……

袁相成说，他们刚来时这里有个顺口溜“无风三尺土，苍蝇赛猛虎”。那时苍蝇很大也特别多。狼也很多，晚间办公室周围有持枪的警卫。

平房原设计上下水都有，房间高三米，窗户是双层。当时讲究节约，房间高度降下来 20 公分，窗户减少一层，屋里的下水没了，上水好说歹说留下了。平房盖好以后，炕什么的都没有，也没有炉子。那时外边有的是红砖，可谁也不动公家的东西，他们盘了个炉子还得从大沟拣废砖头。

第一代创业者们住的帐篷

他们刚来厂感到荒凉，也想家。在给家里写信时不让提厂里的事，想家想亲人了，就写“天荒荒、地凉凉，孩儿有病见不着娘”。下雨天，屋外下大雨，屋里下小雨。不过，那时吃的还可以，有时还能吃上馒头和肉……

这些称不上故事的往事，在他们心头萦绕了一辈子，凝成珍贵的记忆。

☆**故事新语：**

古老的阴山被春风摇醒，所有的野草、野花、野羊，都在迎迓整齐的队伍和藏着秘密的帐篷。阴山下的来客，从四面八方团聚而来，为了共同的使命，托起阴山的太阳。

39. “闭着眼睛”插雷管

1961 年，李炳生大学毕业后分配到二机部九局，一直从事爆炸物理方面的工作。每次做野外试验时总离不开雷管、炸药，以及各种材料的试验样品，其中包括铀材料。研制核武器过程中，试验样品从小到大，从局部到整体，无不通过试验来提供数据、积累资料，并经常忙于提高测试技术。

每次野外试验时，在拿到炸药件样品后，他们必然会全神贯注、小心翼翼地进行装配，安装完毕经检查没有问题，最后才有专人专心致志地插接雷管组件，加电压起爆取得试验数据。每个环节都离不开“安全”两字，特别到最后谁也不会、也不准“闭着眼睛”去插接雷管。

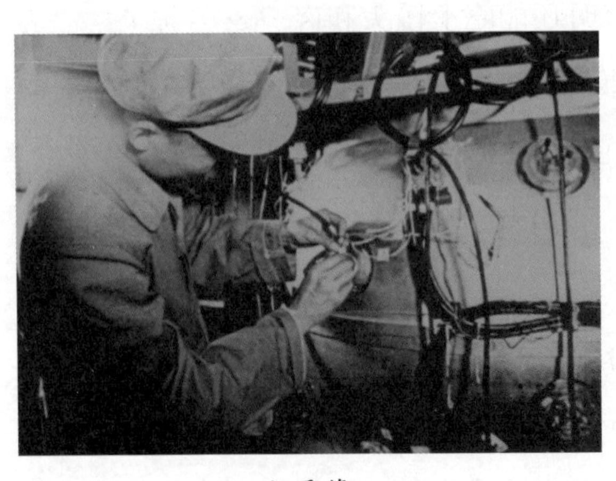

插雷管

恰恰在第三次国家核试验时，出现了极端而又特殊的情况：当时核装置装配完毕，因为安装的需要，它已固定在航弹的有关支架上，在核装置上插接雷管时，有的插雷管的操作空间、工作面受到了严重的影响，插接雷管的条件非常苛刻，插接雷管者必须趴在核装置上操作；插接雷管者的眼睛无法看到需要插接雷管的位置，即所谓“闭着眼睛”插雷管；插接雷管者的手臂必须伸长，才能够得着需要插接雷管的位置。

在国家核武器试验中，居然要“闭着眼睛”去插接雷管，这恐怕是前所未有的。这个艰难的任务，对李炳生来说是一种心理上考验，是意志和信心的考验，是过硬技术的考验，这也是领导对他极大的信任。他非常沉着地做好插接雷管的精神准备，完全凭经验、手感，先经过摸索、探查，然后按照各个要领一气呵成，顺利地在航弹上完成了“闭着眼睛”插雷管的任务。虽然李炳生对自己完成插接雷管的任务心中有数，完全有把握、有信心，雷管肯定能插到位。但由于它关系到核试验的成败，重大的责任使他在精神上的压力极为沉重，所以心中总有些不平静。当核爆炸取得圆满成功后，他终于放下心来，可以坦然而自豪地说：“我向党和国家交了一份满意的答卷。”

☆故事新语：

越是艰难越向前。在最关键的地方做最关键的事，的确得有一颗大心脏。“闭着眼睛”是因为“心里明亮”。

40.大漠总工姜圣阶

1964年10月16日，我国第一朵蘑菇云在大西北的上空升起，全国人民为之欢欣鼓舞。有谁知道，那朵蘑菇云中凝结了多少人的心血和智慧啊！有这样一个人，他曾为我国制造第一颗原子弹、氢弹度过了无数个不眠之夜，即使牺牲自己的生命也在所不惜！他和许多科研人员一起将苏联设计的“沉淀法”改为先进的“萃取法”，为我国提前生产出合格的核材料作出不可磨灭的贡献。

他叫姜圣阶，是二机部副部长，国家一级工程师。科技人员喊他“姜总”，但大多数人还是习惯喊他“老姜”或“姜老头”。

别看他从里到外散发着机油和泥土的气息，可他的确是吃过“洋面包”的，而且还是美国著名哥伦比亚大学研究院的高材生。

“我不愿寄人篱下！”

“我不愿寄人篱下！”这是1950年在美国的姜圣阶对那些劝他留在国外的朋友们说的。姜圣阶非常怀念祖国，“那是生我养我的地方啊！”当时，朝鲜战争爆发了，祖国的安全也受到了威胁，他说，“我怎么能丢下自己的国家不管呢？”于是，他毅然在1950年7月，搭上最后一艘开往新中国的货轮，启程回国了！

波涛滚滚的太平洋也盛不下他对祖国的一片深情，他恨不能一步就踏上祖国的海岸。可是，他所乘的是一艘货轮，沿途要经过日本、朝鲜、新加坡等地卸货，他只好随着船在海上漂泊了3个月。他不肯让时间白白流过，就在3个月的颠簸中，他利用一套唱片学习了俄语，以便回国后报效祖国。

远远望见了祖国的海岸线，第一次看到碧海蓝天中的五星红旗，“祖国，我回来了！”他心中默念着，热泪顺着双颊滚滚而下……

回国后，组织把他安排到了一个非常重要的工作岗位——一所著名的大学去当教授。但是，姜圣阶觉得新中国迫切需要“振兴工业”，他回到了南京永利宁厂，走上了生产第一线。后来，这个厂改为南京化学工业公司，他被任命为副总经理兼总工程师。

正当他一心扑在化学工业上，迈开大步向前走的时候，一个关系到祖国安危的新兴工业——原子能工业上马了！原子能事业需要他，这意味着他将离开南京的温暖家庭，到荒芜的戈壁滩去；这意味着他将离开驾轻就熟的专业，去涉足一个完全生疏的新领域。在南京，上至化工部门领导，下至全厂职工都热情挽留他，而且还替他到有关部门去疏通。作为一名1956年入党的党员，面对祖国的召唤，他毫不犹豫地服从了这个决定，毅然告别了卧病在床的妻子，告别了美丽的玄武湖，奔向了遥远的大戈壁！

“和工人在一起，我心里踏实！”

这是姜圣阶的口头禅、座右铭，而且多年来他都是这样做的。

1964年，他担任了原子能工业四〇四厂的总工程师。他像一名小学生，对全厂的每一条管道，每一个阀门，都要亲手去摸一摸。在土建工地上，他和工人们一起挥汗挖土方；在安装机器设备的时候，他和满脸油污的师傅们一起推敲图纸；检修机器时，他和工人脚跟着脚，踏着一尺宽的晃晃悠悠小梯子，下到20几米深的地下去检修；水道出了问题，即便是在寒冬腊月，他都会挽起裤腿和工人们一起下河挖泥。他已年过半百，而且是一级工程师，大家都来劝阻，可他说：“和工人在一起，我心里踏实！”

在第一颗原子弹核心部件试制阶段，他和工人、技术人员吃住在车间，日夜奋战。累了，将两张桌子拼在一起，盖一床薄薄的毯子打个盹儿。在技术资料极端缺乏的情况下，他和工人、技术人员苦干了几十个昼夜，终于突破了难关，为生产出我国第一颗“争气弹”作出了突出贡献！

姜圣阶（右二）在现场指导工作

当全国人民欢呼第一次核试验成功的时候，他又带着满身的疲惫和大家一道为研制我国第一颗氢弹继续奋斗。

我这样过惯了！

姜圣阶要调到二机部机关工作了！临行之前，工作人员帮他整理行装，看见一个白色包袱里只有几套破旧的衣服、一套薄薄的棉布被褥和一块磨光了的毛毯子，心里禁不住一阵阵发酸，觉得这位老人的生活太清苦了！

姜圣阶几次出国，都过着俭朴的生活。他从不游山玩水，总是把工作安排得满满的，一心想多学一点知识。有一次去南斯拉夫，他穿上大胶鞋，蹚着污水下到矿井去学习，在法国出差时，他舍不得花钱坐出租车，每天外出都要走很长一段路去搭乘地铁。在国外，他总是挑便宜旅馆住，从不接受任何私人馈赠，换下的脏衣服都自己动手洗。他常对随员说：“咱们的国家穷，能多节约一分钱也是好的！”

“活一辈子也要过得有意义！”

“你能活两辈子吗？”他回答：“活一辈子也要过得有意义！”这是姜圣阶在家里和老伴的一段对话。

姜圣阶的结发妻子叫刘景芝，是一位贤惠的妇女。她同姜圣阶共同生活了几十年，可是仔细算起来，他们分离的时间要比在一块的时间多得多。年轻的时候，姜圣阶入关求学，以后又去美国，丢下她一个人支撑家庭，侍奉年迈的母亲，她从无怨言。她从小缠足，没有读过书，识些字还是跟姜圣阶学的。他从美国回来当上总工程师以后，办的第一件私事，就是把老母亲和妻子从家乡接到南京，姜圣阶对她充满感激之情，经常对人说：“我要是没有她无私的支持，怎么能出国留学呢？”

在南京的一段共同生活，是他们一生中难忘的时光，可惜太短暂了！因为妻子患了严重的高血压病，后来又半身瘫痪，不能随姜圣阶去戈壁滩。姜圣阶在戈壁滩近十年，从来没有休过一次完整的探亲假，多半是借出差的机会去探望妻子。在这短暂的相会中，姜圣阶都体贴入微地关怀妻子，临别之际，妻子也总要从病床上挣扎起来，亲手料理姜圣阶的衣物，像在年轻时候送他去求学那样。为了让妻子的生活更好些，姜圣阶每月除了留一部分生活费外，其余工资都寄回家里，并且请了一个保姆照顾妻子。后来，这个保姆也因年纪大不能干活了，姜圣阶就又请了个保姆，照顾她们两个人。姜圣阶自己却始终过着清苦的生活。

姜圣阶（左二）探望病中的张同星

姜圣阶调到北京工作后，想把老伴接来，一起度过晚年。可是，一直分不到房子，而他又坚决不要特殊照顾。等到有了房子，姜圣阶也请好假，准备回南京搬家。但是，却传来了他的老伴因患脑溢血不幸逝世的噩耗……

姜圣阶没有儿女，又不会安排生活，机关的同志们都替他操心、着急。经过相当长的一段时间酝酿，在组织的关怀下他又重新组建了家庭。但是，他长期以来都习惯于全身心投入工作，对家庭生活比较淡漠，引起老伴的不少忧虑。

“他不按时回家吃饭！饭菜凉了热，热了凉，弄了好几遍还不见人影。”有时给他包顿饺子，问他：“味道怎么样？”他说：“很好，很好！”可是等他吃饱了，问他是什么馅，他也不知道！他满脑子都想着工作了。

“他成年累月加班加点，不注意劳逸结合！”他看报纸、读文件、写材料都在家里干，常常深夜不眠。遇到重要会议，他还要自己写讲话稿，查数据，找材料，一折腾就是好几天。老伴劝他：“凭你多年的工作经验，写个提纲就行了呗！”可他说：“那怎么成！都是科学技术问题，弄错一个数据，国家要受大损失哩！”

姜圣阶（左一）与汪德熙

姜圣阶虽然担任了二机部副部长，但是他的普通劳动者本色始终未变。作为一个化学家，他没有像门捷列夫那样发现“化学元素周期表”；作为一个原子能学者，也没有像居里夫人那样发现镭。但是，他却为中国的化学工业和原子能工业倾注了全部心血。他用自己的光和热，释放出了祖国需要的巨大能量！

☆**故事新语：**

扬帆为了梦想，出征为了国强。你由一江南书生，成为塞外名将，把戈壁滩上的冷漠山川，用心暖化。你用你创业初心的闪耀，写下人生永不相忘的西行漫记。你将江南的送别，播种成扎根戈壁的红柳绿柳。你就是四〇四最厚壮的精神之根！

41.“拼命三郎”张家厚

张家厚，“根红苗正”的工农调干生，大学毕业后，曾在机床研究所、机床厂工作，后调入北京九所四室从事核材料的工艺研究。老张耿直、率真，有个性，直言不讳，从不违心说话。老张也有较真儿的时候，是一碰就炸的火药脾气。他办事利索，是不达目的决不罢休的人。他是 102 车间第一工艺组的组长。

1963 年初，张家厚和工艺组的人员，成天围在进口设备上用代用材料模拟加工，探索最佳工艺参数和精度控制方法。北京九所四室大批科研生产人员、仪器设备进入车间，具备了试生产条件。国防尖端研究无小事，核材料的生产稍有不慎几十万元甚至上百万元的产品部件就会报废掉。试制生产前，理论部、设计部技术人员来到车间进行技术交底，而后召开车间、班组会提出具体的质量、安全目标，把要求和困难交代给大家，使员工明白，该做什么、如何做、注意什么，都要一清二楚。这样，职工耳聪目明、心神敏锐，就能排除周围干扰，全神贯注思考和把握各项操作。在生产、实验过程中，领导身体力行以身作则，既是指挥员又是战斗员。在会战攻关的日日夜夜，学习气氛十分浓厚，大家在干中学，在学中干。白天全身投入方案研究讨论和生产、实验，晚上实验室、办公室灯火通明，大家集中精力钻研业务和资料，每天工作到深夜十点以后才离开车间步行回到总厂生活区。

在我国第一颗氢弹研制中，贫铀关键部件——大型异型旋转件，原工号工艺设计的LT45仿型机床和苏联提供的MK199机床，机床的横向行程都不够，无法满足加工要求，一时成为赶在法国之前爆炸氢弹的拦路虎之一。九院计划处贾处长正为氢弹试验计划一时无法落实而发愁。贾处长决定到102车间来了解情况。老张听到消息后，急忙找到正在车间调度室听取汇报的贾处长，毫不犹豫地对他说："铀材料的精加工，绝不会拖后腿，你们按要求的进度排计划就可以。"

贾处长曾多次与勇于迎接挑战被誉为"拼命三郎"称号的张家厚打过交道，深知他是一位雷厉风行、说话算数的实干家。在第一颗原子弹铀薄壳组合件的加工中，遇到不少困难，担心影响最后总装出厂试验。老张也曾对贾处长说过，不用担心，问题会很快解决的。真不出预料，他亲自设计专用测量工具，改进加工方法，终于按时加工出合格产品，保证了装配的急需。贾处长悬着的心终于落了地。

张家厚和师傅们一起研究图纸

老张说话算数，第二天召集裂变材料工艺负责人王菁珩和王来运以及谢继业、宋协军两位师傅讨论，为保证进度，决定立足现有设备，土法上马，对MK199机床进行改造。不论是白天还是夜晚，老张和老王、小王等设计人员以及谢师傅、宋师傅等，奋战在车间24号工号里，边安装、边调试、边改进。奋战了近一个月，通过系统改造终于加工出铀大型异型旋转件。

在核产品被扳机的装配中，又遇上铀大型异型旋转件与炸药部件干涉的问题。技术检查处沈光基处长在一工艺组办公室与老张一同研究，决定提高对刀精度和设计大型全形样板的测量办法，终于满足了总装要求，生产出合格的铀大型异型旋转件，保证了我国氢弹赶在法国之前爆炸成功。

☆**故事新语：**

事业是干出来的，有智慧，有能力的拼命三郎，就是创业的闯将。张家厚，放在今天就是建功至伟的“大工匠”，虽居基层一线，时时勇攀高峰。

42.奋斗的青春　无悔的人生

1956年，张长顺在核工业北京四〇一所参加工作，那时的他主要负责回旋加速器、蒸馏系统、水流继电器、重水防火门等装置的安装与建设。

1960年3月，张长顺接到上级命令去青海某个县，只告诉了他报到的时间和地点，其他的情况便一无所知。坐了几天的火车后，到了小县城，在一个接待站等候上级下一步的安排。当时条件艰苦，环境恶劣，要进入大草原，只有等顺路的出入拉货的卡车。在接待站，他遇到了两位和他一样去报到的同志。随后，他们就乘着进入大草原的卡车，迎着刺骨的寒风，在满是尘土的马路上前行。经过半天时间的颠簸，终于到达目的地——221。

小县城金银滩草原海拔高，茫茫草原放眼望去地势平坦，广阔无边。那里冬天气候寒冷、风沙很大，四周是高低起伏的丘陵地带，人烟稀少。

刚到221生活营地时，只能住帐篷、睡行军床，后来住进干打垒的房子。那种房子就地取材，木头做的屋架，土做墙，草和泥涂抹在墙面上加固，门窗都还没有来得及安装。就在那种环境下，他们住了一个多月。冬天户外寒风凛冽，气温可以达到零下 25℃，简直滴水成冰。屋内的毛巾冻成一块板，碗筷冻在一起扯都扯不动。那个时候不只环境恶劣，条件也十分艰苦。当时粮食是定量的，每人每月只有 23 斤粮食和 2 钱油。蔬菜和食物匮乏，几乎没有一顿能够吃饱肚子。有的时候晚上饿得肚子难受、睡不着。为了充饥，大家在一起出主意，去买酱油膏回来冲水喝，结果不仅不能充饥，反而一些同志身上出现了浮肿。那个时候大家还去农牧场翻挖别人已经收获过的土豆和萝卜。土豆地和萝卜地，别人已经挖过了一次或者两次，剩下的只有碎块和看不起眼的小不点，他们就一点点收集起来，拿回生活区充饥。

1961 年中秋，中央给他们特批了一批香蕉和月饼。那个时候，他们也开始收集草原上的牛羊粪，开荒种地，还组织了捕鱼队，轮流去湖中捕鱼。张长顺家里人口多，尽管那个时候他的工资很低，他还是会把工资攒起来寄给家里。家里人也心疼他，怕他在外面饿着，省了好几个月，凑了 5 斤粮票，给他寄了过去。他记得后来转战四川后，他弟弟到成都找他，给他送粮票。因为他们是保密单位，无论是给家里的信，还是回家探亲和家人聊天，从来不谈论工作。家里知道的唯一联系方式仅仅是一个有编号的邮箱。于是，他弟弟就一个个地方打听，但是没有一个人知道他工作的地方。就这样，张长顺的弟弟在成都待了 3 天，然后失望地回家了。

在十五厂区，张长顺他们负责安装深井水泵。当时任务急迫，十五厂房关系到整个221生活用水和工程建设用水。任务下达后，他们根据施工图纸要求，立即编制施工方案，准备设备和工机具。十五厂区是沼泽地，所有设备都是人扛肩抬。施工过程中，他们采用科研生产、设计、施工“三结合”的方式制定吊装方案，提前设计吊装梁、预制管线、预留安装孔洞。当设备到达现场后，他们12个人，只用了30多天，就完成了11台深水泵的安装任务。

二厂区防爆要求高，有几个车间要求采用当时最先进的喷淋技术。为了确保工作万无一失，张长顺和其他两位同事一起去上海消防器材厂学习喷淋设备安装技术。经过1个多月的学习，根据二厂车间实际施工需要，他们提出了施工方案，并顺利完成了施工任务。

七厂区是221的核心部位，当时苏方撤走的技术人员带走了所有图纸和资料。在没有厂区设计方案的情况下，张长顺他们自己摸索、钻研，自主设计了这个厂区的7个工号，掌握了七厂区的新技术、新材料、新设备、新工艺的特点，确保了施工进度和质量。在七厂区，热源锅炉房是重点施工任务之一。当时在冬天，要对热力管道进行试验。面对各种不利因素，他们采用了先小段试验，在一段6米长的钢管内充入热水，每小时测量一次，确定水管内结冰时间。通过测量，他们找到了供水的最佳温度为35℃，为热力管道试验提供了宝贵数据。

1964年，全国人民开始备战备荒，核工业开始向三线转移。同年7月，突然接到上级任务，要求他们将一批重要科研和生产器材转移到另一个地方。这批设备的保存对温度要求很严格。他们深夜1点多赶到转移地，仓促休息了3个小时后就查看施工现场，研究施工方案。那时，张长顺他们13个人每天只休息3个小时。经过7天7夜的努力，完成了锅炉、管道安装，使大礼堂满足了保存设备的需要。

“为了保密需要，我没有留下一张现场施工的照片，没有留下我的战友和同志解决问题时的照片，甚至没有生活中的合影。但是我一直深深地怀念那段艰苦的岁月，那些亲爱的战友和同志。”如今82岁的张长顺还在深情地怀念那段艰辛而幸福的创业时光。

☆**故事新语：**

路长情更长，在那遥远的地方，多少人不为穿金戴银，不为披红挂绿，只为祖国的一声召唤，到核工业最需要的地方去。留下青春铸忠魂，留取丹心照汗青——谁说情到深处人孤独？大爱无疆、真情无私，创业之光普照生命历程。

第八节　核色生香

43.永不消逝的二〇二精神

仓库精神

1959年7月，安纯祥从苏联莫斯科钢铁学院毕业回国分配到二〇二厂，1961年年底厂里决定在第二研究室设立六分室，主要任务是原子弹核部件的成型锻造及热处理等科研攻关，安纯祥担任分室主任。

工作刚开始就遇到一些困难，厂里技术人员中仅有的几个学锻造专业的人员还都是学钢铁锻造的，对金属铀的结构、性能、状况缺乏了解。而且建厂初期的科研试制条件极其简陋，除了苏联给的简单的初步设计外，技术资料、图纸、试验场地、设备都没有，就是找个办公的地方都很困难。

由于当时处于建厂初期，各个厂房都在施工之中，没有场地可用。为了争时间，抢速度，当时就利用车间外一个用木板搭的工棚子作锻造试验用地。安纯祥他们在那里安了一台盐溶加热炉，用150公斤空气锤开始了第一阶段的锻造试验。在第一次金属铀锻造试验那天天气很冷，工棚里结着冰。由于是第一次，大家都很紧张，心中也没底，不知道会出什么问题。当时的人们真是怀着为党争光，为国争气和不怕牺牲的思想去搞试验的。

当把锻件放到锻锤口边，准备开锤时，大家的心都悬起来了！当第一锤打下去后，看没出什么问题，人们才消除了恐惧和疑虑。第一次试锻，初步掌握了金属铀的性能和加热温度等一些工艺参数。第二次试验后，又在那个工棚里开始了模拟试验，由于是边调研、试验，边筹备场地，每天从早忙到晚，差不多每天都干到半夜休息。加上当时正是国民经济三年困难时期，技术干部每天只有一斤粮食，吃不饱，但大家没有怨言，一直坚持干下去。

仓库精神

由于当时核部件的试验是特殊保密的，每天锻造都是在夜间进行。有时要干到第二天早晨。半夜时，厂里给每人发一个玉米面饼子，就是对大家的特殊照顾了。但就是这样一个玉米面饼子，大家都是互相推让，谁也不肯多吃一口。

由于 150 公斤空气锤和临时工棚已不能满足逐步深化的试验要求。厂党委和厂部决定把原设计存放仪表设备的 627 仓库东半部加以改造作为研究试制的临时试验厂地。可以想象，一个简易仓库怎么能够达到高剂量条件下的试验要求呢？但同志们为了抢时间，争速度，就在试验现场办公，搞设计，搞试验，吃在现场，睡在现场，昼夜苦干，几乎每天要干 12 个小时，但没有一个人计较报酬或要求换休。当时大家只有一个信念，就是：苏联不提供技术我们自己摸索，没有专家靠大家，一定要依靠自己的力量过技术关，宁可掉几斤肉，也要早日试制出“争气弹”。为国争光，为党争气。从 1962 年开始，就是安纯祥他们十几个年轻人，经过两年多的时间，三个阶段的多次试验，终于从无到有，由小到大拿出了合格产品，为我国第一颗原子弹的爆炸试验提供了核部件，保证了试验一次成功。

在 627 仓库那样差的条件下那么快地就研制出原子弹的核部件，创造出了史无前例的奇迹，孕育出了被罗瑞卿总参谋长批示的团结协助、勇克技术关的“仓库精神”。

土豆大会餐精神

1958 年 4 月，建厂的队伍和从全国各地抽调精兵强将开始秘密地向二〇二厂所在地汇集。

二〇二厂开始建设不久，就遭遇我国三年困难时期。当时，供应紧张，许多人吃不饱饭。为了充饥，大家吃猪毛菜、灰菜、糖菜渣，喝酱油汤，不少人得了浮肿病。饥饿，对工厂建设和生产科研产生了极大的威胁。当时，厂里一位技术负责人在食堂吃完定量供应的晚饭，因晚上还要加班，就顺手从土豆堆上拿了两个土豆，事后他再三做检查。厂里为给科技人员增加些营养，防治浮肿病，特意给每个科技人员每天多发一碗豆浆。此外，身患浮肿病的同志每天还可领到 8 至 10 粒黄豆或黑豆充饥。

土豆大会餐精神

面对困难，二〇二厂开展生产自救，为了果腹，只能开荒种地生产自救。他们利用工余时间，饥肠辘辘地在阴山下开始了农副业生产。为渡过灾荒，厂党委制定了《农副业发展规划》，发动全厂干部职工在厂区周围的荒野上垦荒种地，其中南门外的一块地进行春翻种土豆，在地里干活，风沙大，刮得眼睛都睁不开，但大家毫无怨言，有时能从凌晨干到晚上九点多钟才回家……

由于全厂职工的积极努力，1959 年 10 月 1 日，二〇二厂生产自救种的土豆获得丰收，厂里在职工大食堂举办土豆大会餐，所有主副食全部由土豆组成，十几种用土豆做的菜肴摆满了桌子。职工大食堂里人声鼎沸，热气腾腾。这就是二〇二厂第一代创业者们在艰苦创业过程中孕育产生的以苦为乐、勇渡难关的“土豆大会餐”精神。

一厘钱精神

“一厘钱”精神，是群众在“工业学大庆”运动中创造的，二〇二厂二车间化验室是发扬这一精神的典型代表。

1963 年，二〇二厂主要领导带队组团赴大庆油田参观学习。后经传达贯彻，广大职工深受启发鼓舞，大庆精神深入人心，因而在全厂迅速掀起学大庆的热潮。这对二〇二建厂初期加强企业管理无疑是一场及时雨。

二车间从开产伊始，就以大庆为榜样，狠抓班组建设这个中心环节不放松，并把它与社会主义劳动竞赛结合起来，细化生产过程中的各个环节，把各项指标落实到班组、岗位，便于检查和评比。做到“千斤重担众人担，千头万绪的事情大家管”“人人有事可做，事事有人负责”，车间的生产和各项工作都井然有序。

一厘钱精神

在推行班组成本核算中，化验室让每个人都充当材料员和核算员的角色，真正体会“不当家不知道柴米贵”的难处，从思想上树立节约意识，比如，从改进分析方法上、修旧利废上、降低玻璃器皿的消耗上，使用化学试剂的纯度上下功夫。从点点滴滴入手，使分析成本大幅度下降。由开始时平均每分析一个样品 3 角钱，降为 3 分钱，细算到了小数点后三位数。其他各班组和岗位也都自觉地从大处着眼，小处着手，勤俭节约，蔚然成风。例如，从煤渣里把煤核捡回来；把撒落在地上的钙屑清理起来；把分析后剩余的钙样品回收回来；受气筒铁皮只要不破损，经修整再重新利用起来等等。后来就逐步形成了独具特色的严抓管理、厉行节约的“一厘钱”精神。

二〇二厂老一辈创业者们在“三种精神”的激励下，将一张张蓝图锻造成一个个精品，在一穷二白的基础上创造了不朽的业绩。

☆故事新语：

二〇二的三种精神，都是核工业精神的丰富内涵。仓库精神支撑办大事，土豆大会餐精神凝聚精气神，一厘钱精神体现创业情。三种精神，三种发自心灵的光芒，映照核工业人的伟大初心。

44.踏遍青山人未老

中国有句俗话，叫“事不过三”。用这句话来形容四〇五厂的选址，是再恰当不过的了。

对于选厂址，当时中央领导多次强调，落脚何处，要做到情况明，决心大，要有重点，你们倾向的点要多看。原定工期是1975年建成，这不适应战争的要求，周总理三次强调，必须3年建成，即1973年建成。

1969年8月15日，负责选址的部、院、厂领导和工作人员一行从北京出发，到外地进行第三次选址复查。8月18日到西安，8月19日晚到石泉。8月20日清早就到现场勘查。部、院领导不顾千里奔波，不惧山高路险，亲临现场，对地形地貌进行了实地考察。评估时，大多数人认为预选址在大山前，大江边，不隐蔽，没有平地，施展不开，工程量大，影响工期，待修通铁路，要迟滞1年多。选址人员离开石泉。部13局局长张涛带队，到现场对普查的49个点中的9个点进行了复查。根据国防工办要求，由部军管会主任袁学凯、部长刘伟、副部长牛书申亲自带队，1969年8月到现场对第一次复查的9个点中的4个点进行了第二次复查。几位部领导同大家一起跋山涉水，到各点查看，经过几个点的比对，8 月 22 日初步确定四〇五厂的厂址为汉中洋县大爷山点。赶赴汉中观察山形地貌，了解水文资料。又走村串户，了解当地农民的生产、生活情况,8 月 24 日回到汉中市，又到南郑去考察。经讨论分析，大家都比较倾向于现址和南郑。8 月 26 日，大家决定离开汉中回西安。当天上午，牛书申副部长放心不下，又驱车到现址，仔细、反复地把现址勘查了一番，才启程赴西安。

8 月 29 日，在西安大厦召开了选址总结会议。带队的袁学凯同志感慨地说：踏遍青山人未老，风景这边独好。那到底好在哪里？汉中山好水好地方好，进山就更好，符合毛主席靠山近水进山的思想。选址跑遍了四川广元，陕西安康，湖北郧阳，走遍了白龙江、汉江、巴山、秦岭，才选定了汉中这个地方。

9 月 16 日，二机部召开会议讨论四〇五厂厂址定点，部领导、各局领导、有关单位专业人员参加。会议一致同意将四〇五厂址定于陕西省汉中洋县大爷山点，并拟定向毛主席、周总理的报告。

1969 年 10 月 10 日，毛主席亲自批发了中央军委军发（10）168 号电令，国营四〇五厂 405 工程立即在现址开始建设，命令工程兵 53 师承担 405 工程的打洞任务。同时，二机部紧急调遣地质勘查、设计、建筑、安装、生产单位的大批职工火速奔赴405工地，进行405工程建设。从此，默默无闻的“大爷山”，终于像一个老大爷一样，接纳了一个新的铀浓缩厂的到来！

☆**故事新语：**

穿云破雾，找到你。绿荫如盖，发现你。踏遍青山绿水，方知大地恩情。相思总在用心处，相逢真的曾相识。我们美不胜收的核工厂，将思念和向往采撷，将梦想和奋斗根植。看到你，目光所及，遍地都是故乡的原风景！

45.核风习习绕兰铀

时隔28年之后，老五〇四人郑庆云回到了自己的母厂——中核兰州铀浓缩有限公司。他在这里工作了22年，可以说这是他成长、成熟、成家的地方，是他日后成事、成人的基石，也是他人生第一个大舞台。

为了确保安全，在通向厂区的黄河老铁桥旁边，正在架设一座新桥，今后与通往西域的“道口立交”交相辉映，定会给这座核园增添新的景色。而给他印象最深的却是另一道风景线——厂风依旧。那20世纪五六十年代孕育形成的“艰苦创业，爱惜人才，崇尚文化，干群和谐”的厂风依旧回荡在母亲河边。

素朴之风

这座20世纪60年代建起的办公楼依旧坐落在郁郁葱葱的枣树林中，而不同以往的是已被粉刷一新。如今产量翻了几番的兰铀公司，厂部还在那儿办公，还在那儿接待客人，包括中央领导。这样的老建筑，似乎感觉有点小，有点不够时尚，但却格外亲切，仿佛又回到了当年他参加的厂务会、办公会、调度会等。会议室的一边是行政领导办公室，另一边是技术与管理的参谋部。兰铀人半开玩笑地说：“办公空间小了，职工活动地方就大了，干部之间的距离就小了，说话办事显得更方便、更快捷，效率也就更高了。”这番话深深打动了他的心。可不是吗？工厂在福利区建起了大广场，清晨，职工三五成群在那儿晨练、跳舞，午后，一群群老职工在长廊中下棋。被当作文化遗存的工人俱乐部，虽然是多次修缮过的俄式风格老建筑，但仍然显得与众不同，格外惹人注目。

中午，郑庆云在职工食堂就餐，想能与更多的职工零距离地接触。不料，因参观厂区耽误了时间，食堂里的几位炊事员一直在等候着。他说让你们久等了，影响了你们的休息，师傅们连声说：“没事，没事，平时厂领导和一些加班的职工也经常这个时候来。”这时他才得知厂领导每天和职工一起排队就餐。于是，他心疼地对办公室负责人说：“你可要把热菜、热饭留好，否则厂领导和一些骨干职工老吃凉的、剩的，他们的身体垮了，我们工厂怎么谋发展啊！”

惜才之风

在同生产一线的领导和职工进行的座谈会上，郑庆云围绕核工业创业故事做了发言。会后，去看望了几位老同事、老领导。首先见到的是他的老校友周济人。他是兰铀临界安全第一人，曾在著名科学家彭桓武院士、黄祖洽院士、阮可强院士和施贵勤同志的指导下，为兰铀的临界安全立下了汗马功劳。他刻苦钻研、一辈子献身铀浓缩事业，被评为研究员级高工，未曾挂行政职务。1997 年退休，退休工资 850 元。当时他被返聘时，脑子里想的就是如何带好徒弟，至于退休金，只觉得将来能升到 1000 元以上就行了。他的心始终是那样平和。当然，兰铀公司始终保持着建厂初期的老传统——惜才如命，把技术人才当作掌上明珠，优先照顾。现在他住着一百多平方米的房子非常满足，对事业、对生活充满信心。

郑庆云问道："现在欢迎新大学生还是像以前那样领导班子全都到场吗？"工厂的人告诉他说："还是那样，不仅如此，我们还盖了大学生公寓。近几年事业飞速发展，兰铀公司迎来了不少重点大学包括清华的学生。"半个世纪过去了，兰铀公司昔日的专家楼、技术楼已经不复存在了，但重视人才、爱惜人才的厂风依然洋溢在工厂的上上下下。

接着又见到的是刘晓波。他曾成功提取了共和国第一瓶高浓铀产品。热情问候后，他送给郑庆云两本书，一本是收编了他创作的 330 首诗的《诗集》，另一本是他的《往事回顾》。他边翻边说："这里面还提到了你呢！"原来就是李鹏总理来厂那一年，中核总机关和兰铀公司上下为争取新项目而开展工作的情况。

和谐之风

走进俱乐部，工会人员送郑庆云一本《兰铀公司职工美术书法摄影作品集》。其中美术作品既有浓墨重彩的工笔花鸟，又有干湿浓淡的写意山水；书法作品既有结构稳健的楷隶，又有线条流畅的行草；摄影作品真实反映了大西北美丽山川和民族风情，不少作品都参加过全国、甘肃省书画摄影展，并多次获奖。工会领导向他介绍，这些年来，兰铀公司职工还开展了采集黄河奇石活动，有的收藏了非常精美的奇石，有的被推选为地区奇石珍品。这些都充分显示了职工文化生活不断推陈出新。在这样的氛围中，工厂的企业文化深入人心。“四个一切”的核工业精神悬挂在文化广场前的俱乐部房顶上，落实在职工的行动中，作为兰铀公司企业文化的起点和源泉。

从工会那儿，郑庆云还了解到兰铀公司的民主管理、干群关系搞得也很好，称得上“干群和谐、家庭和睦”。厂里“三刘一靳”（职工刘红梅、刘彩萍、刘玉萍和靳玉梅）好媳妇的故事打动了他。其中刘玉萍曾说：“爱别人就是爱自己，尊敬老人就是尊敬自己。”这话说得既有哲理，又使他的脑海中立即映现出一副当年五〇四厂和谐的图景，那就是“上班是个好职工，回家是个好儿女”，而这也是兰铀人的写照吧。

在兰州市，郑庆云还看望了老厂长谷镇山。他曾是原二机部副部长袁成隆的秘书。促膝而谈，一起回顾了核工业以及兰铀公司的创业史。他说袁部长调离核工业较早，所以年轻一代对他了解甚少。袁部长是原子弹爆炸两年规划的制定者之一，也是积极的推进者和实施者，为我国第一颗原子弹研制成功立下了汗马功劳。1961 年 1 月，袁成隆到兰铀公司长期蹲点，并摸清了“家底”。通过调研，他对铀浓缩厂的工作特点和运行规律进行了总结，概括为“五性”“五度”“五大连续”“五大保证”，使后来者能顺应特点，掌握要领，为顺利投产、保证安全打下了基础。

郑庆云感慨兰铀的家文化，厂风家风显现的是党风国风。他说：当我们事业取得成功的时候，千万不要忘了当初的开拓者和建设者，他们人人都是核工业大家庭中的一员。正如首任厂长王介福所说：“兰铀工程的建成，即使是为工程搬运过物料的小毛驴，也要给它戴红花。”

☆**故事新语：**

郑庆云，核工业“四个一切”精神的主要提炼者和传播者。他从五〇四厂的创业沃土上迈出人生最重要的步伐，他的青葱岁月和铀浓缩事业一起吐芳华。如今，往事并不遥远，眷念时刻在胸，时光的河流从兰州到北京，曲折而走，蜿蜒而过，他的创业初心依然如故，遥望第二故乡五〇四厂，内心深处涛声依旧！

46.不能说的秘密

保密包

1965 年 9 月，刘书鹤和三位同事一起被分配到 221 设计部 16 室 2 组。报到后的第一件事是到设计部保密室去领取保密包和办理相关手续。每个大学生领取一个蓝色小帆布的保密包，包里有一个文件登记本、一个大工作手册、一个小工作手册、一本科研总结报告专用纸、一本科研计算草稿纸、一本科研计算正稿纸，所有的本、纸都有编号、编页（0 ~ 100 页）。检查相符后，要签字办理领取手续。

每个人在保密室都有自己的编号，刘书鹤的编号是“设 -349”，配有一个铝制的保密包领取牌（圆形的 0349 号），一个有机玻璃的长条形的印章“设 349”。

他们的工作程序是，每天上班前到设计部保密室凭保密牌领取自己的保密包，注意事项是要仔细检查包侧面的橡皮泥上印章是否清晰，拉锁是否被拉开过，以防有人动过包，中午下班时，自己检查包内存放的物品与登记本上一致后，拉上拉锁、用橡皮泥把拉锁头上的密封绳固封，盖上保密印章，送回保密室，换回圆形的保密牌。下午上班、晚上下班，都要重复这些程序。

在办公室里，每个人都有一个长方形的小铁皮保密柜，那是用来临时存放资料的，但规定带密级的资料和保密包是不能在这种保密柜中过夜的。

每周末下班前，每组的保密员会监督提示你，每个人检查后送回保密室。每月要由保密员和你一起逐项、逐页检查是否符合保密规定。当你的工作手册用完时，可以申请一个新的工作手册，登记好保密室的编号和你自己的序号01、02、03、…。按规定科研工作中的所有事项，包括会议记录都要记在本中；非因工作需要，手册不准随便带出，不准私自转借他人传阅。工作手册每册100页，如有错写改动不能自行撕毁。编写试验设想方案、试验大纲、实施细则、总结报告、科研计算报告等，都要用专用稿纸。专用稿纸的最后一页是本册稿纸的使用登记表，哪一页用在什么文件上要逐页填清，废纸要等月末保密检查时监毁。

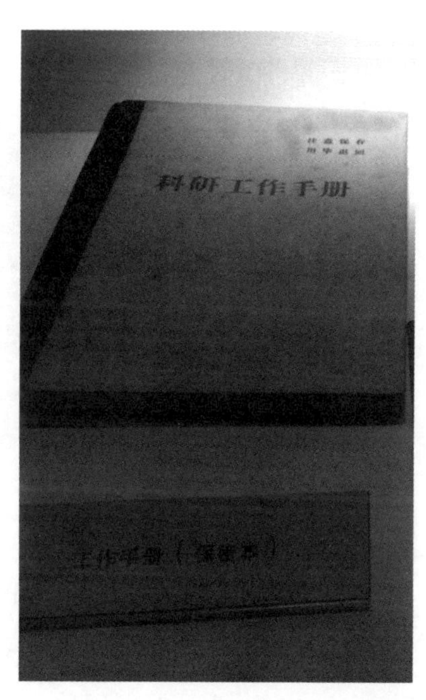

工作手册（保密本）

就是说，你从事的一切工作都要符合规定，一辈子做到不少一本、不缺一页。做到保密工作九分九不行，非十分不可。

三个工作证

刘书鹤一直珍藏着三个工作证。

第一个工作证是1965年11月3日最早的工作证，褐色的塑料皮中间一个五角星。证件号是厂证乙字第10442，职务是实习生。持证人相片上盖的钢印是“国营综合机械厂保卫部”。国营综合机械厂是掩护名称，内部名称是西北核武器研制基地、第二机械工业部第九研究设计院。

第二个工作证是1970年的，深褐色的塑料皮，印有“中国人民解放军兰字八三九部队”字样，中间一个“八一”军徽，是1968年至1974年划归国防科委时的证件。

三个工作证

第三个工作证是1989年的工作证，红色的塑料封皮，中间一个五角星，证件号是00114535，职务是高级工程师，印章是国营二二一厂。不同时期的工作证，都有一颗五角星。

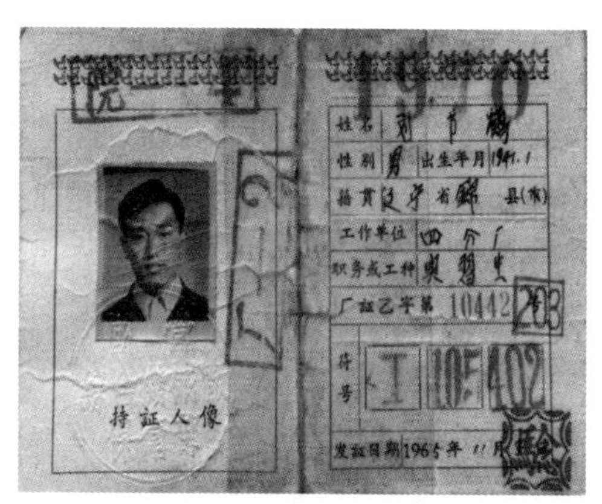

翻开第一个工作证，里面有着许多代号和信息。“105”是一〇五大楼的代码号，“402”是四厂区四〇二试验室的代号。203是第二生产部总装车间的代号。“验”是工作证的验证记号，院 -4 表示曾是九院四所的人，厂 -2 表示曾属第二生产部代管过等。

证件上没有代码印章的地方是不能随意出入的，如因工作需要，则要到厂保卫部办理相应的临时出入证，特殊任务时还要按批准的名单进入。“全”字代表是最高级别的证件。

密　语

在基地从事研制工作的人，长期使用着代号、密码、暗语和掩护名称，约定俗成，已经习惯，既达到了保密的要求，又便于互相通报情况。

在这里，“原子弹”“氢弹”是最忌讳的名词，从不轻易说出，在221基地都统称为“产品”，每个产品都有不同的型号代号，例如第一颗原子弹的型号代号是“596”。1959年6月20日是苏联背信弃义停止援助，拒绝按原定协议向我国提供原子弹的教学模型和图纸资料的日期，选“596”这个日期作代号，就是要自力更生、奋发图强，打破美苏核垄断，用中国人自己的双手造出原子弹来。

☆**故事新语：**

保密是核工业企业的神秘花园，那里始终有属于核工业人的独特春天。什么都不问，什么都不说，什么都不写，厂名是数字，通讯地址也是数字。不能说的秘密就像看不见的“太阳的胡须”，永远金光灿灿，也永远分不清哪根最亮、哪根是哪根。

47.在周总理身边

1970 年 4 月初，二机部通知潘恩霖立即去北京，说有重要任务。他赶到北京，一踏进招待所，就碰上四〇五厂负责总图设计的史国保。史国保说，王介福副部长要你准备向周总理汇报四〇五工程的建设方案。当时，他不太相信，以为只是让他准备材料，由部长亲自向总理汇报。而史国保坚持说："就是要你向周总理汇报，你赶快准备吧！"

那天晚上，由于紧张，加上兴奋，他几乎一夜未眠，翻来覆去地睡不着，心情久久不能平静。因害怕自己太紧张汇报不好，而影响了工作。第二天他向王介福副部长表示能否让其他同志汇报。王介福同志没有同意。他只好全面投入到准备工作中。

潘恩霖与俄罗斯专家在一起

除了准备汇报提纲外，主要是准备两个模型和一张大型工厂地区的鸟瞰图。第一个模型是完整的主工艺大厅。这个模型主要由四〇五厂的老师傅帮助制作，工作量很大，时间又紧，但是他们听说是向周总理汇报时用的，就什么困难也不提了。整个模型是用各种塑料拼制而成的，看起来一目了然，也很形象。第二个模型是北京二院加工厂订制的。从模型中可以看到主机大厅的断面布置，主工艺设备以及通风道、变压器、工艺管道和冷却水管各个点的分布位置。虽然只做了一段，但主工艺厂房断面分割情况十分清楚而逼真。区域鸟瞰图工作量特别大，专门请二院协助完成。二院接到此项任务后，全力以赴，大力协助。他们拿出保存多年舍不得用的进口图纸，派出了水平最高的建筑师来帮助精心绘制。师傅们不仅精益求精，而且分文不取。所有模型和图纸都准备完毕，二机部领导也前来检查。看后，大家都十分满意。

至此，汇报的一切准备工作都已完毕，模型也放在人民大会堂新疆厅，随时准备向周总理汇报。

在 4 月 12 日上午，潘恩霖接到了通知，定于当天晚上 7 点半在人民大会堂新疆厅开会。他下午 4 点多钟就到了人民大会堂，并在那里吃了晚餐。7 点过后，参加会议的领导都陆续地来到了会场。周总理 7 点半准时到会。参加会议的除周总理外，还有叶剑英、李先念、陈锡联等中央首长。此外，还有教育部长周荣鑫、国防工办主任陶鲁茄、科学家钱学森、朱光亚以及国防工办等部门有关领导。二机部参加汇报的有刘伟部长，王介福和王侯山副部长，以及段存华等人。

会议一开始，周总理便问："二机部由谁汇报？"刘伟部长把潘恩霖介绍给总理。为方便汇报，总理要他坐在自己旁边的沙发上，他坐在了总理面前的马扎上。总理亲切地问："你多大年龄了？"叶帅问："你在国外学习过没有？"他都一一作了回答。

正式汇报时，潘恩霖按原先准备的提纲，结合地形图和模型做了详细介绍。不知什么原因，汇报前的那种紧张而拘谨的情绪一下子全都没了。这也许是因为周总理、叶剑英和李先念都是那样的和蔼可亲、平易近人，使他感到不那么紧张了。随后，他请总理和叶帅等中央领导到模型前，介绍了四〇五厂的工艺流程。可以看出周总理对工厂的情况是相当了解的。周总理详细询问了

潘恩霖

工程在技术改进后可能出现的问题，并开始研究四〇五厂的建设方案。总理和叶帅还根据当地的地形，提出了一些新的设想和意见。

汇报一直持续到深夜11点半。接着清华大学的吕应中又向周总理汇报了清华200号工程的建设情况。会议开到凌晨1点多钟才结束。会议期间，医务人员两次给总理送了药，总理边吃药边开会。他那消瘦的身体看上去已经十分疲惫，但接着，周总理又通知，请政治局委员留下继续开会。

离开人民大会堂后，潘恩霖和王介福副部长没有坐车，一起步行回到了部招待所。凌晨2点，宽阔的长安街上空无一人，万籁寂静，使人心旷神怡。王介福高兴地说："今天的汇报很好，准备得不错。"归途中，大家感受很多，特别感到周总理的工作实在太繁忙了，直到深夜还不能休息，为国家、为人民鞠躬尽瘁，真是人民的好总理呀！后来才知道，就在向周总理汇报后的第二个月，周总理真的病倒了。

潘恩霖后来回忆，虽然这次会议前后约6个小时，和周总理接触的时间并不长，但亲耳聆听了周总理的亲切教诲，他倍感这一生献给核工业值了！

☆**故事新语：**

至今思总理，不忘指路人。当时间从远驶向更远，周总理却好像离我们越来越近。他的身影，他的声音，在历史的长河里化为日出日落，天天和我们在一起。仰望星空，巨人与我们的核事业永远同辉！

48.奔向青海不回头

1959年，杨朝经刚刚参加工作。当时是二二一厂里的人去他河南老家招工，据说是去青海建工厂。那时，杨朝经恰好在家休学养病，得知此消息后，果断地放弃再上学的机会报了名。尽管家里上上下下都不同意他，但是杨朝经执意要去青海，家人也没有办法。走的时候到县里听从组织统一安排，那时的人员是按照团、营、连、排的部队编制进行编排的，杨朝经当选了排长。

到达目的地的时候正好是六月，别的地方骄阳似火，而这里却六月飞雪。杨朝经说，“第一次看到这样的情景，十分好奇。那时候条件相当艰苦，居然没有房子，只能在牧民迁出的羊圈里搭个棚居住，一同前来的女孩子们实在受不了羊圈的简陋和臭腥味，加上对家人的思念，当晚很多女生一夜未睡，抱头痛哭。”为了改变居住环境，领

杨朝经

导发动大家盖房子。每人上山打荆条，背树壳，一捆一捆地背下山，挖土和泥打桩盖房子。墙壁和房顶用山上砍来的条子、树壳编成，用稀泥填住空隙。天太冷，泥巴还未干就冻住了。晚上寒气来袭，大家烤火，屋子里面暖和了，棚顶上的泥巴见热气就化了，然后就滴答滴答地往下掉泥水，有的人就躲在被窝里裹住全身不出来。就是在这种艰苦的环境下，杨朝经仍然坚持留了下来，没有一丝逃跑的念头。

劳动艰苦而繁重，身体严重透支，再加上食品单一，数量不足，使得杨朝经患上了浮肿病。当时患浮肿病的人数每天都在上升，严重影响了生产工作。正在此时，二机部部长宋任穷来工地视察，看见很多职工患上浮肿病时悲痛地说："连管理干部都浮肿了，还叫那些浮肿的工人怎么干活？"便立即安排从东北调来很多大豆。"至今我都能清楚地记得当时我在重病号病房，每次吃完定量的饭后，一顿会多给我一小碗黄豆，吃了半个月我身体才得以逐渐恢复。"杨朝经回忆道。

当时的岁月的确艰苦，但杨朝经从未因为当初的选择而后悔。有了那些经历和锻炼，在后来的工作中，不管有多少困难他都能忍耐和克服，再艰难的日子总会过去，这种信念一直伴随着他的工作生涯。

☆**故事新语：**

奔向青海，奔向无金也无银的金银滩。这里是很多核工业人的第二故乡，有着数不尽的美丽乡愁。奔向青海，一头扎进天宽地阔的创业王国，才知道创业无憾、人生无悔。奔向核工业神往的地方，以彩虹的姿势照亮报国的神奇天路！

第五章

第九节　青春无悔

49.逐梦年华

陈能宽

1955 年隆冬，威尔逊总统号轮船在香港靠岸，已过而立之年的耶鲁大学物理冶金工程专业博士、美国哈更斯大学讲师陈能宽站在甲板上，心情无比激动，也许是近乡情更怯的缘故吧，眼含热泪对站在身后的妻子和三个子女说：“到家了，我们不再是无本之木了，我们可以在自己家里迎接新年了。”

新年刚过，他便在中国科学院开始了紧张的工作，尽管当时的应用物理研究所和美国的威斯汀豪斯研究所各方面条件都无法相比，但他感到“给自己做事的幸福”。

1960 年夏天，他奉命调到二机部。一天，李觉将军和钱三强、朱光亚等专家与他首次会面并对他说：“陈能宽同志，调你到二机部九所来，是想请你参加一项重要的国家机密工作，我们国家要研究新产品，我们想让你负责爆轰物理工作……”陈能宽立刻猜中了“新产品”的含义，他道：“是不是让我参加原子弹的研制工作？我是搞金属物理的，从来没有搞过原子弹。”在场的人都说：“我们谁也没有研制过原子弹，别人看不起我们，说中国10年、20年也造不出来，我们要争气。”随后，他被任命为九所第二研究室主任，从事“原子能在国防中的应用”研究，也就是“两弹”研究。那时陈能宽37岁。从此，他隐姓埋名，销声匿迹达25年之久。

新的工作岗位要求他必须放弃原先的金属物理学专业，改为原子爆轰专业，这个领域对于当时的陈能宽来说很陌生，当时研究团队提出：自力更生过技术关，能者为师互相学习。就这样他带领一群年轻的队伍开始了原子弹研制中的爆轰物理试验。1960年4月28日，在古长城下的17号工地打响了爆轰物理试验的第一炮。

起步是艰难的，当时也正值国家三年困难时期，他同职工一样，喝稀面片汤，勒紧裤腰带，经过一天的繁重工作已是筋疲力尽，晚上仍然坚持主持分析讨论。多年的科学积累和刻苦钻研，使他很快进入了爆轰物理的前沿并在这个领域取得了重大突破。

1963年，陈能宽率领他年轻的攻关队伍随大队人马来到了地处青藏高原的221基地，进行原子弹的爆轰物理试验。他深知这份责任的危险性，在给妻子的信中写道："如果我有不幸，你要想得开，当年我们抛弃洋房、轿车，带着儿女回国，正是为了干一番事业，让祖国富强。"他没有时间儿女情长，必须争分夺秒、精益求精干好工作。爆轰试验团队在他的领导下于1963年11月20日和1964年6月6日，相继取得了我国第一颗原子弹爆轰试验具有决定性意义的胜利。1964年秋，运送我国第一颗原子弹的专列秘密开进了马兰试验基地。10月16日，罗布泊上空强光一闪，火球迸放，随着隆隆的巨响，巨大的蘑菇云腾空而起。中国第一颗原子弹试验成功了！陈能宽情不自禁地拿出怀中的笔记本，即兴写下了"东方巨响，大漠天苍，云似蘑菇腾地长，人伴春雷鼓掌"。

第一颗原子弹爆炸成功后，作为核装置的技术负责人之一，陈能宽又开始了原子弹的武器化和氢弹的研制攻关。"两弹"突破后，作为九院当时主要技术领导人之一，他继续参与了我国大部分核试验方案的制订、组织领导与实施工作，为我国核武器研制技术上一个新台阶奠定了基础。他的一生经历正如他诗中所写："不辞沉默铸坚甲，甘献年华逐紫烟，心事浩茫终不悔，春雷作伴国尊严！"

☆**故事新语：**

与创业者同行的日子，山不在高，有爱就灵，水不在深，精神为龙。当惊世界殊的时刻，创业者的幸福不是把蘑菇云当作神明，而是把创业者的心路历程当作精神坐标：创业，是创业者最高的美德！

50.科学报国圆宏愿

1952 年的张兴钤刚过而立之年，取得了麻省理工学院物理冶金博士学位。美国优越的科研条件、舒适的生活以及导师格兰特恳切的挽留，都没能动摇他归国的决心。面对导师不解的目光，张兴钤平静地说："您有您的祖国，而我也有我的祖国！"

然而，当时的美国并不希望这些知识精英学成归国，下令严禁学理工的中国留学生回国。强烈的报国信念激励着张兴钤，他与李恒德、师昌绪、陈能宽、林正仙等人两次集体给周总理写信，表达了不畏美国政府阻拦，坚决要求回国的意愿。这些信件成了 1954 年 5 月的日内瓦国际会议上，中国政府抗议美国无理扣押中国留学生的重要证据。留学生们向美国总统艾森豪威尔写信，明确要求回国，并将公开信送各大报社发表，引起了当时美国媒体的注意。迫于舆论压力，美国政府终于取消了阻止中国留学生回国的禁令。1956 年 6 月，张兴钤踏上了归国的旅途，回到了祖国的怀抱。

当时的新中国百废待兴，非常看重归国学子。当征询张兴钤对工作分配的意见时，他的回答很干脆："哪里需要，我就到哪里！"于是，他愉快地放弃了曾为他带来国际声誉的科研工作，来到北京钢铁学院任教，并与同事一起，创设了新中国第一个金属物理专业。

1963 年初，为了炸响中国的原子弹，中央决定从全国各地选调技术骨干参加青海草原的大会战。那年 7 月，在教学中渐入佳境、被弟子们与其他三名归国学者一起并称“四大名旦”的张兴钤，作为科技骨干奉中央调令，来到了条件艰苦的青海高原，担任实验部副主任，加入到核武器的研制中，和陈能宽一起进行原子弹爆轰试验。

高原气候恶劣，生活条件艰苦，他与同志们一道，克服了重重困难，在极短时间内掌握了大量关键技术，胜利地完成爆轰试验。后来他又参与领导了缩小尺寸的聚合爆轰试验，取得了对爆轰规律较完整的认识，这次实验的成功是原子弹突破过程中的里程碑。

首次核试验成功后，我国的核武器研究转向了对氢弹的探索。根据理论人员的探索，他与同事们一起开始了氢弹爆轰试验。通过上百次爆轰试验研究，解决了引爆弹设计中的关键问题，从而为确定引爆弹的理论设计方案提供了重要的技术依据。1967 年 6 月 17 日，中国第一颗氢弹爆炸成功，与第一颗原子弹爆炸试验成功相距仅两年零八个月。作为“两弹”研究队伍中的先进代表，张兴钤与其他同志一道，在人民大会堂受到了中央领导的接见。

☆**故事新语：**

只有用梦想加理想加思想，才能开采出创业者厚重的心血智慧。用蓝天的蓝色和白云的白色，致敬创业路上的知识精英，你们每一个人的心中都有中国颜色和中国温度。

51.爆轰试验“司令”

陈常宜，1928年生于江苏常州，1960年从北京地质学院抽调到北京第九研究所，在陈能宽院士领导下参加了“17号工地”爆轰试验。1963年到221基地。1964年第一颗原子弹核试验时任起爆前最后一道工序“插雷管”组组长。1966年第一颗氢弹试验时任试验现场第九作业队701队队长。1982年任核工业部军工局副局长。

第一颗原子弹和第一颗氢弹，陈常宜为之作出了突出贡献，但他为人低调，鲜为人知。他几乎参加了原子弹、氢弹研制过程中所有的爆轰试验以及核爆试验。看看他的几个有意思的外号吧！

爆轰试验场

第一个外号——打炮司令。在221基地，如果问陈常宜是谁，可能有很多人不知道，但如果说打炮司令，却几乎无人不知，无人不晓。当问起陈老这件事时，陈老哈哈一笑说："确有其事，而且不只我一个人有这个称呼，有时是一个小组，几个人都叫司令，我是司令里的司令"。"打炮"指的就是爆轰试验，这个步骤在正式进行核爆试验之前是必不可少的，而且要进行大大小小若干次。"司令"并不是一个正式的职务称呼。平时大家都在各自的单位，或所长，或主任，都有自己的职务，但是到了试验场，负责设计、生产、安全、测试等单位和部门都得参与，就得有一个统一的指挥和协调了，于是大家就把负责现场指挥协调的这个人戏称为"司令"。陈常宜就是这样一个"司令"。既然是"司令"，可想而知，权力大、责任大、压力大。虽然不是指挥着千军万马，却担着千斤重担。这对于一个看上去外表有点柔弱的知识分子来说实属不易，没有强大的心理素质、过硬的业务能力和坚定的理想信念是绝对无法胜任的。

第二个外号——排骨司令。"排骨司令"这个外号其实很简单，就是因为他长得瘦。陈常宜出生在江苏常州一个普通农民家庭，由于家里子女多，正逢战乱时期，吃不饱、穿不暖，生活十分艰难。陈常宜自幼身体瘦弱，却天资聪颖，喜欢学习，以优异成绩考入了复旦大学。由于天生瘦弱，又在长身体的二十几年中一直处在生活艰苦的年代，所以他的身体一直没有强壮起来，体重只有一百零几斤。到221基地后生活条件更加艰苦，当时大多数人过的是集体生活，十几个人一个宿舍，每当脱掉衣服的时候，大家看着他的一身"排骨"格外扎眼，于是就有人开玩笑叫他"陈排骨"，"排骨司令"的称呼也就顺理成章了。

爆轰试验

第三个外号——猴子。"猴子"这个外号还是王淦昌先生给他起的，这里面也有一段有趣的故事。大家知道，我国第一颗原子弹是在铁塔上起爆的。工作人员平时上下铁塔都是人在吊篮中，用卷扬机将吊篮吊上塔的。为了万无一失，预防电梯出事故，指挥部要求所有塔上工作人员必须学会徒手爬塔。一百多米的铁塔，相当于三十多层楼高，爬上去还要爬下来，不仅很难，也很危险。笔直的铁塔在空旷的沙漠上高高耸立，没风的时候都会有自然晃动，何况试验场经常起风，塔顶晃动几十公分都是很正常的。胆小的人不要说在上面工作，站都不敢站起来，更何况是徒手爬塔了。几十个塔上工作人员提前一个多月就开始训练爬塔了。这可真难住了不少人，虽然身上都系着保险带，但人在移动过程中保险带是不起任何作用的，只有中途休息的时候才能用得上。这就要求大家不仅要有良好的体力，更要有良好的心理素质，保持心理稳定，做到胆大心细。大部分人最多爬到三四十米，腿就开始哆嗦了，手也没劲了，甚至头晕目眩，不得不下来休息一会儿再上，就这样反复练习多次才能爬上塔顶。陈常宜是插雷管组的组长，当然要掌握爬塔的技巧，可他练习爬塔却没费那么大劲，“噌噌噌”，轻轻松松地就爬上去了。站在旁边看着他的王淦昌先生乐了，伸出大拇指对他说：“好啊！你这爬塔的功夫简直像个猴子啊！”从此“猴子”的外号也流传开了。

第四个外号——老抠。“老抠”这个词一般是指舍不得花钱，抠门儿，但在这里却不是这个意思了，而是指他在工作上要求严格、苛刻。说起这个外号，陈老不无感慨地说：“爆轰试验是个很危险的工作，容不得一丝一毫的疏忽大意。我很幸运，干了一辈子爆轰试验，没出过一次事故，这恰恰得益于工作上的严格要求、一丝不苟。在试验准备和训练过程中，各个技术环节和技术动作，往往要重复多次，反复检查，有时难免会显得不近人情。”

四个外号，生动地诠释了陈常宜的性情、性格和精神，也活脱脱地揭示了那个年代的特殊快乐，幽默中见真情啊！

☆故事新语：

遥远的往事都涌来了，弥漫着深深的创业情。

当年明月几时有？回眸往事，并不遥远，目睹创业故事，领略创业风采。登高那个时代，望远那种境界，初心辽阔的创业人永远年轻！

52.鱼水情

湘南春早，1963 年的春节之后，湖南已经进入紧张的备耕之际。郴州地委书记陈洪新找到苗捷夫："省委电话要调你到一个军工厂去当书记，让我征求你的意见。"

苗捷夫坦然地说："几年的农村工作才入门，对农村工作也建立了感情。既然省委要调我去企业，我服从组织决定。"

两天之后，省委的决定下来了。苗捷夫告别郴州，坐火车来到了长沙，找他谈话的是省委组织部部长郭森。

郭森解释："你去的是二机部的一个重要军工单位——湖南一厂，中组部要地方配党委书记，我们选中了你，希望你愉快赴任。你先去北京，然后由他们介绍你进厂工作。"郭森部长简短的几句话，传达了省委的决定。

苗捷夫同志在二七二厂工作照片

1963 年 4 月初，苗捷夫到二七二厂上任（当时叫湖南一厂）。

据二七二厂史记载，苗捷夫是二七二厂第三任党委书记。在他之前，第一任书记华光、厂长何高明；第二任书记罗西芳、厂长刘坤。苗捷夫任书记时，厂长仍是刘坤。

苗捷夫到厂时才知二七二厂是从铀矿石加工成为金属铀的第一个工厂，因此谓之“龙头”。

这对于苗捷夫来说，从农村到工厂，又是一个新天地，知识贫乏，经验不足，如何能担当重任呢？苗捷夫暗下决心，只有苦学深钻，依靠群体，好好学习，从头做起。

进厂后，苗捷夫首先到衡阳地委拜访，听一听地委对办好工厂的意见。地委书记胡云初和苗捷夫是同乡又是战友，苗捷夫请求他大力支持二七二厂工作。胡云初当即表态：“地委十分关心二七二厂的生产建设，有什么困难尽管说，地委会尽全力想方设法解决的，在解决不了的情况下，咱们一同向上级报告。千万不要先通天，把工作搞得很被动。”这算是跟他打了招呼。

事实上，当时的困难很多，有些问题衡阳地委根本无法解决，如二七二厂的电力问题，周恩来总理追问过省委书记张平化，又追到了地委、衡阳市委，弄得地方三级党政极为被动。

1964 年 2 月 11 日，省委书记张平化对衡阳市的领导和苗捷夫讲："今后二七二厂要人要物，在力所能及的情况下，不得以任何借口推脱。"

苗捷夫知道，二七二厂是中央企业，但有很多事情还得依靠当地政府出面来解决，所以他在走访中，既了解情况，又进行人情交往。应该说这是他改行后一次很好的学习机会，为以后的工作打开了思路。

如当时工厂赶工期，需要地方民工支持，苗捷夫向地、市委请求支援，衡阳地、市两级政府组织了 2000 多民工来厂劳动。三年自然灾害，职工生活困难，地方政府在鱼肉、豆制品和蔬菜方面给予了帮助与解决。雷荣天副部长对苗捷夫的工作十分赞赏。他在二七二厂考察时，作出了三点指示：一是越特殊的事业，作为领导干部更要以平凡、谦逊的态度处事待人，千万不要由于事业特殊而忽视群众路线的作风和平易近人的态度。二是要理解厂、地相互服务的关系，不能由于事业特殊性，只要求别人为我们服务，而忽视了工厂为地方、为人民服务的问题。三是做好工厂周围的群众工作，关心群众的疾苦，对一些有利于群众的小利益，要放宽，处理问题时要讲原则，让利于周边群众，照顾到地方需求。

雷荣天的讲话，在二七二厂起到了指导性作用。因此，二七二厂开始转变观念，一改过去把保密和污染当作借口，自我封闭、一毛不拔、死板教条的工作作风。主动把推土机开出了厂大门，为车江公社推平了两个小山包，帮助他们修缮湘江防洪大堤，帮助东阳镇、衡阳市修马路。

为了让利于周边群众，二七二厂把征收过来的土地，在未受污染而又闲置的情况下，主动让周边群众耕种，并与当地政府说清楚，如果我们要用，随时收回。在那个年代逐渐建立了军民鱼水一家亲的关系。

组织上派苗捷夫到二七二厂任党委书记，是因为他的思想素质过硬，政治水平高。在他与刘坤厂长共事的八年间，他们是最好的工作搭档和最亲密的战友。他们并肩作战，携手完成了党交给的重要任务，实现了纯化、水冶生产线的全面建成投产，向党和人民交上了一份满意的答卷。

1917 年，苗捷夫出生在河北省阜平县一个贫农家庭，16 岁参加革命工作，参加过党的地下组织，从事过公安工作。1949 年，苗捷夫随解放大军南下，来到湖南从事革命和建设工作，曾担任资兴县委书记、郴州地委副书记、二七二厂党委书记、湖南省高院院长等职务。

苗捷夫于 1992 年 12 月光荣离休，为党和人民工作了 60 年；2017 年 6 月 17 日在长沙逝世，享年 101 岁。

☆**故事新语：**

湛蓝如洗的天空，少不了创业人的光与影。

曾经有过的故事，今天还在把心融化。曾经有过的深情，不随时光流逝。爱的深邃，泪的徘徊，在心的方向，追逐着创业精神闪烁的神往！

53.好大一棵“树”

1954年宋家树以优异的成绩毕业于东北人民大学物理系。在校学习期间他就是个地道的“学霸”。那时他就打下扎实的数理基础，熟练掌握了外语应用的能力，毕业后留校任教。

1960年东北人民大学聘请苏联专家莫洛佐夫来校任教。宋家树被选中作为专家的研究生，并担任专家的技术翻译。

研究生毕业时按当时苏联的学制应授予副博士学位，导师认为宋家树的毕业论文水平高，应该破格授予博士学位，校方无法答应专家的要求，专家为此专门找高教部强烈要求授予宋家树博士学位，但中国当时尚未实行学位制，此事也只能作罢。校领导对宋家树的学识、才干也十分赏识，研究生刚毕业就让他担任物理系金属物理教研室主任，为他执教、科研开辟了绿色通道，攀峰登顶只待时日。

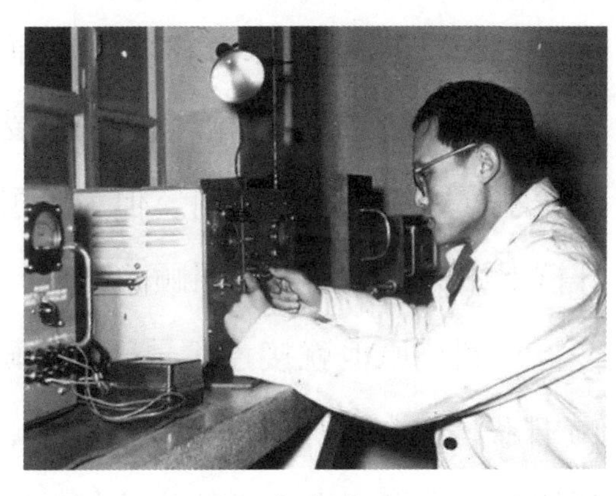
宋家树

当事业渐入佳境，在高温合金及金属强度研究领域已颇有建树时，1960年，二机部从全国抽调科技精英，宋家树被曾为其导师的朱光亚点名调到北京第九研究所，加入中国核武器研制攻关队伍，进入核材料应用研究的崭新领域，进行开创性的科研工作。

当时核材料研制还是一片空白，既没有技术资料，也没有实验设备，一切都得从零开始。他毅然服从国家的需要，投入分配给他的中国第一颗原子弹裂变材料部件研制的攻关工作，解决该部件的精炼和铸造工艺问题。他带着几位大学毕业不久的技术人员，向工人师傅取经，自己设计、制造了一个简易实用的精炼炉，解决了工艺实验所必需的设备。

他白手起家，带领年轻科研技术人员，开展对铀材料的试验。基于对精炼、铸造过程的动力学分析，确定部件成型的工艺路线。通过取得大量有关工艺数据和验证多种加工方法，为关键部件的制造奠定了坚实的基础。

1964 年春节刚过，九院领导就号召职工到“前方”去，参加“草原会战”。宋家树刚完成原子弹关键部件的精炼和铸造任务，又要转换“战场”去接受新的攻关任务。此时他爱人刚分娩不久需要照料，但为了国家就得舍下小家，他离开襁褓中的孩子和需要照顾的爱人，只身到草原参加会战。

一到草原他就接过 4 号部件的研制任务。1964 年 10 月 16 日我国第一颗原子弹爆炸成功后，102 车间任务的重心转到按时保质研制出合格的热核材料的各部件。刘西尧副部长视察 102 的研制情况时，他对宋家树说：“给你 1 年时间，把热核材料部件搞出来！”

当时宋家树的处境可归纳为“新、空、高”。

“新”，是指他所带领的团队成员大部分是新手，多是刚从学校毕业分配来的大学生，一群“门外汉”。新手的长处是“初生牛犊不怕虎”。

“空”，就是对要研制的热核材料和部件除了材料的简单理化性质外，其他一无所知。没有技术资料，更不知道完成任务的技术途径，连热核材料见都没见过，脑中一片空白。就是在这样的情况下，宋家树带领大家开始在一张白纸上画最新最美的图画。

“高”，就是要研制的热核材料各部件的质量要求极高。热核材料是指锂的同位素和氢的同位素组成的化合物。其化学性质极其活泼，遇水就会分解，空气中的湿气就会使其变质。部件的品质要求极高，杂质含量也是极低的。生产出的部件要求不能有裂纹、夹杂，不能有掉边、掉块等，有的部件密度标准严苛，要求接近理论密度，而且部件的密度均匀性还要好，必须保证长期储存不变质等。

轻材料各部件的研制攻关是个系统工程，各司其职，同步协调推进。102 车间的技术人员在技术问题上，没有不服宋家树的，都愿意和他团结一心共同攻关。宋家树善于和大家交流，能虚心听取意见，集思广益。

在研制原子弹、氢弹过程中孕育和形成的“两弹”精神充分体现在他的身上。像宋家树这样的“两弹”功勋科学家，有着无可比拟的过人智慧和富有激情的人格魅力，他的创业年华留下的伟岸风采，一直影响着后来的一代又一代创业人。

☆**故事新语：**

云卷云舒，你是树；树大树高，你是云。在核工业的大旗下，你不是过客，你是一团热情的火。衣带渐宽终不悔，为伊消得人憔悴。都说干核工业苦，其实对核工业更多情、更钟情，因为你是栽植在核工业的欢乐树！

54.从五〇四厂走出去的院士

时势造英雄，逆境出巨匠。在中国核工业需要巨人的时代，巨人应运而生。从五〇四厂这个事业熔炉里锻造出来的科学巨匠不止一个，令人永恒难忘。

在1960年那个特殊的历史环境里，我国的核事业面临着生死存亡的考验，苏联专家撤走了，我们必须自己干！著名科学家钱三强找到王承书，交给她一个特殊使命：到五〇四厂投入神圣事业，从事神秘科研。王承书坚定而冷静地说“我愿意”！

王承书

就这样，为了五〇四厂早日拿到至为关键的合格产品，二机部决定组建由王承书、吴征铠、钱皋韵、徐德禄等10多位专家为骨干的科研攻关团队。其中，王承书亲自承担净化级联理论计算研究和实践应用。净化级联是一个小级联，但也是非常关键的级联，关系到能否取得质量合格的最终产品。如果净化级联过不了关，几千台机器真的就成别人嘴里的废铜烂铁了。

前排右三刘广均、右四王承书，后排右一谢庄应

使命呼唤担当！王承书和吴征铠、钱皋韵等人隐姓埋名，一头扎到五〇四厂，对净化级联进行了极为复杂和严密的理论计算。当年的计算技术和今天不能同日而语，电子计算机很稀少，手摇计算机速度慢，要在25个物理量的21个关系中计算21个方程组，运算量之大难以想象，没有极强的科学精

吴征铠

神、数学能力和坚韧不拔之志是根本无法实现的。正是有了王承书、钱皋韵等卓越科学家的昼夜苦战，拿出了经得起反复验证的计算成果和试验结果，才确保了质量很高的产品丰度和纯度。

王承书不仅直接主持参与五〇四厂的级联计算，而且还毫不犹豫地帮助厂里培养了一批优秀的理论计算人才。从1960—1964年在五〇四厂的关键4年时间里，她和吴征铠、钱皋韵组成的技术论证组，反反复复无数次计算最佳启动方案，使出产品的时间比原计划提前了113天，被称为我国核事业发展的重要里程碑，为第一颗原子弹横空出世创造了条件。她和她的团队在五〇四厂取得的多项科研成就，在首次全国科学大会上获得国家科学技术奖。1980年，王承书当选为中国科学院学部委员（院士）。

毕业于复旦大学的吴征铠，是从对六氟化铀一无所知开始深度钻研的。从1960年10月起，吴征铠全身心投入攻克六氟化铀技术难关上，所有的资料都被他生吞活剥地刻苦消化，自己把自己“逼上梁山”，最终成为这个领域的权威专家。在他的带领下，五〇四厂对原有设备开展了技术改造，打破砂锅璺（问）到底，苏联机器出现的冷凝器不适应工艺流程的毛病被发现并改正过来，而且性能更可靠，填补了国内空白。吴征铠在五〇四厂从事科研工作期间，帮助五〇四厂早日拿出合格产品，并为我国铀浓缩工业中六氟化铀科研生产持续取得突破性成果作出了杰出贡献。1980 年，吴征铠当选中国科学院学部委员（院士）。

王承书与钱皋韵

钱皋韵 1951 年从上海交大毕业后被国家委派去苏联学习核技术，也是 1960 年，到五〇四厂从事分离膜系统研究，并协助王承书对净化级联理论计算进行技术攻关。后来，他成为我国铀浓缩技术升级换代的主要开拓者。在五〇四厂工作时期，是被称为“老钱”的他取得科研成果转化最为显著的几年，也是他最能施展才华的将创业创造创新集成在一起的阶段。钱皋韵和钱学森、钱三强一样，都“姓钱，但不爱钱”，他的眼里只有核事业，他笃信报效祖国不需要理由。1994 年，钱皋韵当选中国工程院院士。

与上述几位先生身份在科研院所、到五〇四厂开展科研技改不同，刘广均算是地地道道的五〇四人。他从清华大学毕业后被国家派往苏联学习核技术，回国后担任清华大学工程物理系教研室主任。他于1963年正式调到五〇四厂工作，一直工作了将近20年，先后担任五〇四厂副总工艺师和总工程师。在五〇四厂，王承书和刘广均应该算是师徒关系，他在王承书先生的直接指导下迅速成为铀浓缩工厂的顶梁柱。那个时候五〇四厂的清华生特别多，这与刘广均在工厂工作不无关系。他也为五〇四厂培养了包括全国劳模谢庄应在内的一批同位素分离研究专家，使五〇四厂成为行业内的技术高地。1991年，刘广均当选中国科学院院士。

刘广均（左一）

这几位从五〇四厂走出去的科学巨匠，后来分别成为核科技领域、特别是铀浓缩行业的著名科学家。巨人们留在五〇四厂的初心和足迹，至今还散发着迷人的空谷足音，久久回荡在五〇四厂广袤的创业沃土上。

☆**故事新语：**

母亲河岸的五〇四，是众多科学巨匠心向往的工厂，也是学以致用的学术殿堂。曾经，铀浓缩技术专家填补了苏联专家撤走后留下的空白，帮助工厂从山穷水复走向柳暗花明。这些在五〇四厂得到千锤百炼的科学家，紧跟核事业发展的脚步，不仅为中国铀浓缩技术带来云蒸霞蔚，而且也为他们迈向更高的科学殿堂带来芳草聆笛、大河闻莺的清音脆响。

第十节　核你一起

55.邓稼先与四〇四的故事

在我国第一颗原子弹研制前后，邓稼先与四〇四厂有过一段核缘情深的往事。

邓稼先原是核九院（当时叫九所）第一研究室（也叫理论部）的主任。1958 年秋天，二机部副部长钱三强从中科院将邓稼先调去九院。邓稼先到任后，在钱部长、朱光亚的安排下，他们亲自挑选了 28 位大学生，在北京郊外的一间小屋里，开始了原子弹理论数据的演练。他们坚持一天三班倒，用 4 台旧式手摇计算机，经过了 9 个月的时间，通过 9 次运算推导、绘图分析，将核材料被压缩超高临界后，能量释放过程的总体结果计算出来了，并以严谨的计算结果修正了苏

邓稼先

方提供的资料中的一个严重错误。

1959 年 10 月，邓稼先率领团队完成了第一颗原子弹的草图设计。于 1961 年，又和彭桓武、周光召（彭桓武的学生，曾在苏联杜布纳联合核研究所工作）以及理论部的全体科技人员，完成了第一颗原子弹设计反应过程的粗估计算，分析了核弹热核材料向心爆炸的理论规律，并做出了物理图像，包括芯内浓缩铀使用及高能炸药铸件的数理状态，完成了华罗庚所赞誉的“集世界数学难题之大成”的历史性贡献。1963 年 9 月，完成了原子弹的图纸设计。

之后，邓稼先来到了戈壁荒漠，实施设计方案试验、生产产品加工等一系列的实践探索。这时，四〇四厂成了他经常出入的生产和研究基地。

当时担任四分厂四车间主任的祝麟芳和邓稼先有过多次接触和交往。

邓稼先去四〇四厂就把自己当成四〇四人，成了“东道主”，因为工作关系，他常常是反客为主。住在那个简陋的招待所，热水有限就用冷水洗脸，吃集体食堂，睡硬板床铺。他经常穿一件深蓝色的中山装，风纪扣总是扣得整整齐齐，左上兜经常别着支老式派克笔，谈吐和蔼，待人真诚，走起路来略带几分斯文。一次，祝麟芳等带他到四〇四厂“东风饭店”吃饭，席间他兴致勃勃地说：“不错，不错，北京的大饭店也就这样，可能还没有这么好的味道。”当然，他并不知道，这个房屋简陋的饭店里大部分厨师是从北京挑选来的。为了节省他的时间，厂里给他派了车，但他总是和大家一起挤火车进厂，很少坐专车。

春夏秋冬，早早晚晚，不管季节如何变换，邓稼先总穿着那双老式旧皮鞋，步履是那么矫健有力。每次总是完成了他所带的任务，便匆匆踏上返京的列车，常常是仓促间临时购票，送站的人到火车站给站长、列车长说情，让列车长给予关照——因为他的身份不敢泄露，姓名不敢直呼，只是让人家心领神会，让车长体会到他是一位“重要人物”，但何等重要，局外人糊涂，局内人清楚，当事人谦虚，旁观者跷蹊。

1963 年，国家经过了 26 个部委、20 多个省（市、区）近 10 万人的协同支援，使九院上下及相关工厂完全掌握了原子弹相关理论、设计、实验、产品加工工艺等一系列的技术，完成了核弹反应过程中物理关系、物理量和爆轰物理试验。之后，邓稼先去四〇四厂的次数就更多了，每次都是重任在肩。

他参加指导核次临界的模拟试验，穿上白大褂工作服，换好鞋帽，戴上多层特制口罩，俨然像一位老练的操作工。当按照产品的方案、程序、操作等试验，一切结果都比较满意时，他会激动地说："你们帮了我的大忙啊！"四〇四厂和他接触过的老工程技术人员心中十分清楚，是他帮了四〇四厂的忙，是他帮了国家的忙啊！只有这样献身祖国核事业，才能称为功勋巨匠。

1967年，当我国第一颗氢弹爆炸成功后，邓稼先带着九院科研科长芦登贵等人来四〇四厂。当研究到如何加快工作进度时，芦登贵向邓稼先建议说："我们干脆把祝麟芳挖走，怎么样？"邓稼先笑着说："你糊涂了，他在这里，我们不是更放心吗？"这时候的邓稼先已和四〇四厂许多技术骨干成为亲密战友。后来，邓稼先曾两次来厂带上四〇四厂的骨干去罗布泊观看空投和地下核试验。

20世纪80年代初，邓稼先又一次来到四〇四厂，祝麟芳已是厂长，邓稼先想去敦煌看一看。祝麟芳陪他去了一趟敦煌，看完莫高窟，他兴奋地说："这是国家的宝贝，人类智慧和文明的巨大遗产……"祝麟芳说："您也是祖国的宝贝。"当晚邓稼先就回到厂里，第二天便匆匆回京了。

没有想到，这次分别竟再也没有相见！然而，邓稼先在四〇四厂的故事，已经永远铭刻在四〇四厂科技创业者的心中。

☆**故事新语：**

邓稼先，歌颂星空不如歌颂您。

邓稼先，载史入册的核工业人。

您的一辈子很长，长到不曾老过！

您的一辈子很短，短到永远年轻！

在核工业发展的历史河流中，您是最美好的河流之王，您的身后是创业初心凝成的成群结队的浪花！

56.“后勤部长”李觉将军

1958 年 1 月，三机部（1958 年 2 月改为二机部）成立了直属核武器研究所（部机关代号为“九局”），负责核武器研制和基地建设工作。经宋任穷提议，西藏军区副司令员兼参谋长李觉被任命为九局局长。

李觉副部长（站立者）在核理化院成立 30 周年庆祝大会上
（左起：钱皋韵、甘柏、李觉、张涛、吴征铠）

为给核武器研制生产基地选择一个最佳地理位置，李觉带着专家跑遍了预选的几个地址，最终选择了青海省海晏县境内的金银滩。1958 年 8 月，李觉带领一支 20 多人的队伍，三顶帐篷、四辆解放牌卡车和四辆苏制嘎斯 69 越野吉普车，先期进入草原，开始了基地建设准备工作。“三顶帐篷创业”

的故事，至今在青海草原传颂。1958年12月至1963年年初，数万名建设者怀着强烈的民族责任感进驻金银滩，打响了建设我国第一个核武器研制基地的战斗。

1964年春，北京的许多科研人员要到221基地。当时基地建设的方针是“先生产、后生活”，职工住房大量缩减，北京大量科研人员的到来，无疑给基地带来了困难。那时，李觉将军和基地领导提出，把现有的楼房让给科研人员办公和居住。机关职能部门的办公室，全部从楼内搬出，搬进帐篷办公。李觉将军率先带头住进了帐篷。在李觉将军的带领下，原在十一号、十二号楼的职能处室，也都搬出了楼房，腾出的房屋给了科研人员做实验室和设计室。

221基地位于海拔3000多米的青海高原上，风沙大、气温低，隔三差五就刮大风，沙尘吹进来，桌子椅子每个地方都有厚厚的一层灰，擦也擦不干净。高原的天气非常寒冷，帐篷里5、6月份还要生火炉取暖，确切地说是用砖头垒的炉子。帐篷里非常拥挤，办公和生活在一起。白天卷起铺盖办公，晚上放下铺盖就是休息的地方，前去办事的人就坐在床板上。

每当走进李觉将军的帐篷，将军总是客气地招呼来人。将军的帐篷与其他帐篷没有什么区别，进门也是布帘子，就是隔了一下，第一格内是取暖的土炉子，第二格是办公桌，最里面就是床。李觉将军的帐篷给人留下了深刻的印象，虽然外表和结构都一样，但是非常干净、整齐，可能与他的军人性格有关吧。李觉将军那时已 50 多岁，在基地他应该是年龄最大的，虽不穿军装，却是一派军人风度。

为了加快基地建设进度，他甘当科研人员的小学生和铺路石。从机构组建、人员调配、核武器研制基地的选址、勘测施工，他都亲自过问，精心组织，周密安排。积极主动与中央各部委、各省市、工厂和科研院所协调工作，坚持做到让科研人员安心搞科研。他常聊以自慰地称自己为“后勤部长”。他这个后勤部长当得好，在这里工作的大科学家都成了他的朋友，许多人义无反顾地在这里以身许国，把青春和梦想都播种在金银滩。

李觉在核试验场地

周光召院士回忆说：当年，研制基地在青海海拔3000多米的高原上，在冰天雪地的青藏高原，把帐篷留给自己住，这是真正的共产党员的精神。在那么艰苦的条件下，能聚集那么多知名科学家，与有一批像李觉这样的共产党员、领导干部分不开。

李觉将军为我国“两弹”的研制付出了辛勤的汗水和心血。王淦昌院士评价他是我国原子弹研制的第一功臣。

☆故事新语：

核武功臣李觉，是中国核工业的“骠骑将军”。他的核九院，他的金银滩，他的将军令，他的汗血马，他的满江红！从雪域高原直奔核工业，剑与犁、雷与电、血与火的传奇从未被超越。

57.与宋任穷的两次握手

1958 年，黄占元调到北京工作，年底由所在的集训队搬到了政法干校。因为宿舍较宽敞，就成了小组活动场所。小组里有位年龄小，个儿不高，圆脸，眉清目秀的女青年，名叫陈桂鸣。她举止文雅大方，说话温和，小组成员一致推选她当宿舍主任。“陈主任”就成了她的绰号。

一天上午，小组正在学习。保卫干事贾振波进屋便喊：“宋部长来啦！”话音刚落，宋任穷部长面带笑容，在十四局副局长张盾陪同下进了屋。宋部长说：“同志们好！”大家不约而同地站立欢迎。部长没等张副局长言语，便摆手说：“快！都坐下，都坐下。”小组长吴传发操一口湖北口音说：“陈主任！快给宋部长搬把椅子。”部长招呼陈桂鸣不要搬，随即坐在了床边。

他乐呵呵地问小陈：“陈主任很年轻啊！搞什么专业的？”陈桂鸣腼腆地回答：“是宿舍主任。”整个屋子充满了笑声。在欢笑声中，宋部长又问黄占元，“你叫什么名字？什么地方人？”黄占元站起来回答：“我叫黄占元，河北南宫人。”宋部长用力地按着他的肩膀，让他坐下，然后又问：“是不是冀南的那个南宫？”黄占元点点头。

“好哇！南宫是老革命根据地。”

黄占元回答：“听说过，您那时是冀南行政公署的主任。”

宋部长随即转向陈桂鸣：“听见了吧！咱俩都是年轻时当主任的。”在场的人，又是一阵大笑。

宋部长说，你们被调到四〇四厂很光荣，任务艰巨，是为国争光、为党争气的工程啊！你们很快就要到基地去了。困难不小，要有各种思想准备。

宋部长与大家谈话的时间虽短，但留给大家的印象极深。这是黄占元与宋部长的第一次接触。

1959年，黄占元调到四〇四厂工作。那时，基地的几个重点工程项目已经全面铺开。他们到基地后住的是帐篷，吃的是干菜，饮用水是从50公里外运来的。洗脸后的水洗衣服，洗完衣服的水再和煤坯，大家从不浪费一滴水。戈壁滩的环境极其恶劣，气候变化莫测。有人编了个顺口溜：“戈壁滩上有三宝，石子、黄羊、骆驼草。风卷沙，石子跑，大衣蒙上头，走路像摔跤。”在这样的环境中，军用列车仍不断开进基地，一批接一批运送建设大军……参战者来自祖国的四面八方，有专家、教授、技工，各行各业的建设大军汇集在一起，目标只有一个，那就是尽快建成一个强大的国防核基地。

戈壁滩的8月，秋意渐浓。风是那样的无情，沙又是那样的凶猛。风与沙相随相伴，有时一刮就是好几天，狂风横扫一切，发出各种各样的声音，好似“狂风奏鸣曲”。8月中旬，一连刮了3天大风，职工就餐的大食堂电源线被刮断，食堂断炊。华东来的部分军工，以原部队组织没讲明白是到戈壁滩工作为由，采取了一些过激做法。最后发展到危及基地生产与生活，基地报告了军委，宋任穷部长受命带副部长刘杰、刘西尧等领导亲临基地。

宋部长连夜听取他们的汇报，调查研究，说服疏导群众。第二天上午，在四〇四厂西侧的一片空地上，召开了万人大会。宋部长在报告中，情绪激昂，慷慨陈词，讲了基地与社会主义祖国的关系，讲目前国防基地建设中，面临的重重困难；讲毛主席、党中央如何关心我们的国防建设。他号召大家，要发扬艰苦奋斗的光荣传统，并要求大家认清形势，顾全大局。

在宋部长讲话的同时，纸条纷纷向主席台传去。宋部长语重心长地说，同志们！我给大家念念这个条子，条子上写的是“你说的都是老一套，你别卖狗皮膏药了。”这个条子上没写姓名，如果有名字，我一定请他上台来讲一讲。但我可以告诉他，在某种意义上他说的不错。跟着共产党我干了几十年的革命，取得了革命的胜利，就是靠的这一套，靠卖这膏药换来了今天！

这时，现场掌声雷动，一片欢呼。

聆听宋任穷部长一席话，与会者无不为之振奋。在散会的路上，人们议论着、赞扬着……宋部长离开四〇四厂时，黄占元在食堂门口与他迎面相遇。宋部长还记得黄占元，并主动和他握了握手。

期间，两次握手相隔一年，前一次握手的余温尚在，这次握手让他铭记于心，时时激励着他，催他奋进。

☆故事新语：

开国将军，核工业的第一位掌门人。自称“任务无穷”，甘当“创业土著”。后来的创业人，都可以说是创业后裔，与您握过的手，与您说过的话，与您看过的山河，都是天底下最美的记忆。您在核工业，就是一面旗帜。

58.与周总理的对话

1969年12月下旬，二机部在北京召开首届学习毛主席著作积极分子代表大会，会议结束后，部领导让全体代表留在北京过元旦，等候中央领导接见。

1970年1月2日19点左右，二机部58名代表乘车前往京西宾馆，进入会场后，大家心情都很激动，盼望着幸福的时刻早点到来。

20点15分，敬爱的周总理与粟裕等七名中央领导一起登上主席台，总理满面笑容地走在前头，边走边鼓掌，招手致意，这时全体起立，掌声口号声雷动，向总理欢呼致敬。

李德甫

21点15分，大会结束后，周总理又召集58名代表进行座谈。

总理落座后，目光炯炯地扫视一遍会场，然后右手拿起一支铅笔，左手拿过一本花名册翻开，一个个地问代表们的情况，问代表所在单位的情况。总理问得很细，一面亲切地问，一面聚精会神地听，还不时在花名册上用铅笔记些什么。

大约问过20多人后，总理抬起头，亲切地问：七一一矿李德甫同志是哪一位？

到！——李德甫立即十分紧张站起回答道。

总理接着问：你们七一一矿有多少人？

我们矿有4000多名职工。

总理说：你们矿不小嘛！你们矿是什么时候投产的？

我们矿是1958年上马，1960年投产的。

这时总理听出了他的口音，又看出了他太紧张，大概想缓和一下情绪，微微一笑，说：你家是湖南什么地方？

李德甫赶紧回答：是湖南邵东。

总理笑笑说：邵东在邵阳的东边吧？

他说，是。

总理问：你过去是搞什么工作的？

他回答：我是技术员。

总理接着问：你是什么学校毕业的？

李德甫说：我是中南矿冶学院毕业的。

总理高兴地说：啊！你是个大学生哪！

李德甫真没想到总理会问他那么多话，又紧张又激动，浑身是汗，头发都湿了。

总理见他还是放松不下来，于是举起右手，招呼说：

好，你坐下。

在座谈过程中，周总理一直精神旺盛，但由于操劳过度，身体显得很单薄，脸庞消瘦。座谈进行到一个多小时，他的工作人员拿给他几片药，总理把药放在手心，往口里一抛，喝口水就吞了下去，接着又向代表提问。

都问过一遍后，总理又从花名册后面倒过来挑着问了一些代表。这时座谈已进行两个多小时。李德甫想总理很忙，很累，也该休息了，没想到总理又叫他了。

七一一矿李德甫同志。总理扬了扬手。

李德甫马上站起来回答：到。

总理问：你们七一一矿去年为什么没有完成任务？今年怎么样？

听到周总理提出这个问题，他不禁微微一愣，一股热流从胸中升腾，眼眶里泛起了激动的泪花。总理您日理万机，竟还关心着七一一矿的生产。

于是他毫不犹豫地向总理表决心：我们有决心把 1969 年没有完成的任务在 1970 年抢回来，我们保证完成党和国家交给的任务。

周总理听后，微笑着连声说：好！好！好！你请坐。

时针已走向 23 点 40 分。总理看来还有许多话要对代表们说，有好多问题要问，但时间已很晚了，周总理只好起身向代表们告辞。

“完不成任务，对不起总理”！成为当年七一一矿广大干部职工的共同心声和巨大的动力，1970 年矿石生产量比 1969 年提高了 27.1%，此后几年，全矿生产一直保持了较好的势头，再也没有给总理丢脸。

☆故事新语：

虽然是拉家常似的语言，但透露出的是总理与人民心连心，总理与核工业心连心。回忆难免是面面俱到的，但这样不加修饰的回忆中，表达了七一一矿职工对领袖的一片深情——“完不成任务，对不起总理！”

59.乌兰夫与二〇二的故事

二〇二厂创建于1958年，是我国第一个核燃料元件厂。它的创建，得到了党和国家领导人的大力支持，尤其是得到时任国务院副总理、内蒙古党委第一书记、政府主席乌兰夫的关怀和支持。

乌兰夫，1906年12月出生于内蒙古土左旗。1955年被授予上将军衔，曾长期担任内蒙古自治区的主要领导人。十一届三中全会后，曾任全国人大常委会副委员长、全国政协副主席、国家副主席等。

二〇二厂初建过程中，在基建用地、人员抽调、保卫保密等许多方面都得到了乌兰夫的大力支持。他说，二〇二厂是一个尖端企业，它的建设发展，关系到国家和民族的利益。内蒙古要尽一切力量保证它的建成投产。

乌兰夫

二〇二厂在初创时期，乌兰夫为随时掌握情况，要求二〇二厂厂长张诚每个月都去向他作专门的汇报，以便帮助解决困难，给予支持。听取汇报时，为了保密，连秘书等工作人员都要回避。

乌兰夫曾数次来二〇二厂视察工作。他初次来厂时，由于安防人员没有见过他，不知道他身材高大，结果他要到车间去看看时，一时找不到适合他穿的白大褂。后来厂里就专门为他和罗瑞卿总参谋长每人做了一件大号的白大褂，因为他俩的个子比一般人都要高。

1960 年前后，二〇二厂和全国各地一样，正处于三年困难时期，经济萧条，生活困难，科研人员和干部工人吃不饱饭，不少人得了浮肿病。许多人只能以猪毛菜、糖菜渣等充饥。

乌兰夫听到汇报后十分关心地说，二〇二厂是国家的尖端企业，这个工厂的建设，关系到我国核武器研制的大事，内蒙古再困难也要保证二〇二厂的同志们吃饱饭。他当即指示内蒙古政府想办法从东北调拨一批黄豆供应二〇二厂，还要求包头地方政府要千方百计保证二〇二厂的粮食供应。

在乌兰夫和内蒙古政府的关怀下，加之干部职工垦荒自救，发展副业，二〇二厂的饥荒现象得以大幅度缓解。为增强二〇二厂的生产自救能力，增强其造血功能，包头市政府还将市属国营农场的一个农业生产队和一个奶牛养殖场划拨给二〇二厂，归属二〇二厂管辖，专为二〇二厂生产蔬菜和牛奶。

1963年乌兰夫指示内蒙古自治区为二〇二厂实行粮油副食品特殊供应政策。在当时内蒙古实行凭粮票和粮本购粮，并只供应20%细粮的情况下，而二〇二厂职工均供应80%的细粮，即实行粮油特供。这一特殊政策一直持续到80年代改革开放取消票证供应之后。这在当时不仅在包头市，而且在内蒙古自治区也仅此一家。

建厂初期，一度缺乏燃煤点火用的木材。情况汇报给乌兰夫之后，他即指示当地政府可以特批二〇二厂到乌拉山砍伐一些枯死的树木以解决困难。

1962年5月，军委总参谋部在北京和平饭店召开会议宣布，为确保我国核武器研制的安全，对核工业有关厂矿要加强保卫工作。对二〇二厂，要抽调高炮部队驻守周边，此外，还要增加一个骑兵排，并增派一个连的步兵，与原来驻二〇二厂警卫部队一起，加强对这个新生核工厂的保卫工作。

随之，主要负责乌兰夫等领导安全保卫工作的内蒙古公安厅警卫处处长、厅党组成员李德逊，被调往二〇二厂任保卫副厂长。临行前自治区公安厅长对他说，公安部要咱们公安厅派一个人去二〇二厂当保卫副厂长，要求行政级别在13级以上，有保卫工作的经验，还要年轻有文化，所以组织上就定下来你去。乌兰夫亲自找李德逊谈话，指出二〇二厂很重要，你去那里要把保卫工作搞起来。

李德逊在乌兰夫身边工作了7年。自1962年调到二〇二厂任保卫副厂长，直到1985年在厂党委书记的任上退居二线，他一直在二〇二厂工作了24个年头。十一届三中全会之后，自治区一度要调他去当包头市市长，可他舍不得离开工作多年的二〇二厂，便一直在这里工作到离休。

1964年4月，乌兰夫陪同邓小平、彭真等中央领导到二〇二厂视察。当看到二〇二厂在很短的时间里，就攻克技术难关，拿出合格产品，为我国核武器的研制作出了重要贡献时，乌兰夫显得十分高兴，称赞二〇二厂有一支敢打硬仗的队伍。

乌兰夫与二〇二厂的故事，说也说不完，乌兰夫这个名字，成为二〇二人心中的核工业守护神。

☆故事新语：

二〇二是您家乡的赤子——在内蒙古的辽阔草原上，您把二〇二当作蒙古高原最灿烂的云彩，情系核工业，直抵心尖。二〇二也因有您而龙腾四海。乌兰夫，二〇二的守护神，您从未离开！

第六章

第十一节　神山圣水

60.梦开始的地方

1955年8月，中南三〇九队第四航测队发现大堡矿区，该矿区由浦魁堂、汪家冲、小柏村和学陶岭4个矿床组成。随后，三〇九队八分队在面积约8.6平方公里的范围内进行地质勘探。1956年8月17日，中苏签订第三协定，拟在衡阳大浦建设铀矿山。1958年5月31日，七一二矿诞生。随即，全国各条战线的一大批干部和工人，响应党中央关于“要发展中国原子能工业”的伟大号召，迅速汇集在这片黄土荒丘上，遵照“边勘探、边设计、边施工”

二工区主井井架

的建设方针，拉开了七一二矿艰苦创业的帷幕。

依据苏联专家组对我国铀工业原料基地建设的建议，七一二矿首先在开采条件较好的浦魁堂和汪家冲两个矿床中进行建设。

1958 年 11 月下旬，浦魁堂 1 号露天采场和汪家冲 2 号竖井正式破土动工。

当时铀矿开采在我国尚属空白，既无同类矿山借鉴，又缺乏专业知识。在建设队伍不齐，技术力量薄弱、机械设备未到、生活环境极为艰苦的条件下，矿领导严诚、李永康带领职工，遵照部党组提出的“苦战三年，基本掌握，边干边学，建成学会”的方针，以高度的责任感，土法上马，揭开了矿山创业的篇章。

到 1959 年年底，矿山已有一支 3400 余人的职工队伍，从而满足了矿山生产和建设的需要。在上级党委和地方政府的关怀和支持下，整个矿山，从机关到基层，从领导到工人，晴天一身汗，雨天一身泥，劳动不计报酬，工作不计时间，夜以继日地艰苦奋斗，迅速打开了创业的局面。

1961 年 11 月，副总参谋长张爱萍和二机部部长刘杰视察了七一二矿。他们在视察中说：“二七二厂的‘灶’快要搭好了，只等你们的‘米’下锅了。”这使全矿职工受到很大的震动和鞭策，深感任务光荣而艰巨，党委决定全面贯彻自力更生的方针，反对依赖保守和急躁蛮干两种思想倾向，加快掘进速度，抓紧设备安装，并进行采矿前的准备工作，力争早拿、多供矿石，决不辜负上级的期望。

1965 年 4 月，汪家冲的风、水、电、运输、提升等系统以及地表工艺设施基本形成并初具规模；1 号和 2 号井田的三级矿量达标；矿区的生活设施基本配套，各种原材料的供应渠道已经畅通，经部十二局验收，1 号和 2 号井田可以正式投产。同年 6 月，部局正式下达矿石生产计划。至此，七一二矿开始由基建转入生产。

矿　仓

1965 年 5 月正式投产。

七一二矿从创建至 1988 年，历时三十个春秋，数千职工的青春和汗水，点缀在矿山光荣而艰辛的发展道路上。

☆**故事新语：**

以梦为马，奔腾在创业年代，不去想什么海市蜃楼，不去唱寂寞沙洲冷，只听从使命召唤，跟随初心奔向远方。怀着远方的心，不忘来时的路——梦开始的地方，创业精神的故乡！

61.一群奔放的壮鹿

铀城，一座因水而生、因水而美的小城。道不尽春花秋月，青梅不老的传奇，从水墨丹青里走出的，却是60年前的情思。

江边铁塔

1959年，主体工程正在建设中，但是厂区和生活的用电却是一个大问题。之前准备的几台柴油机发电，已经不能满足工厂用电的需要了，必须尽快修建横跨湘江的35千伏双四路输电线路。

距二七二厂4公里的茅叶滩大桥，有两座跨江线路铁塔，每当人们漫步在湘江两岸，看见那两座高高的铁塔，巍然屹立在湘江岸边时，内心总有一种说不出的喜悦。

遥望前程，第一代创业者建设铁塔时的身影又浮现在眼前。

1959年春，湘南的雨水特别多，一连下了半个多月。二七二厂的基建工程正在全面铺开。铁塔制作任务交给了安装队，厂部要求安装队在规定时间内，按照设计，制作两座各40吨重、55米高的铁塔。以当时的条件来讲，困难重重。

初建的二七二厂一无经验，二无场地，三缺设备。

一天下午，队长赵云兴被叫到副厂长金家杰的办公室。金家杰是一名技术干部，他了解赵云兴，他的技术非常全面，来厂之前，在哈尔滨一家军工厂干过钳工，搞过设计。

赵云兴并不知金副厂长找他何事，进办公室后一直愣愣地站着。

金家杰一边倒水一边说："赵队长，今天找你来，是想跟你商量一件事情。"

赵云兴有些拘谨，搓着手："您说，什么事。"

"我们准备在茅叶滩地段，修两座跨江线路铁塔，架两趟高压输电回路，要求春节前完工。经党委研究，这项任务交给你们安装队，有没有信心？！"

"我带领兄弟们好好干。"赵云兴激动地表了态。

"有信心就好。"

赵云兴从金副厂长办公室出来后，就一直在后悔，自己当时怎么就那么痛快地表了态呢?

安装队从来没有制作过这么重这么大的铁塔，还要承担600米跨江高压输电线路的安装，这对他们都是第一次，也是一次全新的挑战。

在赵云兴的带领下，开始土法上马，利用一台立式钻床，将制作好的钢架分批堆放到刚修好的马路中间。历时半年，到11月份，终于完成了两座铁塔钢架的制作任务，赵云兴松了口气。

1959年12月，他们又接到湘江南北两岸茅叶滩铁塔基础挖土任务，刚干完技术活，又去干体力活。安装队立即从机加人员中抽调30多人，组成了南北两塔基础施工小组。赵云兴把接到的任务告诉职工，没有想到，竟然一致拥护赞成。

大清早，他们就扛着铁镐铁锹从二七二厂出发，冒着冰雪细雨踏着松软的滨江沙滩，浩浩荡荡奔赴4公里以外的茅叶滩工地。

进入现场，队长赵云兴给他们定好方位就挥镐挖土，对于刚毕业没多久的大学生和城市招来的青年人来说，铁镐铁锹还真的不会用。脚下是坚韧的五花土，一镐下去只溅出几颗细土，还震得双臂生疼，眼冒金星。被路过的农民看见了，笑得他们直感叹："你们哪里是挖土，是在玩泥巴吧！"

青年人不服输："那你来试试！"

农民大哥爽快地走进坑里，拉开架势，比划着说："镐头要高高举起重重落下，这样才能挖出土来……"

这天收工回厂时，有人烦心地说："我们一天只挖了20多公分，照这样进度，猴年马月才能挖出一个坑来？"

郭培信师傅说："愁什么？只要我们天天坚持干，功到自然成。"此后几天他们手脚渐渐地熟练起来，掌握了一些技巧，效率不断提高，仅用了十天时间，一个基础150多个立方米大坑就挖成了。两座铁塔挖4个很大的基础，4个基础超过600立方米的土方。

接着他们备料，请来混凝土工丁师傅作指导。丁师傅说："你们先从湘江沙滩上，按规格和比例，筛选出300方砾石运到坑边。"并嘱咐说，"这次你们得多花点力气，多费点劲，希望两个星期左右把全部用料搞上来，工程能否如期完成，在此一举。"

寒风凛冽，北风啸啸。这批来自上海、武汉、郑州、沈阳大城市的年轻人，个个豪情高涨，精神抖擞，如焰火一团，似三月奔放的壮鹿，在他们的身上聚集起爆发的能量。

他们开始从沙滩上筛选砂石，用竹筐挑到大坑边。

每天都要干十几个小时的活，中饭是工地食堂送的。吃饭时间，队长赵云兴说："我们每人每天必须筛出20多担沙砾，挑上高坡……”

1960 年 1 月 27 日是大年除夕，瑞雪纷飞，寒降湘江。他们早早来到工地，为了加快混凝土浇筑进度，分两条线担水、配料、搅拌砂石，环环相扣，浇筑工作还算顺利。下午 5 时，混凝土浇筑已接近尾声。当浇筑到 6 点时，砂子不够了，怎么办？

按照常规，浇筑混凝土工程一般要一次完工，冬季更不能中途停止。

这时，全体人员纷纷下到江里挑砂子。天寒地冻的，又是大过年的，没有一个人说“不”字。虽然饥饿难忍，但还是咬紧牙关，一个劲地往岸上挑砂子。就这样，干到晚上 8 点，他们才完成了 300 立方米的浇筑任务。

59 年过去了，那两座高高的铁塔直插云霄，巍然屹立在湘江的两岸，为铀城的发展提供了源源不断的电能。这群奔放的壮鹿像创业的群雕，耸立在岁月深处。

☆故事新语：

这样令人怦然心动的力与美，是创业者群体的精神雕像，汗水洗亮征程，心血浇灌梦想，智慧打造成长，请倾听他们猎猎有声的心风景，一群奔放的壮鹿，直抵创业初心最茂盛的山冈。

62.阴山作证

1957 年的冬天，严寒封锁着包头，冷峻的阴山布满了晶莹的积雪，雄浑的黄河也似被冻僵的蟒蛇蜷曲在苍穹之下。一天，数辆军用吉普车在解放军战士的护卫之下，出现在青年农场北面阴山之下的荒原之上。

这是一个由中苏两方人员组成的我国第一个核燃料元件厂即二〇二厂的选厂址委员会。选厂址委员会主席杨朴，中国冶金部有色金属管理局第四生产处处长。

经初步勘测，这里的地理位置、水文地质等条件符合建厂要求。至此，杨朴总算深深地出了口气。已经跑了 5 个省了，第一次去山西、陕西等地。原定以山西大同某处作厂址，但国务院副总理李富春指出，大同距海岸线只有 300 多公里，一旦发生战争，工厂就会受到直接威胁。于是又去甘肃、青海，最后来到内蒙古包头。几个月下来，天上飞，地下跑，紧张得喘不过气来。

1958 年 3 月，二机部收到有关二〇二厂（当时称四〇八厂）厂址报告。报告中厂址方案有二：一是二〇二厂生活区与包头市青山区靠拢，以便利用其市政公用设施，厂区设在现今的生活区；二是现在的厂区与工人村的布局，二机部批准了第二方案。3 月，总书记邓小平批示同意；同月，中方二〇二厂初步设计总负责人杨朴率一行 12 人赴苏联莫斯科原子能研究院参加初步设计工作；10 月，二机部部长宋任穷将军批准了二〇二厂初步设计任务书。

几棵苍老的北方榆在一片坟茔之上默默地静立，它光秃的枝干挣扎着伸向天空。枝干之间，稀疏的几个废弃已久的鸟窝在寒风中瑟瑟抖动。不知从何时起，它的主人就不再来这里栖身了。不远处，一口深不见底的老井旁，生满枯黄的沙蒿，旁边是两间不知毁于何时的残垣断壁。中国第一个核燃料元件厂的厂址界标就竖在这里。

二〇二厂初建时有一个很有名气的"跃进工厂"，它就是机加辅助车间七车间的前身。听名响亮气派，刚组建时只有 30 余人，他们在一无厂房、二无设备的条件下，白手起家，艰苦创业。首先锻工组自己动手捡砖头、盘烘炉。他们克服了没有工具的困难，锻制了一把火钳，这就是七车间的第一件产品。他们用这把火钳起家，锻制了成千上万件基建和农副业生产用的零件和工具。

1960 年，锻工组从生活区往厂区搬时，大家想这下子条件肯定好了。不过因为保密，他们来后还没进过厂区。进去一看才知道，车间高大的厂房倒是盖起来了，但还是没有锻工车间。于是他们就拿施工用的柳芭子把靠七车间墙的一面围起来，顶上铺上草袋子，再搭层油毡，这就算是临时锻工厂房了。一次苏联专家来厂里视察，大家说，咱们好好收拾收拾。于是里面扫了地，喷了水，把工具都摆得整整齐齐，看着还挺干净，可苏联专家连瞧都不瞧就从旁边过去了。

就这样，在一穷二白的基础上，中国第一个核燃料元件基地建设序幕全面拉开，历经 8 年，于 1965 年全线建成，当这个占地 18.6 平方公里的工厂巍然耸立时，阴山可以作证：中国核工业崛起的希望没有任何困难可以阻挡！

☆故事新语：

古老的阴山能听得懂这座工厂的一切语言，包括大雪纷飞和草长莺飞。阴山作证，洁白无瑕是雪的道德，心有灵犀是爱的归途。创业者在这片土地上成全了万岁青春，也成全了核工业精神遍地流芳。

63.昔日再现

1958 年，党中央、国务院决定成立 413 工程处，开始从全国各地选调领导干部、工程技术人员、工人。大批优秀人才纷纷从祖国的四面八方来到矿山。为了安排各种人员的工作，必须有个统一的组织，统筹各方面的工作，于是，1959 年 1 月组建了建矿大队。建矿大队第一任大队长由党委委员、人保科长张学习同志兼任。3 月中旬，魏良真由东北调到 413 工程处，即被任命为第三任建矿大队长。

矿山的建设是当时工作的中心。建矿大队成立后，即根据当时的宏观情况和职工队伍的思想状况，提出了“鼓足干劲，以矿为家，不计报酬，有啥干啥”的口号，得到 500 多名职工的热烈响应，在实际工作中起到了积极的作用，也产生了深远的影响。

建矿初期，大量的重型设备和钢材、木材、水泥等都卸在远离工地的枫岭头和坑口火车站，及时将这些设备和原材料运回矿区是建矿工作急需的。当时全矿仅有两辆解放牌汽车（大板车、翻斗车各一辆），还要担负其他的运输任务。及时搬运这些设备和原材料就成为建矿大队迫在眉睫的任务。第 3 大队服从建矿的需要，主动承担了搬运任务。为了把矿建成，早日把原子能事业搞上去，大家以苦为乐，毫无怨言。随后，大批水冶厂设备陆续到达火车站，有的甚至重达 5 吨、10 吨、15 吨。有的体积庞大难以搬运，加之当时缺乏机械吊装设备，运回矿区就更加困难了。枫岭头火车站到了一只直径 377 毫米，长 9 米，重达数吨的水冶厂分级机大轴，要运回厂区，这是一项艰巨的任务。我们决定用蚂蚁搬家的办法。从 15 华里外的火车站运到厂区，是一点一点地滚回来的。此后，10 个 13 吨重的吸附塔，1 个 25 吨重的球磨机等大型设备，都是用这种蚂蚁搬家的土办法搬回矿区的。没有发生任何设备和人身事故，受到矿部表扬。

在众多的项目中，水冶厂是主体工程。1960 年，水冶厂土建工程告一段落。2 月矿党委决定组建 3 个安装队，全面开展安装工作。整个安装工作以电厂为“龙头”，水冶厂为“龙身”，尾矿坝为“龙尾”。安装工作任务繁重，时间紧迫。其中设备工作量为 3000 多台件，管道工作量为 2 万余米，电缆敷设量近 1 万米。为了打好设备安装这一仗，矿党委提出了“全矿总动员，实干加巧干，狠狠抓关键，大破技术关。速度快快赶，质量摆当先，力争试生产，元旦把礼献。”安装大队响应矿党委的号召，掀起了抢时间、争分秒、保质保量完成任务的竞赛高潮，积极投身到水冶设备安装中去。

水冶厂的安装是在极端困难的情况下进行的。第一，安装力量薄弱，安装队人员来自四面八方，57.7%的人是三级以下的工人和徒工。第二，施工工具缺乏，没有大型起吊设备。第三，土建与安装交叉进行。第四，受苏联专家制约。面对这些困难，安装大队没有退却，而是知难而进。在部党组和省、地委的指导下，自力更生、土法上马，发挥群众的集体力量，攻克安装过程的各种技术难关。在吸附搭的安装中，老工人李兴才提出了用钢丝绳绞磨吊装的方法，安全地把10个每个重13.5吨的吸附塔，吊装在基础上，得到了专家的赞扬。在安装1542米长的不锈钢管道中，全国"群英会"代表唐守财同志带领大家自制工具，突破了技术关，解决了施工的困难。在安装过程中，为了解决部分设备不能及时到货的难题，他们都发挥自己的智慧，自制土设备代替，保证了安装的进度。1961年4月终于完成安装任务，开始了联动试车。

七一三矿水冶厂全景

☆**故事新语：**

昔日不再来，往事知多少。最青春的、最清纯的品味，记忆犹新的星光。愿牵住时光的手，走过原野，走过创业疆场。每一滴往事，都镌刻在春暖花开的心上。

64.骆驼草的故事

你到过无垠的戈壁滩吗？你见过那长在沙漠乱石之中的骆驼草吗？骆驼草，又称沙漠勇士，与胡杨、红柳并称“戈壁三宝”，极其耐寒、耐旱，扎根戈壁沙石深处，以顽强的生命力拥抱大自然。

在黄沙和荒丘遮掩着的戈壁深处，新中国的第一座大型反应堆，肩负着历史重任，开始了艰难的创业历程——

早在1957年冬天，成千上万的建设大军，从祖国四面八方奔赴河西走廊西部的戈壁滩。数万拓荒者，组成了浩浩荡荡的创业大军，他们为了粉碎霸权主义的核垄断和核讹诈，来到荒无人烟的戈壁滩——四〇四厂，冒着风雪严寒，顶着炎炎烈日，战天斗地，开始了原子能事业的秘密战斗历程。

他们在飞沙走石、荒无人烟的戈壁荒原上搭起了帐篷，开始艰苦创业。刚到戈壁滩上，大家常说一句话，“不到大西北不知中国大，不到戈壁滩不知生存难”。夜风掀起帐篷的一角，摔打出凄冷单调的“啪啪”声，雪凝成一粒粒坚硬的小球，在空中飞旋，在地上翻滚。最使人受不了的是，三天两头刮沙尘暴，经常把帐篷掀翻，甚至把帐篷连人一起卷到几公里之外。再就是缺水，大家所用的水，都是用汽车到50公里外拉回来的，每人只发一脸盆水，喝水是它，洗脸是它，洗衣服是它，最后和煤坯的还是它。就是在这样恶劣的环境中，磨炼出了一大批不怕苦、不怕牺牲、敢打硬仗、勇攀技术高峰的原子能事业的骨干队伍。

人们不会忘记，1960年8月，正当反应堆工程进展顺利的时刻，突然吹来一片阴云，笼罩在祖国上空。

参加援建反应堆工程的苏联专家，突然先后撤离了工地。主要施工图纸及工程方案被封存、被带走；一些已运到中苏边境的设备也就地卡住，原封不动地运了回去。在苏联应提供的设备中，到货的只有很少一部分，其中大多又是笨重的外围设备，而关键的部件、设备，像燃料元件、工艺管、主泵及热交换器等则一件也没到。一个阴沉沉的声音从灰蒙蒙的西伯利亚传来——“凭你们现在的技术能力，想造原子弹没有20年时间是不可能的！”面对残缺不全的图纸，望着仅有的几件设备，创业者的心头像是压上了一座祁连山，沸腾的工地变得死一般沉寂。只有渐渐猛烈起来的戈壁风在肆无忌惮地呼啸着……

与此同时，国民经济三年暂时困难，给奋战在戈壁滩上的核工业开拓者们造成了极大的困难，自然灾害所引来的饥饿凶神也毫不留情地向这块不毛之地张开了血盆大口。1960

年实行粮食定量供应，1961年是生活最困难的时期，给养供不上了，基地的粮食在一天天减少，每人每月20斤的定量也无法保证，开始一人一顿还能吃上一个馒头，后来连馒头也没有了，就吃变质的玉米面、青稞面，有时一顿饭一个人才发三四个小土豆，即使这几个土豆大家也要互相监督，要分两顿吃，否则，晚上就要饿肚子。为此，厂里多次派人、派车到附近的玉门、酒泉、张掖等地求援调粮，却都是空载而返。春节临近，工地只剩下3天的存粮，工地几万名职工、家属和驻军，面临着断粮的威胁。

采集草籽

粮库无粮，饥饿，像一双无情的铁腕紧紧扼住了人们的喉咙。厂领导周秩、车兆先、郑仁、杨光远等，一方面亲自到北京、兰州向中央和省部领导告急，请求帮助解决，另一方面继续派人到处奔波，千方百计寻找粮源以渡难关。广大职工、家属和驻军，咬紧牙关，坚守阵地。厂党委发出了“大搞代食品，节约用粮”的号召。全厂职工不分男女，背着筐子，顶着风沙，到二三十里地以外的戈壁滩上，铲去冰雪，收集唯一可以寻到的能充饥的骆驼草籽。他们将精心采集的骆驼草籽与少量的面粉、青稞粉混合在一起充饥，实在难以下咽，那是只有黄羊才吃的东西，但同志们却风趣地说：“骆驼草籽还有股羊肉味呢！”由于较长时间的缺粮和严重的营养不足，职工和家属患有严重的浮肿，而且病情发展很快，到1961年2月，浮肿人数多达千余人，严重威胁到工地建设。但是，人们仍然寻找生存下去的食粮，也探索着突破技术封锁的道路。

李富春等中央领导人非常关心四〇四厂工地的建设和职工的生活，先后亲自打电话给二机部部长刘杰，询问工地职工、家属情况，指示一定要认真对待，妥善安排，并具体帮助解决困难。聂荣臻等中央领导几乎每天询问和讨论工地的生活情况和具体安排，并作出了四点指示，主要是针对工地生活困难，为保存力量，保证工程建设，要求尽快疏散10000人，并做好思想上、组织上的准备。

当时，任东北局书记的宋任穷同志亲自联系军列，及时从黑龙江调进两车皮玉米、两车皮黄豆，暂时缓解了几乎断粮的危机。二机部部长刘杰指示，请周秩同志尽快去新疆调粮，切实安排好运粮的有关问题。当时，兰新铁路只通车到吐鲁番，运粮队经过探路，发现根本没有像样的公路，沿途人烟稀少，有些地段不是乱石滩就是沼泽地，实在无路可走。从吐鲁番车站到调粮地有 1800 公里，由于路不好走，往返要 15 天。为保证运粮安全，在阿克苏、喀什设了 3 个接应点，在吐鲁番火车站设了转运站。运粮的工作非常艰苦，沿途根本吃不上饭，司机和押运人员只好带上 15 天的干粮，在沿途兵站喝点水，热点干粮吃。长达 18 个月的运粮工作，共运粮食 200 万余斤。但也付出了相当昂贵的代价，50 辆汽车损坏了 40 多辆，运到工地的面粉折价每斤一元钱。然而，这次新疆调运粮食工作却从根本上扭转了工地粮食危机，解除了工地职工、家属和驻军几万人口断粮的威胁，渡过了难关，保住了基地。

1961 年下半年，全国经济形势逐渐好转，甘肃省也有了明显的转机，全国各地也给予四〇四多方支援，送来了猪肉、萝卜干、咸菜等。这时，工地可以按月定量从省内得到粮食指标，结束了吃骆驼草籽的时代。

运送物资

苏联毁约断援，国内三年自然灾害都没有动摇大家的信心。四〇四厂广大干部职工，在党中央、国务院的领导下，在部、省的亲切关怀下，在全国各部门、各地方以及中国人民解放军的积极支援下，为了祖国的需要，没有向困难低头，而是更激发了奋发图强、自力更生、艰苦奋斗的精神，克服了重重困难，攻克了道道技术难关，硬是在戈壁滩上站稳了脚跟。涌现出周秩、王侯山、姜圣阶、张同星、原公浦、杨海棠等英雄人物和“3432 英雄集体”，更有一些默默无闻的创业者，他们像骆驼草一样顽强生长，坚韧不拔，在恶劣的自然环境下，在微薄的收入、简陋的生活条件下，克服了难以想象的困难，攻克了一个又一个难关，万众一心，众志成城，终于拿出了使中华民族扬眉吐气、让世界各国为之震惊的原子弹，实现了从无到有的历史性突破，为我国核工业的开创、成长和发展作出了巨大贡献。

☆**故事新语：**

草有草的纯粹，人有人的沉醉。骆驼草，骆驼草，有故事的骆驼草，才是值得入心的草。也许只有从你身边经过的创业人，与你见一次就忘不了。你在左，他在右，一边是野草的梦，一边是凝神的人。而故事比骆驼草叶子上的露珠更晶莹剔透。

第十二节　故园情深

65.高新华“就是高”

五〇四厂福利区的大门，说实话挺传统的，中规中矩，是个普普通通的建筑，但知情的老人们都把它称为“新华门”。那是老书记高新华主政五〇四厂时修建的。

1974 年 7 月，老革命高新华被二机部党组“抓壮丁”，从北京派到五〇四厂任党委副书记兼政治部主任。当时已经年过半百的他单身赴任，去五〇四厂协助党委与厂部的工作。后来他又担任了一把手，承担了特殊时期的特殊使命，为五〇四厂拨乱反正

五〇四厂福利区大门

立下卓越功勋。

刚开始，厂里职工群众以为来的又是“飞鸽牌”，长不了，搞不好。倔强无比的高新华知道后，在第一次干部职工见面会上，就发了誓：“不把五〇四厂建成大庆式企业，绝不离厂！”

当时说这样的话，得有过人的胆识和胆量，因为那时五〇四厂由于“文革”严重干扰，真是有点乱，有点烦。

高新华早年的革命生涯中，一直是搞公安侦查工作的，在上海市公安局也是老资格的干部。到五〇四厂工作，部党组用心良苦，看中的就是高新华身上的那股敢作敢为的霸气和恒心！

高新华在五〇四厂绝对是一颗红心跟党走的英雄主义干部。你看，他整顿作风绝不手软，他把95%以上的职工看成是干事业的人，在他的大刀阔斧下，五〇四厂逐渐成为一家声名显赫的优质企业。

当时的五〇四厂由于多年积累的环境欠账，厂容厂貌杂乱无章，高新华下定决心在1977年立下军令状：必须整治达标。他发动职工群众采用人民战争的办法，出动30000多人次，平整场地40多万平方米，并修建了被后人称为“新华门”的福利区大门。

他做的一件影响深远的大事就是落实政策，把党的温暖带给千家万户。他把全厂“文革”期间63458份黑材料全部清理，该销毁的销毁，该退还的退还，确保安定团结，让职工群众扫去阴霾，集中精力干工作。

那时生活不富裕，供应紧张，买东西都是凭票，高新华亲自组织全厂职工一起参加劳动，修建了西岛60亩鱼池，开荒800多亩，年产409万斤粮食和220万斤蔬菜，还养了700多头生猪，极大地改善了职工生活，老百姓人人都夸高新华“就是高”！

1977年甘肃农业受灾，五〇四厂支援西和县10万斤小麦，省委书记宋平称赞说：“自古以来都是农民供应粮食，现在五〇四厂反过来送粮食给农民，这也是个奇迹！”

经过两年多夜以继日的奋战，五〇四厂发生了巨大变化，赢得了二机部和甘肃省的好评。在1978年全省工业学大庆会议上，省委省政府命名五〇四厂为“大庆式企业”，二机部为工厂颁发了“大庆式企业”锦旗。紧接着，在1978年全国科学大会上，五〇四厂有3项成果获得全国大奖，从此五〇四厂鱼跃龙门、扬眉吐气！

1979年12月26日，高新华完成了在五〇四厂的历史使命，赴任二机部纪检组领导职务，告别了他为之呕心沥血的五〇四厂。

有人问他：你在五〇四厂的5个多年头都有哪些感受？

他不假思索地回答道："我兑现了我来时的诺言！现在我离开了，不带走一片云彩，但我把心留在了五〇四厂！"

☆**故事新语：**

高新华在五〇四主政的日子，正好是承上启下的阶段，从举步维艰到全面理顺，高新华就是有一套。他充分相信职工，依赖职工，放手发动职工，服务职工，把工厂主要工作交给对党忠诚的干部职工主浮沉。高新华，在风雨飘摇的特殊环境中，带领五〇四走出困境！

66.海棠花开

1986 年末，冰天雪地的大西北。国营四〇四厂一分厂（现第一分公司）党委办公室沉浸在一片悲痛之中。桌子上一份电报写着：杨海棠同志于 12 月 10 日逝世。

泪水无声地落下，人们不敢相信：备受职工群众尊敬的海棠，就这样离我们而去了吗？

50 年的风风雨雨，从春华灼灼到秋实累累，期间有多少难忘的故事……

1962 年，杨海棠与来戈壁滩的丈夫张伟相会了。

杨海棠 1955 年毕业于上海第三女子中学，由于学习成绩优异，被选拔到北京外语学院俄语系留苏预备班学习。一年后赴苏留学。在列宁格勒林苏维特工学院，她与张伟结识并相爱了。1961 年，他们在北京举行了婚礼。

张伟去戈壁滩前夜，想把调动工作的事对新婚妻子说，但他欲言又止。杨海棠望着张伟，这个在学校比自己高一年级的丈夫就像哥哥一样可亲可敬，他们相对而视，目光在与心交流，她明白丈夫的选择，什么都不需要说。

“你去吧，我马上写申请，随你同去。”

“我的知识是祖国给的，就应当献给祖国最需要的事业。”

北京化工研究院的领导找杨海棠谈话，退回了她的申请：“根据你的实际情况，如果……我们可以通过组织把你爱人调回来。”

“不，我已经认真考虑过。”她微笑着又将申请书递过去。

这一回，组织批准了。就这样，她双脚坚定地踏进了戈壁滩。

初建时的四〇四厂，没有厂房，没有研究室、试验室，大箱小箱的调试设备堆积在旷野里。有的只是迭起的号子、飞崩的土石和激动人心的建设场面，这些感动了文静朴素的杨海棠，她放下行李，加入了挖、抬、搬、运的行列，重活累活她都抢着干，连男人们也不得不敬佩这个文弱的上海女子。

晚上，回到家里，她全身的骨架像散了一样，疲惫地倒在床上，许久难眠，此时，她已有孕在身。

1963 年夏，杨海棠回沪接受剖宫产，生下一个活泼可爱的儿子。

产后 45 天，当她得知基地要“大战八九十，拿出合格产品”后，便急不可待地收拾行装。匆匆赶回基地，她立刻接受了产品重点分析项目的攻关任务。他们克服重重困难，土洋结合，创造出中国式的实验室和分析装置。她和同事们夜以继日，翻译资料，核对数据，修改各种方案，进行大量试验。

这期间，杨海棠和同志们共完成了十几个重要数据分析攻关，为核心部件生产提供了保障。

杨海棠与一大批专家、科技人员，用智慧与汗水创造，在荒芜的戈壁滩上创造奇迹！杨海棠就是这茫茫戈壁滩上盛开的一棵秋海棠。

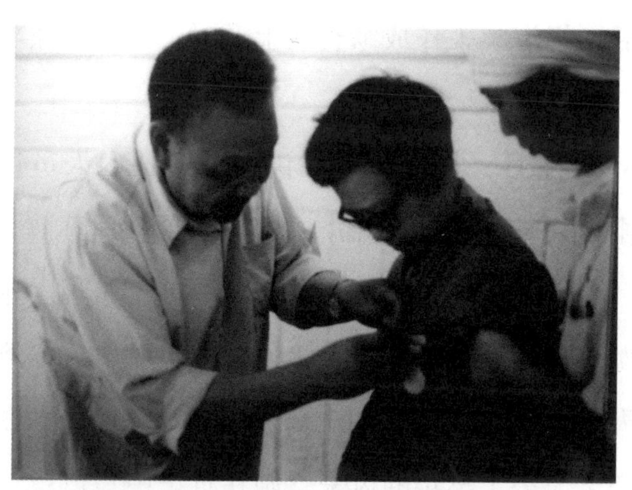

全国五一劳动奖章获得者——杨海棠

当时基地生活条件很差，夫妇俩在食堂就餐，孩子只能送到托儿所。由于缺少照顾，加上体弱，冬日里的一天，孩子接回家后突然发起高烧。夫妇俩顾不得吃饭，忙给孩子用冰袋冷敷，用酒精棉球擦身降温。孩子大声哭叫，不断用小手推开冰凉的棉球。服药、物理降温都不起作用。窗外大雪纷扬，医院离家又远，只好等到第二天早晨才去医院做了检查。医生告诉他们，孩子患的是化脓性中耳炎，是因泪水流入耳内引起的。

1984 年，杨海棠担任了一分厂副总工程师兼质量管理科科长。在新的岗位上，她运用网络计划技术，进行了全面质量管理，提高了核工业民品的质量，增加了品种，使经济效益明显提高。

之后，杨海棠工作成绩直线上升时，她的健康状况却每况愈下。

1985 年 1 月，杨海棠正在讲台上给技术人员讲课，突然腹部剧痛，晕倒在地。经厂医院紧急抢救后苏醒，诊断为直肠癌。4 月，辗转到北京，在三〇一医院做了手术。当医生告诉她要正视疾病时，她马上明白，危险已经来到。病床上的杨海棠，体重已不足四十公斤。双颊凹陷，两眼浑浊而肿大，完全失去了早年的风采。她在日记中写道：

“我知道自己患直肠癌。不哭泣，不悲哀，不害怕……”

“我爱我的岗位，爱我战友，爱我的家人，心中有爱，我感到幸福。”

她爱人民，人民也没有忘记她。1986 年 8 月，中华全国总工会书记处授予她“全国优秀科技工作者”称号并颁发了“五一”劳动奖章。

弥留之际，她断断续续地对她所爱的人们呓语：“我想念四〇四厂，我要……我要回厂……”

杨海棠同志走了，一颗星就这样陨落了。但她那灿烂的笑容，如海棠花永远开在四〇四人的心中。

☆故事新语：

战争让女人走开，而创业不是！杨海棠，迢迢一路，鞠躬尽瘁，死而后已，证明女人本色不是弱者，证明核工业创业路上的女人，能够穿过各种封锁线，为核工业精神妆点女人花的风采，她那海棠晓月般的诗意盎然，归来仍是女杰！

67.不要人夸颜色好

2008 年 3 月 15 日，正是北京的玉兰花绽放的时候。南礼士路，两个相互搀扶的老人蹒跚而行，两边的玉兰花成为他与她的背景。

正在北京采访的从五〇四厂来的“土记者”，一眼就认出来了，这两位老人是五〇四厂的首任书记张丕绪和他的夫人郜士兰。

真的是一场恰逢其时的偶遇啊！记者冒昧地迎上前，一听说是五〇四厂的人，老书记马上停下脚步，合影，采访，聊了又聊，记者还跟随老人回到家里，带走了当年宋任穷部长送给他的公文包。张书记去世后，他的家人又把他曾经用过的铝制饭盒赠送给了厂里。这两样珍贵的物品，现珍藏在兰铀公司爱国主义教育馆内，静静地诉说着张丕绪的往昔岁月。

1918 年出生于山西平遥的张丕绪，比王介福厂长小 4 岁，1958 年 1 月正式出任五〇四厂筹备处的党委书记，与王介福组成了令人难忘的黄金搭档。介福厂长性格豪爽，敢说敢想敢干，办事雷厉风行，从不拖泥带水。张丕绪则柔中带刚，说话没有锋芒，但语气平和中自有精神，职工群众特喜欢他的菩萨心肠，有什么想法都愿意和他唠唠嗑。还有一位军人出身的副厂长王中蕃，性格刚烈，是出了名的“炮筒子”，也是一个为五〇四厂立下汗马功劳的创业闯将。王介福、张丕绪、王中蕃之间千锤百炼的“铁三角”，撑起五〇四厂创业时期的辽阔天空。

张丕绪在五〇四厂工作了整整 7 个年头，1965 年又来到三线，建设新的铀浓缩工厂。一个人先后担任两个神秘大厂的第一任党委书记，这也是不多见的！

参加过百团大战、浮翼战役、上党战役、吕梁战役、淮海战役、渡江战役的张丕绪，一直坚持“上马能打仗，下马会学习”，既有军人情怀，又有文化情结。在五〇四厂创业初期，思想工作交给他来做，真是一招好棋。因为张丕绪当时面对的职工中有相当一部分是转业军人，和他们在一起，张丕绪谈得来、说得开，大家开始时叫他“首长”，后来叫他“书记”，再后来就叫他“丕绪”，亲如一家人。有的职工受不了艰苦生活，有时发牢骚，甚至在树皮上刻字写顺口溜，他发现了也不责怪，而是牵着职工的手，边走边聊，说的都是掏心窝子的话，往往话还没说完，职工就已经流了泪，丕绪拍拍职工的肩膀，说：谁不想家？有国才有家，安家五〇四就是为国又为家。

张丕绪和职工心贴心，几乎没有和任何人红过脸。张丕绪怎样化解各种矛盾呢？他本人是这样说的：一是要真心实意把职工群众当作自家人，一家人不说两家话，有话好好说；二是多说暖人心的话，心暖了啥话都好说，人家听不进去或者不爱听，就是自己失职；三是不怕出现矛盾，就怕矛盾升级，要把矛盾当成正常的存在，书记的事就是解决矛盾的；四是全厂一盘棋，听介福的还是听丕绪的都不算数，要听真理的，听大局的。在五〇四厂的 7 年里，张丕绪称得上是大家共同的朋友，工人敬他三尺他敬工人一丈，知识分子和科技干部也敬他的学习之心、包容之心、柔顺之心，他的正道、厚道、公道，让所有的干部职工心无旁骛，干起工作来好像永远都有使不完的劲。接触过张丕绪的老人们都说：五〇四厂创业初期最为艰巨最为艰难的苦日子，也是介福厂长丕绪书记带领我们埋头苦干、心底无私、越干越带劲的好日子！

1964 年 4 月 12 日，邓小平等中央领导人来五〇四厂慰问，就是握着张丕绪的手，说了这样一句感人肺腑的话，你们辛苦了！你们这个厂建的不容易啊！你们为人民立了大功！伟人一句话，鼓舞了几代人！

“不要人夸颜色好，只留清气满乾坤。”记得 2008 年的春天，张丕绪把当年邓小平来厂视察的话传递给五〇四人的时候，已经 90 岁了，老人家含着眼泪一字一句说出这段话，然后又用钢笔一笔一画写出来，就是想告诉他们的创业后来人：不忘初心，创业不息！

欢迎创业劳动者凯旋

☆**故事新语：**

张丕绪被后人称为“创业书记”，他的言行举止几乎是党委书记的“标准配置”。建设两座铀浓缩工厂，都是攻坚克难的原创性工作。每一次挑选党委书记人选，他都是第一人选。他说，他注定就是党的“一架马车”。

68.无悔的人生

范石坚出生在农村，虽然文化程度不高，但他天生有一股子钻劲，爱学习，善动脑。调入二七二厂之前，在湖南醴陵南桥煤矿当电工，后来又调到湘潭鸡公山煤矿和湘潭专区机修安装队，1963 年 5 月调入二七二厂 102 车间任钳工技师。

上班的第一天就遇到设备故障，吸附塔一台运送泵坏了，当时他已经下班，组长把他从澡堂喊了回去。他没有多说话，重新穿好工作服来到了生产现场。

一会儿，范石坚背着工具袋尾随着组长来到了故障点，他让岗位工开一下电机，自己随手拿出一把螺丝刀对着泵轴一听，笑了笑说："马上就能修好。"

站在一旁的徒弟疑惑地问："您找到原因了？"

范石坚肯定地回答："是的。"

"什么原因呢？"

"轴承坏了！"

"你怎么知道轴承坏了呢？"

"听声音，就能听出来的。"

于是，范石坚把巡检机械设备运行的要点，一五一十地向年轻的徒弟讲解着。这时，组长已从仓库领来了备件。

范石坚的家在醴陵乡下最偏僻的小山村，而范家又是这个村子里的困难户。父母年迈，孩子年幼，妻子体弱多病。好心的邻居劝他妻子："看你累成这个样子，让人心疼。丈夫在湖南一厂工作，那么好的条件，怎么不让他接你去厂子住一段时间，把身体调养好呢？"妻子总是笑着摇头：他厂里事多，走不开，哪能让他再为家里分心呢？

人不是钢铁铸成的。血肉之躯难敌生活的重压。终于，妻子病倒了，而且是一病不起。在厂里的关怀下，范石坚把妻子接到厂医院治疗，工作之余尽量悉心照料妻子。

聪明的妻子总是劝他："老范，你安心工作吧！我的身体不要紧，慢慢调养就好了。"

生病期间，妻子也没有闲着，在西山开垦几块荒地，种了好多的蔬菜。

一家人生活在一起，既温馨，又幸福。可是好景不长，妻子病情突然加重。送到四一五医院抢救。在妻子病危住院期间，他仍然坚持每天上班，下班后买两个馒头，边走边啃，坐车往医院赶。那天夜里，妻子却无声无息地在他怀里永远安详地睡着了，就像熬干了油的灯芯，在那个令人心碎的寒夜里倏地熄灭了生命之火。

如今，妻子逝世已近10年，范石坚已取得了令人瞩目的成就。值得高兴的是，他可以告慰亡妻，她的丈夫没有让她失望！

据有心人统计，范石坚在化工分厂工作5年间，节假日、平常加班、年休假，加起来，超过350天，等于老范5年时间上了6年班。5年间，完成了多项合理化建议和技术革新，经有关部门考核认证，获经济效益70多万元。

范石坚在报纸上出名了，电视里有影，广播里有声。1991年初夏，荣获“全国五一劳动奖章”的范石坚，一下子名气在二七二厂传开了。

范石坚曾工作过的两万吨碱厂

衡阳有几家企业的负责人专程来二七二厂访拜他，有人请他去做技术指导，工资比他在二七二厂高几倍，还有某大厂委派一名“特使”来找他，开出了优厚的条件。房子、金钱……都被范石坚一一回绝了。

这就是范石坚，一个真实的老范。在他的人生字典里写满“感恩”与“感激”，他在二七二厂生活了大半辈子，他离不开这片炙热的土地，也决不后悔自己孜孜以求选择30多年的核事业。

他，人生无悔！

☆**故事新语：**

核事业最大的特质是，一旦你爱上了她，她就会令人恋恋不舍，并使你为其奉献毕生。最强音的初心，最鼓劲的出发，不要莽撞闯进，而要铁心为核。苍天不负核工业，青春无悔写春秋！

69.殷殷寄语暖心头

1958年6月的一天，年轻的张修和心情忐忑地在大浦街车站下车，一位村民用独轮车载着他仅有的两件行李，穿过大浦街那条用青石板铺成的狭小而古老的街道，在田埂和长满小松柏的山丘间穿行。踏着这块陌生的土地，几天前在安徽铜官山矿务局，领导对他说的那番严肃又不容置疑的话在耳边响起："组织上决定调你到一个非常重要的地方，从事一项非常重要的工作，现在你什么都别问，给你一个下午的时间办好全部调动手续，明天清晨启程。"几天来闷在心中的这个谜，将要随着轴轮——"吱嘎吱嘎"的田园小曲而解开，心情难以言表。行约十公里，一片白色的树皮房子和一架架轰鸣的钻机跃入眼帘，到了，将要为之奋斗的地方到了！

很快他就知道了，这里是我国最早发现的铀矿点之一——大浦铀矿，他荣幸地加入到了中国第一代铀矿山创业队伍的行列。

他被分配到岗后，因为是铀矿开采的新兵，组织上派他到北京学习。因为铀矿开采对他是个从未涉猎的陌生领域，这又是一个绝好的学习机会，所以憋足了劲，恨不得一下子把知识全部装进脑子带回来。在北京学习期间，二机部的领导对学员们非常关心和爱护。一次在走廊上遇到了宋任穷部长，宋部长和蔼可亲地问张修和："你是哪个单位的？"他赶紧回答："是湖南大浦铀矿的，来学习矿山编制采掘技术计划的。"听了他的回答，宋部长与他寒暄起来，语重心长地要求大家认真学习，为国防建设奉献青春。张修和当时开心地笑了，深感任重道远。春节前夕，副部长刘杰来到他们住宿的地方看望学员们。陪同前来的办公厅主任向大家介绍说："刘杰部长来看望你们，给你们拜年来了！"刘部长仔细询问了大家的工作和生活情况，并和大家一一握手。张修和一时竟说不出话来，感到一股幸福的暖流传遍全身。

经过三个月紧张的学习和工作，他带着胜利的喜悦回到矿里。此时，小河改道工程拉开了浦魁堂露天工程的序幕。建设大军在浦魁堂东面和北面宽约 10 米、长约 1.4 公里的地段全面铺开，场面热烈壮观。晴天，挥舞的锄头和穿梭的人流在阳光下闪动；雨天，劳动的号子和愉快的笑声在迷雾中回荡。尽管生活艰苦，条件简陋，但干起活来都拼命一样：搞比赛、争红旗。今天你超过我，明天我定要超过你。在休息的时候，他向同志们讲述了在北京学习时部里领导鼓励的场景和教诲，激发了同事们工作的积极性。

七一二矿是张修和工作一生的地方，在那里，他和无数矿山人一样，历经艰辛，饱尝了喜悦。每当他在工作中遇到困难和挫折的时候，领导的殷殷寄语总会回响在耳边，催人奋进。

☆故事新语：

普通的矿山人是可爱的，他们能够在最艰苦的环境下俯下身、扎下根，凭的就是创业精神的洗礼。正是这些朴实无华的矿山人，心里装着核工业，头顶星空，脚踏山川，心红血红，为祖国开采未来！

70.实验室的灯光

踏着科研人员的成果转化之路，讲述当年失败与成功的艰辛路程，寻觅科研成果开出的花朵，回忆这些花朵与五所（现核工业北京化工冶金研究院）实验室灯光交相辉映的场景，无限感慨，浮想联翩。

20世纪60年代，五所实验室的夜晚总是灯火通明。灯光下，科研人员或在仔细进行试验，或在认真核实数据、查看资料。他们放弃了闲暇时光，全身心地投入到科研工作中，目的就是尽早开发出新的铀水冶工艺流程，尽早生产出第一批铀产品。五所实验室的灯光，见证了中国铀矿冶的兴起，照亮了第一批铀水冶工艺流程推出之路。灯光下，房延柱等人研制出201×7树脂，用此树脂取代苏联的树脂解决了铀生产中的一系列技术难题，让七一三厂和二七二厂实现了工业化；灯光下，清液萃取和清液吸附流程、矿浆吸附—淋萃流程和碱法浸出工艺流程的开发使七四三矿、七九二矿充满活力，成功生产出三碳酸铀酰铵；灯光下，于相浩等技术人员发扬艰苦奋斗、精益求精的精神，反复琢磨，反复试验，克服重重困难，使我国第一座碱法铀生产厂诞生。

实验室的灯光

当时，五所为试制第一颗原子弹承担了提供高纯度二氧化铀原料的任务，在时间紧，任务重，没有先进经验可借鉴的情况下，科研人员只好夜以继日，挑灯夜战。在简陋的厂房里，在明亮的灯光下，大家群策群力，自力更生齐攻关，度过一个又一个奋斗的夜晚，终于在黎明到来之时，高质量地完成了生产任务，保证了核试验的进度。刘杰部长对这项任务的完成给予了高度评价。

金属铀中存在微量氟，它是核爆炸能否成功的关键因素之一，必须严格控制，但氟的测定当时没有合适方法，因此中科院长春应化所、四〇一研究所和五所联合起来共同攻关，找寻铀中氟的测定方法。苏联专家撤走时留下的图纸中，氟的指标明显有改动痕迹，将 10^{-8} 克改为 10^{-6} 克。面对这两个数据，专家组认真研究后制定了新的方案。也是在灯光下，在实验室，以殷晋尧为首的团队分工合作，查阅文献、制作设备、研制新试剂，日夜奋战，以超常的速度研发出测定氟的新方法。氟的分离需要用到石英管和铂金蒸馏器，何力等人放弃了大量休息时间，伴随着不息的灯光，不仅加工出适合的设备，还研发出高温水解分离氟的新方法。

在五所，实验室的灯光见证了我国天然铀生产体系的形成，也见证了铀矿冶事业的发展。

☆故事新语：

这是初心点亮的心灯，这是红心映照的星空。实验室的灯光，从小小的窗口吞吐着对未来的信心和期盼，照亮了核工业创业史册的每一段曲折。实验室的灯光啊，闪闪发光的故事里，涌动着创业者明亮的家国情怀！

第七章

第十三节　核风絮语

71.小平来核城

由中共中央批准的我国第一座大型军用核生产反应堆，于1958年开始选址，1960年破土动工。在党中央、国务院的亲切关怀下，经过各部门、各地区的大力协同和广大建设者4年多的艰苦奋战，先后攻克了一系列工艺、材料、设备和工程技术等难关，至1966年，反应堆建设进入了收尾阶段。在这关键的时刻，1966年3月25日，心系核工业的邓小平同志亲赴四〇四厂，视察了军用核生产反应堆工程建设情况。

三月的天气，阳光明媚，春风吹拂。那天上午10点多，邓小平总书记和其他中央领导驱车来到四〇四厂军用核生产反应堆建设工地。

工厂建设者们夹道欢迎邓小平同志，都想一睹小平同志的风采。当天，小平同志身着灰色的中山装，神采奕奕，步伐稳健，走在工厂的路上，他不断向欢迎的人群招手致意，激起了建设者们一阵阵热烈的掌声。他一边听取陪同领导的工作汇报，一边到工厂各处察看。

在某工号临时搭建的平台上，邓小平同志无意间瞥见了工地上张贴的一条“吸烟等于放火”的安全警示标语，便很自觉地掐灭了手中吸了一半的香烟。

邓小平同志还在反应堆中央大厅观看了由八一电影制片厂驻厂工作人员拍摄的反映工程建设的资料片，并不时地向工厂领导询问着工程建设情况，作出新的指示。

在视察过程中，邓小平同志应邀为反应堆工程题词：“我们一定要有无产阶级的雄心壮志，敢于走前人没有走过的道路，敢于攀登前人没有攀登过的高峰。”视察结束后，邓小平同志与现场的领导、劳模和先进工作者代表合影留念。

邓小平同志视察军用核生产反应堆工程的时间虽然很短，但这特大的喜讯仍如春风般吹遍了整个核城，令广大建设者干劲倍增，大干的浪潮一浪高过一浪。

1966 年 12 月 20 日，反应堆开始提升功率，12 月 31 日达到额定功率。至此，我国第一座军用核生产反应堆建成，为装备部队、形成核威慑力，扬我军威、壮我国威发挥了重要作用。

☆**故事新语：**

生机盎然的核城，在春风化雨的季节，迎来小平同志。这是至高无上的信任和鞭策、激励和期待。戈壁滩上，小草青青，野花盈盈，亮出春天的手语：小平您好！

72.慧眼纠错

1960年10月，为了我国的原子能事业，上海复旦大学化学系主任兼原子能系副主任、党总支书记吴征铠，调到二机部原子能研究所615研究室担任室主任。

吴征铠心里清楚，到二机部工作意味着从此要隐姓埋名，离开生活了几十年的南方，还要在业务技术上重新学习钻研，面临着一系列巨大的变化。

在615室一间大厅内，吴征铠正专心致志地对着一套复杂的装置出神。当时他们的主要任务是自力更生试制出六氟化铀产品，保证气体扩散工厂的用料，生产出原子弹所需的装料。

吴征铠院士

一切都得从头开始。吴征铠看着处在原子能研究所西北角的615室，开始总不能相信这就是从事尖端科学研究的场所。几栋二三层高的红砖楼房，错落地分布在洋槐、山桃杂树林中。院墙外，一大片无人涉足的荒地，草木丛生，常有野兔子窜过。只是这儿的警卫特别严格。也难怪，浓缩铀 –235 工艺是核工业最机密、最关键的部分，当然得慎之又慎。

什么叫扩散？简单地说，就是将不同原子量的铀同位素分离开，提取出可供制造原子弹的铀 –235。天然铀中铀 –235 含量甚微，与占主要成分的铀 –238 性质又极为相似，一般方法难以将它们分开。但铀 –235 的“分量”要轻一点点，因此，科学家将铀的各种同位素放到许多联结在一起的扩散机里，让它们依次通过。铀 –235 身子轻点，跑的速度也就比身子重些的铀 –238 快点。这样，经过长长的路程，它便可以与其他弟兄分开而被单独收集。有多少人在盼着高浓铀 –235 在中国早日问世啊！可是且慢，眼下，别说扩散机心脏未试制成功，就连供扩散用的六氟化铀的正常生产，还很遥远呢！

吴征铠的心头沉甸甸的。

在他面前的这套装置，是 615 室的研究人员参考苏联提供的六氟化铀生产资料和国外有关的文献报道，自行研制，好不容易搞出来的。可 1960 年 10 月一开动，只生产出几千克合格产品就停住了，再也动弹不得。吴征铠只好集中精力先解决这个问题。

他虽说从事化学教学多年，1958 年也曾短期接触过放射化学工作，但毕竟未与六氟化铀打过交道。那玩意儿又厉害得很，不但有放射性，还有强腐蚀性，一见空气就分解冒烟，必须在特殊条件下生产。吴征铠一下子改行，也感到确实困难。怎么办？只有重新学习。自调来后的第一天起，他宿舍窗户的灯光就总要亮到深夜。凡能找到的有关六氟化铀的资料，他全给借来，简直是一篇篇地往肚子里灌。上班时，他对着这套装置看过来又看过去，一点点地琢磨其中的构造和原理。

扎实的知识基础，加上多年来工作中积累的经验，使吴征铠纷乱的大脑开始理出头绪。他再次对着装置验证自己的想法。透过镜片，他的眼睛里闪出兴奋的火花，豁然开朗的感觉充盈着他全身……

“问题出在冷凝器，冷凝器必须改进！”

是的，这套装置的冷凝器不过关。但是苏联人已经走了，上级又规定苏联留下的设备一律不许随便改动。对此，吴征铠大胆陈述自己的看法：

“规定不许随便改动，主要是怕盲目瞎干，打无准备之仗。如果我们确实抓住解决问题的关键，找到可靠的科学依据，苏联机器有毛病的地方怎么不可以动呢？”

这些在今天看来是很平常的话，当时讲出来还真需要勇气，同志们为之折服。同时他们还发现了吴征铠的过人之处。

有一次，一个弹簧箱阀门被腐蚀坏了，吴征铠闻讯赶来，一捂口罩便走上去对着阀门仔细观察。沉思片刻后，他问：

“这阀门是谁安装的？”

几位操作人员站出来。

吴征铠问：“是按规定安装的吗？”

“嗯。”

“不，方向装反了。”

众人诧异：莫非他长了X光眼？等拆下来一看，果然如此。再问他何以如此明断，吴征铠淡淡地说：

“因为它是在负压下工作，与我们以前的经验不同，需要引起注意。”

吴征铠接着又说：

“这阀门还未到报废期，所以不是它本身的毛病。气体肯定是从出气道逸出的，这正说明方向弄反了呀！”他又加重语气：“这样的错误，以后再不能犯了！”

遇事不躲不怕，自己亲自动手解决问题，为大家指点迷津，这样的领导就受人欢迎，具有威信，组织上对他也特别信任。不久，批准同意改进冷凝器，早已成竹在胸的吴征铠带领人员立即投入战斗。又过一阵，试制成功的冷凝器安到了装置上，性能良好，生产六氟化铀时再不堵塞了，全室欢欣鼓舞。吴征铠用自己的一双慧眼，为核事业取得初战告捷。

☆**故事新语：**

核工业人最讲认真二字，胸襟里有认真，情怀里有认真，心灵里有认真。不想让匆匆忙忙的脚步，打断了平静和冷静，更不要熔断规矩和规则，所有的成功都承载着沉甸甸的严谨和严细。

73.核品的信誉

核工业赐予二七二厂的礼物是“八氧化三铀”和“二氧化铀”产品。为了维护“八氧化三铀”产品的信誉，几代铀城人为之付出了青春、热血、汗水与激情。

1991 年的首都北京，暮冬时节，寒风裹着积雪一个劲地狂吹，似向人们宣泄着一冬的激情。一辆“奔驰”车风驰电掣般驶过长安街，向西拐过几道弯，在中国原子能公司的大楼前戛然停住。

车门打开了，从里面钻出 3 位金发的法国人。他们步履匆匆地走进了三楼公司接待室，公司经理张庸热情接待。一位高个子“老外”还没坐稳，便急不可待地从随身携带的精制手提箱里取出一个数据本，往对面的张经理面前一推，表情呆滞地说：“经理先生，贵公司提供的金属分析数据与我们分析出来的数据完全不相符！不知贵公司有何解释？”

这是怎么回事呢？原来事情的经过是这样的，1991 年 1 月，二七二厂的金属分析数据随“181”产品运到了法国电力公司，该公司经过自行鉴定，获得了 18 个元素的全部数据，但意外的是与中国的金属分析数据截然不同。于是，该公司派出 3 名代表来到北京“兴师问罪”。

法方代表很是激动，张庸经理却很冷静。作为此项工作的负责人，他很清楚中国金属分析数据的准确性。他温和地说："先生，在未得到证实之前，您不要过早下结论，我们提供的数据还从来没有发生过差错。"

另一个满脸络腮胡子的法国客商顿时提高了嗓音："我们是经过现代化精密仪器检测的，绝对不会错。贵公司提供的数据是假的，这是不讲信誉的行为。我们将拒付 2 万美元的费用，并追究责任。"

面对外商的毫不讲理，张庸没有争辩。他在沉思：到底是谁的错呢？我们的产品质量是过得硬的，检测数据也是真实可靠的，我们不太可能错！但怎样才能使对方信服呢？

保证"八氧化三铀"产品的出口，直接关系到国家的声誉，关系到核事业的对外交流与发展啊！

想到这些，张庸经理更自信了，他的目光正视着三位客商，认真地说："真的假不了，假的真不了。希望我们各自对产品试样重新鉴定，如果是我们的原因，我们一定会负责到底。"

虽然他们不服气，但面对张庸的真诚坦然，3 个法国人已无话可说了。

一道"信誉高于一切"的指示，随同金属分析数据越过平原，跨过长江，重返故园二七二厂，落到了计检处金属分析小组组长阳运玲的手上。

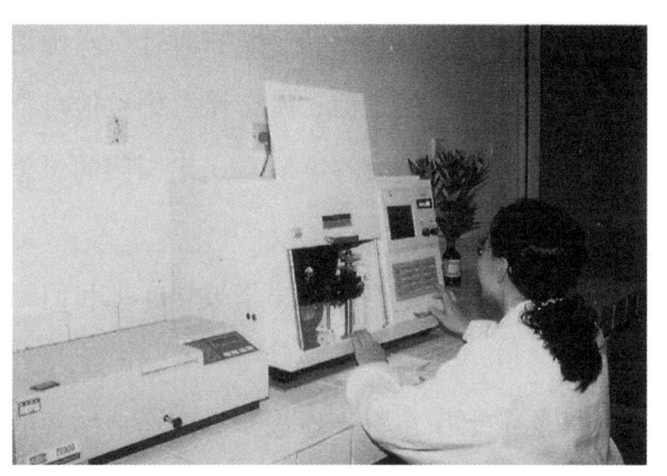

先进的检验设备

阳运玲看到返回的数据，不敢相信这是事实。她所负责的小组曾连续蝉联“全国质量管理小组”称号，多年来二七二厂充分运用科学的管理理论和方法，创新质量管理机制，建立了行之有效的质量管理模式，铀厂确定了“顾客满意就是我们的追求”的质量方针，修订了质量手册、程序文件和质量作业文件。制定了包括“二氧化铀”“八氧化三铀”产品在内的5个产品质量计划，与22个部门和单位签订了319项质量分目标，树立“信誉第一、用户至上”的服务理念。坚持质量始于“源头”，深入“过程”，查找问题，按照“三不放过”的原则，认真分析。小组鉴定的金属分析数据自1986年以来，多次随同“八氧化三铀”产品出国，先后到过：德、美、英、日、法、芬兰、加拿大和苏联等17个国家的公司，备受外商的信赖和青睐，从没有人产生过怀疑和异议。这是首例重回娘家，这意味着什么？她清楚地记得，在金属分析数据出国之前，她曾认真细致地对数据做了全面检查和核实，然后慎重签字同意送出国门的，怎么会有错误呢？

如果在分析检测这个环节里出了差错，那我们就愧对祖国了！她不敢多想。

试样重新鉴定工作在紧张地进行。阳运玲率领的团队反复进行试验与比对，取样、分析……他们忘记了疲劳，忘记了时间，心中只有一个念头，一定要搞出准确数据，为国争光。紧张的两天一夜不知不觉过去了，第二次分析出的数据诞生了，18个元素，与第一次丝毫不错。全组人员兴奋得跳了起来，那一刻，阳运玲的眼睛湿润了。

盖着“绝密”印章的第二批金属分析数据，以神奇的速度飞到了北京。

张庸经理手捧着这薄薄的数据本，心潮起伏，感到手上沉甸甸的，似有千斤重。这分量，只有他才能体会到，又怎能不激动呢？

就在这时，一份从大洋彼岸的法国发来的电报也送到了他的手上：“经理阁下，我们谨向你表示歉意。经复鉴，你们分析的数据完全正确，我们欢迎中国产品，2万美元已汇出。”

看完电报，张庸长长地舒了一口气，悬着的心终于落下了。

他大步走到窗前，轻轻地推开窗户，太阳正露出笑脸，在莹莹白雪的映衬下闪着金光。

☆故事新语：

核品的特点，就是质量合格率必须是百分之百，创业精神不是体现在你说了什么，而是体现在你做了什么。大善臻于完美，大朴臻于纯正。核工业人用自己智慧的双手，捧出含辛茹苦的精品结晶。

74. “老八路”路振升

繁忙的车间里，他穿着满是油污的工作服，低头在修理设备；喧闹的礼堂中，他组织大家唱起红歌，还亲自当指挥；静谧的病房里，他拉着老人的手，轻声细语地有说有笑……

路振升

他就是被七一三矿人亲切地称为“老八路”的路振升。

路振升同志早先从煤炭系统来到核工业时，正是建矿初期。他是七一三矿的元老。他担任过七一三矿矿长、党委书记，为矿区的筹建、生产、转民等工作作出了突出贡献。

建矿初期，各种条件异常艰苦，人才、设备、技术都异常缺乏。当时有大量的重型设备和材料运到枫岭头和坑口火车站，由于缺乏交通运输工具，无法运到厂区安装，全矿上下都急得团团转。路振升主动请缨。他挑选了一班青壮年劳动力，组成了一个突击队。在他的领导鼓励下，大家拧成一股绳，小型材料手提肩扛，稍重一点的用担子挑，几十里的路程，全靠大家的双脚一步步丈量。工作结束，他们的手掌勒出了一道道深深的痕迹，肩膀上磨破了皮，渗出的血结成了痂，和衣服粘到了一起。体积大、质量重的大型设备，根本没有合适的工具可以运输。路振升和战友们要琢磨好几天，然后在矿区用废弃的钢材自制了一个巨大的铁架，十几个人推、拉、抬、举，硬是把这些个大家伙运到了矿区，按时完成了水冶厂厂房的安装任务。每次回到矿区，工人们像迎接凯旋的英雄，欢呼和掌声毫不吝啬地送给他们，而突击队员们，洒满汗珠的脸上则露出了胜利的微笑。

路振升在担任机修车间主任期间，主要承担着七一三矿的设备安装、维修、备品配件的加工等。当时设备简陋，人员少，但是为了确保设备的完好和生产的正常，他经常放弃节假日休息，加班加点抢修设备，从未因此而影响了生产。

1994 年，路振升同志退休了，但他在退干支部担任书记，仍从事政治思想和组织工作。

不管是干什么工作，路振升真的像老八路的作风，和身边的群众亲如一家人。老百姓有什么困难，第一个就会想到他，请他这个老八路帮助解决。路振升的形象，早已成为七一三矿最美的雕塑，永驻人们心中！

☆故事新语：

一位干事业半点含糊都没有的老革命，能够牵动我们情思的创业带头人。永远奋斗，永远年轻。从未瞻前顾后，左顾右盼，只要选择了创业路，就要把路走成他的故事，他的人生。

75.老虎口里拔牙

俗话说："老虎口里拔牙，好大的胆量。"在二七二水冶生产线上，铀矿石的破碎，第一道工序就是——老虎口。这种破碎机在矿山、冶金、建筑行业运用得最广泛。

1937 年 4 月黄国城出生于湖南湘潭，1963 年 4 月从湘潭煤矿调到二七二厂。在二车间看了两个月吸附塔，被调到一车间看皮带。没多久，一矿仓进水，皮带被水淹了。机修工来检修，结果是搞了一个班，也没有修好。年轻的黄国城站在一边看着，实在是忍不下去了，就对机修工说："你这方法不对。"

检修工当场发脾气："你懂什么呢？"

二七二建成时厂区全貌

黄国城年轻气盛，不服输："我肯定懂的，这种事在煤矿就是小儿科，你说我能不懂吗？"

站在旁边的副主任孙宗介微笑着说："黄师傅，你来搞。"

黄国城撸起衣袖冲上去，三下五除二就解决了设备问题。

孙副主任看上了他的技术，于是，在一车间检查工段成立了水泵组，黄国城被提拔为组长，一干就是 8 年。

他这一生干得最漂亮的一件事就是"老虎口里拔牙。"

1972 年的某一天，中细碎设备坏了，没有配件，无法检修，但生产不能停。

孙宗介找到他，问他有办法没有呢？

他说："给我一个班时间，试一试看吧，我一定想办法把破碎的矿石送到球磨机里。"

在水冶生线上工作了 8 年，所有的设备性能，他基本上都摸透了。哪里能够改变，哪里可以改造，哪些设备可以替代，他心中有数。

那天中午，黄国城在工地食堂吃了饭，饭后他没有休息，带上两个最得意的徒弟：周华春（后任二七二厂厂长）、黄华信（后任中层领导），背着工具袋向老虎口走去。

水冶生产线是连动作业，矿石用火车运送到矿仓后，再用10吨的大吊车将矿石抓到漏斗里，用皮带运送到老虎口破碎，经老虎口破碎的矿石，也就鸡蛋大一点，再经过中细碎后，用皮带送到球磨机磨成矿浆。现在，中细碎设备坏了，球磨机上面漏斗的矿石，只有一两个班料，如果不及时修好设备供料，就会影响全厂生产。

黄国城边走边想，暗下决心，既然在孙主任面前表了态，就一定要想出办法来。

跟在身后的两个徒弟不解地问："师傅，中细碎设备坏了，我们到老虎口来做什么呢？"

"中细碎的铜套坏了，要花好几万才能买回新的配件，我们到老虎口里来拔牙。"

"老虎口里拔牙？"徒弟惊讶，不敢说话。

黄国城放下工具后，围绕着老虎口转了好几圈，让徒弟们把老虎口里遗漏的矿石清空。掏出一把卷尺，对着老虎口里的一排虎牙，量了又量。最后，却开怀大笑了起来。

"徒弟们，拿工具来。"

孙宗介来了，看到他和往常一样钻进了"老虎口"。气割枪喷射的火花在飞溅，炙热的火苗烤得他皮肉火辣辣地发痛，他一声不吭地割着铁齿耙，汗水如注。

"黄师傅，小心烧着腿！"孙宗介有点不放心地大喊。

"师傅，你上来，我替你一下！"徒弟们有点担心。

“不用，我行……”

熔化的铁齿，被割得七零八落。

他蹲在老虎口底对徒弟们说：“把我们准备好的新的铁耙子放下来。”

一会儿，电焊的火花在老虎口激情四射……两个小时后，新的铁耙被焊接好了。黄国城被徒弟拉到破矿口时，就瘫倒在机台边，身子蜷缩着，徒弟们把黄师傅扶到休息室。孙宗介掏出他心爱的“大前门”香烟，一根接一根地给黄师傅敬烟。黄国城也不客气，领导敬烟，必须得接啊！

当孙宗介把最后一根烟敬给黄国城时，黄国城爽朗地笑了，对孙宗介说：“走，我们去老虎口试试设备，看新装的耙子比中细破碎的矿石相差多少呢？”

岗位工启动电机，“轰、轰、轰……”的矿石破碎声震耳欲聋。

孙宗介随手从皮带上抓起一块小石子，一量，惊人的欢喜。

“黄师傅，我们成功了！”

黄国城技术好，在二七二厂是出了名的大工匠。1984年，他被化工分厂厂长周密点名，调去检修段任段长，一直干到1991年退休。

☆**故事新语：**

一切艰难困苦和成功喜悦都有压力山大的痕迹，放弃与挺住、缴械与拼搏，前者败走麦城，后者险中求胜，二者境界泾渭分明。

第十四节　家风核情

76.毕生愿做拓荒牛

20世纪50年代，在中国大力发展核工业、迫切想要拥有自己的“两弹”的历史大背景下，中核二三公司于1958年成立，从成立的那天起，就担当起涉及“国家命运”的核工程的建设主角。当时公司主要承担的工程厂址分别处于戈壁荒滩、黄河谷地以及茫茫大草原上。地处这种环境，条件、气候、交通之艰苦困难，大家可想而知。西安交大毕业

周爱德

的周爱德当时被分到五〇四工地，当一名技术人员。五〇四地处黄河岸边，大铁路桥横跨黄河，这是“进出”的唯一通道。住和办公全是“干打垒”式土房；吃的是杂粮面、土豆，还有总理给的特殊照顾——每月 3 斤黄豆；睡的床铺是两条板凳、一块床板加上稻草为褥子；抽烟是最廉价的香烟，7 分钱一包。

生活条件如此艰苦，工作却如同“号令”，大家不需要什么布置，很自觉地处理工作中遇到的技术问题。那时候，他们不分白天黑夜，不分工作日星期天，只要有工作，大家就自觉自愿去做。技术人员中甚至有一种你追我赶的“攀比劲”，除有活动外，大家都往办公室里钻，或学习、或写信、或工作，让人感觉如果躺在床板上胡思乱想就会被人耻笑。由于技术复杂，工艺要求高，周爱德他们经常遇到技术难题。譬如大管径紫铜管焊接，那时还没有出现氩弧焊，所需要的焊剂、焊药市场上无法购买到，得自己配制焊药、自制焊条。为此，他夜以继日地查阅资料，与工人师傅们反复试验，成功配制了焊药，但试验后出现焊口开裂问题，于是，又结合书本知识不断摸索、不断调整试验，最终成功攻克了难关。除此以外，他解决了铜、铝、不锈钢、铅、高铬合金等工程物项的焊接任务，和工人一起开展了电气焊、CO_2 焊、钎焊、氩弧焊等工作。就这样西安交大毕业的高材生成了工人师傅最信得过的“好师傅”。

问及是什么让这些名牌院校毕业的大学生在这种艰苦环境下安下心、全心全意地投入工作，周爱德略加思索地回答，客观上是大环境，苏联专家撤走，工程要上，形势紧迫，工作压你往前走，等待你去解决；主观上是大家进入核工业从事崇高事业的荣誉感、责任心、事业心和使命感，正是这种信念和力量支持核工业人日复一日、年复一年，在艰苦环境下坚持完成任务。

☆**故事新语：**

创业路上过来的人，都知道越是艰难越是向前，不论你是普通的工人，还是名校的毕业生，甚至是名气很大的专家学者，大家都是以创业的名义走到一起来的，聚焦在创业的旗帜下，谁是将军谁是兵不重要，重要的是献出青春创辉煌。辉煌的事业塑造大写的人！

77.不是科班出身的大专家

郭景田出生在东北农村的一个农户人家，在家排行老小，父亲希望他出人头地，所以，一直供他读书。由于他聪明好学，1941 年，同时考上了当时东北的两所学校，即东北铁道学校和“满洲合成燃料株式会社技术养成所”。他最终选择了后者，就读的学校以石油化工和分析化学为主要内容。毕业后在该厂参加工作。东北解放后，厂子回到了人民手里。为了新中国的建设，党开始注重培养知识分子队伍，1950 年后，他走进了业余学校的课堂。扎实的文化功底，后来的基层工作经验以及大量的专业学习、项目攻关，为他日后几十年从事生产技术管理岗位打下了坚实的基础。

20 世纪 60 年代，中国在取得了原子弹、氢弹的突破和武器化成果的基础上，核武器研制人员再接再厉，决心从改进武器结构、热核材料组成等方面入手，给氢弹“瘦身”，研制体积小、当量大、投弹重量轻的新型氢弹，以提高战略武器的突防能力和命中精度。

历史的重任赋予了四〇四厂。两弹元勋邓稼先来到大漠，向四〇四厂做技术交底。当时郭景田是四〇四厂生产技术方面的管理者，责无旁贷地挑起了组织新型氢弹核心部件研制的重担。

要造出新型氢弹，原理试验必不可少。

作为原理试验所用的产品，大家是第一次接触。对其物理、化学性质，一无所知。四〇四厂的生产加工人员，经过反复研究，多次摸索，克服了从产品的合成、控制、成型到机械加工的道道难关。

新型热核材料生产工艺全程走通后，正式投料。材料合成、压制、机械加工、理化检验、光谱质谱分析等环节密切协同，精心操作，新型热核材料终于研制成功。核心部件正式组装那天，邓稼先等专家亲临现场，与大家分享初战告捷的喜悦。

北京通话的一方是两弹功勋于敏，而工地这一方则是邓稼先和郭景田。通话的内容不是简单的数据汇报，而是当场验证。

郭景田曾与于敏同志多次通话，但他们见面机会却只有一次。那一年，他去北京开会，于敏找到他主要谈利用同位素研制心脏起搏器的能源问题。郭景田深深被这位老科学家对工作的认真态度、聪慧的头脑所感动。他与于敏有过这样数以百计的通话，而且都是在夜间通宵进行。他说，邓稼先从外地来到工地，需要一个适应过程，感冒、咳嗽是常有的事，只有住进医院才算有病，这是攻坚战斗，轻伤不下火线。

在严格保密和保卫下，郭景田乘坐军用飞机押运产品直抵马兰机场，并受到李觉副部长、赵敬璞副部长以及九院领导的热情接待。

1976年9月26日凌晨1时，当郭景田前往爆炸现场时，邓稼先还到他面前说："老郭，你看有啥问题？"他立即答复："你放心，没问题，一定能圆满成功。"试验前他虽表现出轻松自若之态，但忐忑心境是不言而喻的。9月26日上午，他与各军兵种和各省、部有关人员陆续到达核试验场，在10公里以外处观看爆炸现场。身为总指挥的杨勇同志乘坐直升机多次往返于靶心与机场之间，作最后的巡察。随后，杨勇、郭林祥同志又一次向在核试验中担当任务的各军兵种讲话，从广播中播放试验场的注意事项，并给每个参观者发了防护眼镜。为了活跃气氛，国防科工委文工团的同志还给大家表演了节目。当核试验一切准备就绪，静候佳音时，广播中传来振奋人心的声音，叫大家注意前方。这时装弹飞机已冲云破雾，飞向靶心。当飞机投弹后立即拨高飞翔时，听到传来10、9、…、3、2、1起爆的读秒声音，立即感到光束一闪而过，瞬间即听到剧烈的爆炸声音，巨大的火球拔地而起，蘑菇烟云升上云天。试验成功了的欢呼声形成了沸腾的海洋。快速监测人员利用各种手段，测量火球，以期能立即得到爆炸当量。取样的飞机在蘑菇烟云中穿梭往来，以期取得正确的代表样品，以便能准确地核实爆炸当量。这时，作为这次试验所用核弹总设计师的邓稼先的心才像一块石头落了地，以轻松、喜悦的心情和郭景田谈论这次试验的伟大意义和下一步更大当量的试验。爆炸成功的第二天，中央广播电视台称“这是一次新的热核材料爆炸试验”，并对所取得的成功给予高度评价。郭景田一行带着胜利的喜悦和部领导的嘱托乘专机凯旋。

后来，郭景田被聘任中国核学会理事，享受国务院特殊津贴。能够获此殊荣的多数是留学归来的科学家或清华大学毕业的高材生，唯有郭景田不是科班出身，却成为核领域的大师级人物。

☆**故事新语：**

第一批从事核工业的精英人才，并非都是科学巨匠或名牌大学背景，倒是有不少土专家，他们比洋专家一点也不差。所以，当遇到苏联专家撤走的特殊时刻，他们迅速填补真空，化危机于无形，使创业的日子波澜不惊，留下了中国核工业得以延续的火种，照亮四方。

78.核二代的家国梦

家核有缘

“1958 年 6 月，当时的二机部到东北沈阳铁路局选调一批干部到西北，去从事一项国家急需的重点工程。我呢，作为一名军代表，是党员，家庭出身是贫农，不满四十岁，经受住了三年抗美援朝战争的考验，且经过二机部和沈阳铁路局的联合考核、审查，以‘根正苗红’得天优势，列为到西北‘支援国家重点工程建设人选’，从此全家到了兰州，到了五〇四厂。”关伟宏清楚地记得，父亲是在他上学之后，才告诉他全家到五〇四厂的来由。到厂后，父亲作为工厂中

关伟宏（左二）接受厂电视站采访

层干部，先后在运输科、第七车间（供热车间）、第十车间（基建维修车间）、基建处等单位工作，且一干就是 21 年。

1959 年出生在五〇四厂的关伟宏，是土生土长的核二代，上有三个哥哥、一个姐姐，他排行老五，是家里最小的“老疙瘩”，见证了工厂的变迁，目睹了全家的生活、工作、学习。

“那时候，建厂初期，正赶上三年自然灾害，苏联又撤走专家，雪上加霜，生活太苦了”，母亲曾在教育我不要剩饭、浪费粮食时，深有感触的现身说法：“你爸他们白天干活工作，晚上回到家，又没吃的，肚子又饿，怎么办？就用酱油膏兑开水，以此充饥。”他父亲也说：“那时候，太多人浮肿，我的小腿也是一摁一个坑，人呢，乏力无劲。但党中央，没有忘记我们。1962 年，经周总理特批，给五〇四厂先后调拨两批黄豆 30 余万斤，有效地解决了职工食品匮乏的困难，缓解了大家的浮肿。”

尽管当年的五〇四厂，面临生活困难，条件恶劣，但是父亲和五〇四厂的第一代开拓者们，无怨无悔，用自己辛勤的汗水，艰辛的劳作，于 1964 年 1 月 14 日，终于拿出了合格产品。

“受父辈的影响，我总觉得核工业是个伟大的事业，是个让人敬仰崇拜的事业”，他的大哥在和兄弟几人交谈中，表露出对核工业的向往之情，为此，大哥当时报考大学的志愿就是兰州大学核物理系，一来大学离家近，二来学到了与核有关的大学，大哥他自己说："常在家里听父亲说，核工业、主机、铀产品等，耳熟能详，印象太深"，家庭的熏陶，父辈的教诲，使他选择了与核有关的大学专业。

大哥毕业，选择了五〇四厂，二哥工作，也在五〇四厂，他自己在结束了三年知青下乡锻炼之后，也回到了五〇四厂，媳妇也都是五〇四厂的。看着一家人在五〇四厂各单位忙忙碌碌，默默为核工业做着自己的贡献，大家感慨万千："我们家与'核'有缘！"

每当提起五〇四厂，提起核工业，父亲似乎总有说不完的话，他曾多次自豪地对孩子们说：一生中，让我最难忘的时刻，莫过于1964年。1964年1月14日，五〇四厂拿出合格产品；1月18日，毛主席在五〇四厂首次取得合格产品的报告上批示"已阅，很好"；4月12日，邓小平到五〇四厂视察工作；10月16日，由五〇四厂提供核装料的我国第一颗原子弹爆炸成功。

一次次岁月磨砺，一轮轮实践熔炼，打造出了一支坚如磐石，勇往直前的钢铁队伍。父辈们，用自己开拓者的足迹，创造了中国核工业从无到有的奇迹，开创了中国扩散法生产核燃料的先河。他们的业绩，将与日月同辉，他们的精神，将彪炳史册，永放光芒！

薪火相传

“不漏了！不漏了！终于修好了”，听着刚进家的父亲兴高采烈的说话声，围坐在饭桌上的一家人，相互目视，不知发生了什么？原来厂里的1号大厅屋顶漏雨，厂里要求尽快修好，于是父亲带着职工上了1号大厅室外的屋顶，清理疑似漏雨点，铺油毛毡、浇沥青，完成了一道道防水处理工序，这天恰好又下雨，父亲他们又进了厂房再次查看屋顶漏雨点，直到确认厂房房顶真的修好，不漏雨，才回家，这才有了刚才发生的一幕。事后，父亲说：“1号大厅，是主工艺生产厂房，里头的主机可是咱工厂、咱国家的宝贝。如果厂房漏雨，雨水滴进了主机，造成主机停机，工艺中断，后果极为严重，必须把它修好。”平凡的语言，通俗的表白，表现出了父辈们“严细、求实、奋进”的工作精神，也诠释了“事业高于一切、责任重于一切、严细融入一切、进取成就一切”核工业精神的真谛，父辈们严细的工作作风，深深地影响教育着他们这些核二代。

关伟宏是1976年3月下乡锻炼，1979年7月父亲退休顶替回厂工作的。他骑着父亲留下来的“飞鸽”自行车，拿着父亲用过的饭盒，穿着父亲用过的雨衣，沿着父亲走过的二十多年上班之路，去工作上班，周围的邻居们都曾调侃他：“你可真是全面顶替上班。”

公司领导为关伟宏颁发荣誉证书

在五〇四厂的三十多年里，他先后在四个基层单位生产工作过，当过工人、干事、团支部书记、办公室主任、工会主席、党总支书记等，无论干什么工作，他都能秉承父辈们严细求实的工作作风，认真地去干好每一项工作。2014 年，他所在的车间工会被甘肃省总工会、中华全国总工会分别授予“模范职工小家”荣誉称号。他在 2016 年 6 月，也被甘肃省总工会授予“三十年工会工作者”荣誉称号，还连续三年被评为甘肃省工信委“优秀党务工作者”。他的经历，成为五〇四厂核二代成长缩影。

岁月如歌。用诗人艾青的一句话，来表达核二代对五〇四厂的深深眷恋：“为什么我的眼里常含泪水，因为我对这土地爱得深沉。”

☆**故事新语：**

核二代们是幸福的，也是执著的。他们走过父辈的路，接过父辈的旗，创业续新篇。不指望天天是“人间四月天”，与核相伴就意味着忘记春秋不问冬夏，只需要以创业为情操，以创业为规则，把每年每月每天乃至每时每刻，都过成有创业初心映照的创业时光。

79.热情相拥的恋人

1956 年毕业于成都化工学院的周裕常，学业成绩优异，被选进国务院技术局，后被选调进有色金属研究院专家组，专门从事铀水冶实验。1961 年，被调到衡阳，参加衡阳铀厂的建设。

衡阳铀厂作为中国第一座铀水冶纯化厂，1958 年在衡阳市郊区拓荒兴建，这里原是一个劳改农场所在地。

周裕常夫妇住过的老平房

那个时候，凡是与核工业有关的产业都是保密的，上不告父母，下不传妻儿。裕常刚结婚 7 天，蜜月还没过完，组织上就调他去三线工厂，还不告诉具体去什么地方。他回来对妻子说，要出趟差，得去一段时间，还得带上行李。妻子难分难舍地把他送走了。敞篷大卡车带走了她的新婚丈夫，裕常的妻子追在车后跑了很远，满脸糊着汽车扬起的尘土，被泪水冲出了几道印痕……

周裕常几经辗转来到衡阳，汇聚到几千人的队伍中，这个队伍中有专家、工人、军人，也有民工。

这里没有住房，工人们只能住劳改厂留下的牛棚、马厩、羊圈、猪圈，一切都是白手起家。

住下之后，他给妻子写了信，没告诉自己在什么地方。只告诉了出差地点的信箱。妻子回信说，组织上已决定让她也出差，去哪里干什么还不知道，等以后再告诉他。

工地上的生活用水都是靠水车从很远的地方运来。3 个月之后的一天早晨，周裕常拎着水桶去运水点接水，在一丛灌木前，发现了一个女同志，他一下子愣住了，因为眼前的人不是别人，正是自己日夜思念的新婚妻子……而妻子也认出了周裕常，哐当一声水壶掉在地上，接着妻子喊了一声："裕常——"两人同时向对方奔跑过去，跑到对面，又都霎时止住了脚，几乎同时问对方："你不是出差了吗？怎么会在这里？"……

两人流着泪，又笑着，这样的邂逅，简直就跟电影上的情节一样。

组织上知道了，让他们夫妻俩住在一起。他和妻子住在一个四面透风的土房里，没有饭锅，用瓦盆煮饭，冬天冷，自己用泥做个火盆烤火取暖。没有粮食就去挖野菜熬汤充饥。虽然如此，谁也不觉得苦，都觉得组织选中自己来干一项伟大的事业，再苦再累也光荣。

厂里当时没有一条路铺水泥、柏油，所有的路都是泥路。许多人没有胶鞋票买胶鞋，只得穿着解放鞋去，一遇雨天泥水多，往往一到生产车间，就是一鞋的泥水。

1960 年，中苏交恶，苏方撤走专家，撕毁合同。当时，苏联专家没留下任何核心技术，技术人员们在试生产中遭遇到了 26 个方面，总计 148 个较大的技术难题，这些难题几乎涵盖了设计、工艺、分析、设备等所有的流程，这表明要生产出合格的铀产品，一切都要靠自己。

这些问题反映到二机部后，二机部党组及时发出了“自力更生过技术关”“摸着石头过河”的指示，并及时向国务院进行报告，请求从全国抽调一批专家进行“会诊”。周裕常作为一名工程技术员参加了那次在衡阳市交际处（现为衡阳雁城宾馆）召开的湖南一厂（即现在的二七二厂）科学技术现场会议，并作了题为《关于四一四厂（即二七二厂）水冶工艺试验研究工作的情况》报告。

这次会议是在我国第一座铀水冶纯化厂试车、试生产前夕，为攻克技术难关，顺利进行试生产，在钱三强副部长的建议下，经部党组批准，并做了明确指示后召开的一次非常重要的会议。会议从1962年的1月8日开到27日，一连开了20天。会议在五局许淦和十二局郭士民副局长的主持下，部局的代表和来自中国科学院、上海、长春、江西、长沙的专家学者共149名，原子能研究所副所长汪德熙、科学院上海有机所研究员袁承业等知名教授作了学术报告。就二七二厂生产准备中存在的工艺、分析、设计等148个重大技术难题进行分组讨论，审定了二七二厂生产铀产品的质量标准、技术措施和解决方案。

在此次会议后，一大批来自武钢等大型企业的高级技师也被选派到了二七二厂，参与难题的解决。历经两年的艰辛攻关，二七二厂的干部、职工就攻克了“五关”，即安全防护关、自动控制关、设备维修关、原材料供应关和化验分析关，先后解决了500多个技术问题。1962年9月11日，经过一系列的准备，开始了第一次试生产。

经过三天三夜的奋战，1962年9月14日，纯化车间生产的铀产品完全合格，实现了梦寐以求的目标。从此，中国结束了不能生产铀产品的历史，为后续生产创造了条件，为中国第一颗原子弹爆炸试验赢得了十分宝贵的时间。

☆**故事新语：**

你的天真，他的无邪；你的剔透，她的玲珑。为了事业，为了创业，初心注定火热。你是拥抱太阳的月亮，他是拥抱月亮的太阳。核工业人不缺浪漫芳华，即使雄关远隔，万水亦可拥抱千山，溪流亦可拥抱大海。

80.红杜鹃

20 世纪 70 年代末的一天，独自在南京安营扎寨的耿明，接到妹妹发来的家书，洋洋洒洒四大张信纸，大意是：戎马半生的老爸，最终告别空军，落脚在湖南郴州许家洞，一座紧挨着南北大动脉京广铁路的矿山，代号“七一一”。

郴州？闻所未闻的一个地名。查了一下手头的分省地图册，才知道这个位于南岭山脉北侧的小城。

“蛮瘴之地，发配岭南”？怀着满腹狐疑，尽可能多地搜集相关七一一的信息后，才知道在这“湘之最南”的大山里，隐藏着惊天的秘密：1964 年 10 月 16 日第一颗原子弹爆炸，1967 年 6 月 17 日第一颗氢弹爆炸，其中的关键物质“铀”，就是由这些最早的铀矿奉献的。

这年的春节，耿明从南京出发，到上海转乘 49 次特快列车，咣咣当当了 30 多小时后，双脚终于踏在“许家洞”这片略带神秘的土地上。四等小站，环顾皆山，上下火车的人屈指可数，倒也符合保密代号企业的气氛。

摸到父母的新家后，首先映入眼帘的，是阳台上几盆怒放的红色盆栽，老妈说这是杜鹃花，也叫映山红，是这矿区的一大特产，那开心喜庆之情溢于言表。

春节期间，家里人来人往，人们的言语既有北调，亦有南腔。老爸说这七一一矿的员工来自五湖四海，当初选调的政审标准很严，与入伍参军比起来，更是有过之而无不及。“七一一的人，能吃苦，肯奉献，短短几年就把荒山变成了现代化的矿区，没有他们的奉献，我国的核威慑有可能推迟数年。”老爸的评价中，满含着赞赏与敬重。

结束探亲休假之时，七一一矿一位老党委书记的女儿来送行，其父东北解放之前，是老爸家乡的区委书记，老爸参军入伍，就是这位区委大员摸黑进村抓的“壮丁”。真是山不转水转，30年后居然殊途同归，都进了核工业的大门。她不容置疑地对耿明说：“以后不要春节回来，最好赶到清明前后回来，这样就可以看到咱七一一最美的漫山遍野的映山红啦！”

那大大咧咧的言谈举止，外人看来是十足的“矿山范儿”。

真正领略“最美七一一”，已是几年以后的事情了。

为了接幼子回南京，耿明选择了一个“人间四月天”的时间段，携妻返乡（对于这些小时候经常随军辗转的人来说，父母在哪，哪就是家乡）。妻刚进父母家，就被窗外的景致吸引——只见京广铁路东南侧那道山岭，从山脚一直到山顶，一水儿的红杜鹃，曾经把麦苗当成韭菜闹出笑话的

“孩儿他娘”，怯怯地问：“这是什么花，怎么这么多，怎么这么好看？”当得知这就是电影《闪闪的红星》主题歌里的“映山红”后，兴奋得不顾舟车劳顿，立马抱着孩子拾级而上，融入花的海洋。接近山顶时回望，只见七一一矿区绿水擦肩而过，青山掩映在花团锦簇的映山红中，果然是最美人间四月天，让人流连忘返！

20 世纪 80 年代中期，老爸年龄到线，被安置在了中原郑州，两个妹妹也随着国民经济调整，与一大批七一一的员工一起，从核工业领域转战到山西西山矿务局，从挖铀矿改为挖煤矿。此去一晃 30 年，七一一再无至亲，他也只能遥想七一一的红杜鹃。

其间，母亲几次下令让他从南京给她带些红杜鹃。可惜，那些盆栽在郑州不好养活，全部花开花谢后便枯萎了，来年再无欣欣向荣之态。她老人家不甘心，提出让他去郴州自驾游，方便的话要给她拉两株“七一一”红杜鹃回来。

在老人家的内心深处，到底是红杜鹃牵扯出他们对“七一一”的思念，还是珍存的“七一一”情节魂牵梦绕出那一年一度的漫山遍野映山红？

也许，二者早已融为一个整体，像映山红一样植入脑海里！

☆**故事新语：**

杜鹃花，又称山踯躅、山石榴、映山红，是中国十大传统名花之一。传说杜鹃花是由一种鸟吐血染成的。当春季满山红开放时，满山鲜艳，像彩霞绕林，唤起了人们对生活热烈美好的感情，它也象征着国家的繁荣富强和人民的幸福生活。核工业人的初心不正是血色浪漫的红杜鹃吗？满山好风景，映照创业路。

第八章

第十五节　创新之核

81.一个核二代的工匠梦

他叫曹子昆，全国技术能手、中核建中核燃料元件有限公司高级技师，负责精密仪器维修，大家都叫他“曹大夫”。

之所以称之为“大夫”，是因为他在设备故障时解决了“看病难、看病贵”的问题，节约了大量设备采购维修费用，也为完成生产任务赢得了宝贵时间。在中核集团，有很多像曹子昆一样的工人师傅，他们在平凡岗位上，薪火相传的不仅仅是技术、经验，还有“精于工、匠于心、品于行”的工匠精神。

曹子昆

了不得的中国工匠

2008 年 12 月 10 日，三车间零部件加工车间大厅。

21 点 30 分，法国 TECHMETA 公司工程师 Mr. COUDERT 正在公司紧张地进行电子束焊机的安装调试工作。

这是中核建中核燃料元件有限公司第一次从法国引进电子束焊机，然而在电子束焊机调试过程中出现了问题。由于时差原因，当时法国工程师 Mr.COUDERT 不能及时从法国获得技术支持，只能等待。

法国是核能开发利用的强国，加工设备制造等在世界上都是首屈一指。设备调试每晚一天，生产就会被推后一天，怎么办？现场人们的心又一次揪在了一起。跟随其后的曹子昆师傅此时已在心中暗自思谋维修对策，在得到法国工程师 Mr.COUDERT 同意后，他大胆操作，凭着自己多年的数控设备维修经验，很快将机械轴零位调好。

法国工程师 Mr.COUDERT 竖起了大拇指，“中国工匠了不得”“中国工匠不得了”。

类似的一幕经常在中核建中上演。在为华龙一号研制 CF3 核燃料元件时，三车间进口激光焊焊机在生产过程中突然损坏无法正常生产。该设备是生产 CF3 燃料组件格架的关键设备，控制系统都是国外技术，在国内没有维修经验可以借鉴。

如果要等国外专家来维修，将无法按时完成生产。紧急情况下，曹子昆又一次承担下任务。他用独特的“听、看、查”的方法很快找到了故障原因，只用了两天就使激光焊焊机正常运行了。

其实，曹子昆把每一个需要维修的产品当成自己的孩子，为自己的孩子看病，还有谁比自己更上心呢。

他对自己维修过的数百台设备都建立了技术档案，分门别类，一年一年，笔记本就像一个长大的孩子一样不断摞高，到现在，累计达 30 余本、10 余万字，这也让曹子昆练就了“独门绝活”。多年来，曹子昆与精修班一道完成了包括 200 多套关键设备的抢修，这些金贵的设备，还没有因电器故障请外国或国内专家来公司维修过。

坚守 30 年的维修工

曹子昆是“核二代”，出生在一个普通核工业工人家庭。父母都是厂里普通工人，他出生那会儿，正值工厂创业阶段，父母经常工作到很晚才回家。

曹子昆在维修检测设备

放学后的曹子昆经常蹲在自家门口等爸妈回家做饭。曹子昆会问父母：“同学家的爸妈很早就下班回家了，你们为什么这么晚？”母亲对他说：“是爸妈工作和别人工作不一样，长大了你就懂了。”

后来他才知道当时正值核工业建设关键时期，曹子昆的父母正是这千千万万核工业建设者中的一员。曹子昆在这个核工业的摇篮里长大，让他对核事业激情满怀。他曾数次站在父母工作的厂门口，凝望里面一排排整齐的厂房，倾听厂房里机器发出的各种声音，坚定着“学好技术，报效国家”的强烈愿望。1989 年，从技校毕业后，曹子昆听从父亲“当一名好工人”嘱托，进入了中核建中维修车间工作。

在工作中他总是有浑身使不完的劲，从不拈轻怕重，交给他什么任务都执行，不懂就虚心向老师傅请教，不少曹子昆父亲的同事都和他开玩笑：“老曹，你娃儿可以哦，这也问那也问，硬要把我们这些老家伙的手艺都学完了。”

现在，当年与曹子昆一同在技校学习仪表的同学，如今还奋战在精密仪器仪表维修第一线的也只剩下他一个人了。从业 30 年，曹子昆就这样认准了自己的目标，一路坚持走下去。

热心肠的“曹大夫”

“曹大夫”还特别热心公益事业。在 1996 年联系资助了陕西一名失学儿童，直至她小学毕业。他总说我们都是从农村出来的，知道对于农村困难家庭的孩子上学是件奢侈的事，困难家庭往往放弃供孩子上学，尤其是女孩子。曹子昆说：“只要她一直想上学我就一直资助她。”

在为汶川、玉树等灾区和贫困地区捐款捐物时，曹子昆作为一名党员总是带头参与。现在，维修安装部成立了“曹子昆爱心志愿团队”，大家利用节假日和周末休息时间走进天池敬老院，为敬老院义务修理电视机、录音机、热水器等日用家电，将慰问品带进天池敬老院32位老人的心田。

曹子昆爱心志愿团队

同时，每年3月学雷锋日，他都会和青年志愿者们一起在生活区设点为小区居民义务修理电视机、录音机、热水器等日用家电。日常生活中，生活区里的孤寡老人的电视机、电冰箱、洗衣机等家电有故障了，他都上门进行修理。

谈起这些，曹子昆的理由很简单：“我们现在的生活比他们好很多倍，捐款是我们的心意，众人拾柴火焰高，我们的力量集中起来总能对他们的生活有所改善。”

☆故事新语：

幸福都是奋斗出来的，成功都是创业出来的。核二代明亮开阔的心胸和风景，是核工业走进新时代、实现中核梦的强大背景。也许不再是宁静致远，而是创业致远。而且，只有以创业致青春，核工业精神才能够传承红色基因，永葆青春本色！

82. “方雷氏”

从事核燃料组件科技创新的人，都有一种现代“方雷氏”的感觉。

方雷氏，是黄帝的一位高贵典雅、和蔼智慧的王妃。华夏上古文明时期，受鱼骨启发，方雷氏发明了木梳。

国内首条 AP1000 核燃料组件生产线上，也有这样一位“方雷氏”，她发明的“梳子”不是用来梳理蓬头乱发的，而是用于“捋顺”国产化 AP1000 核燃料组件格架中的条带的。

AP1000 核燃料组件格架，是构成核燃料组件的关键部件，它由 32 条内条带、4 条外条带组成，是具有“蜂窝”状的金属框架。作用是夹持、固定燃料棒，保持燃料棒在骨架内的步距，不仅确保了组件的运输安全，更确保了组件在反应堆内的安全“燃烧”。

条带经过组装，在经过焊接、在线检验等多道工艺，就变成了格架。然而每个条带犹如一把小学生用的“超薄直尺”，这把“超薄直尺”的表面凸凹不平，上面有近 50 个凸起。工作人员就是要将这样的 32 条“超薄直尺”横竖插接，“编”成方形“蜂窝”状的格架，其难度可想而知。

AP1000 核燃料组件生产线格架组组长侯雪介绍，条带插到组装板的凹槽内时，竖着的 16 条条带在组装板上并不老实，东倒西歪的，横着的那 16 条很难插进去，需要操作人员手工逐一对正。尤其是插第一条被称为 8 号的条带时，可能要耗时十几分钟。

这样的生产速度，很难满足组件的生产需要。侯雪说，必须要想办法解决这个问题，不然就会拖组件批量化生产的后腿。

对于国内首条 AP1000 核电燃料元件生产线来讲，格架制造没有任何参考和经验可借鉴。侯雪反复研究格架的结构，她发现，横向的第一条条带，也就是 8 号条带插入后，再插入其他的横向条带就变得容易得多。受到 8 号条带这个“鱼骨”启发的侯雪，开始寻找能替代这个“鱼骨”的工具。岗位人员提出可以使用和条带同样厚度的条形工具，但经实操检验，条形工具并不能有效“捋顺”、固定条带。

侯雪发现岗位上有调试设备剩余的简易条带，该条带只冲制了和条带相同步距的细槽，没有凸起结构，外形犹如一把梳子，于是她用这个替代条形工具进行格架的组装，事实证明她找到了心目中的那把“木梳”，经过简单的改装，第一个用于格架条带组装的“梳子”就这样诞生了，但他们发现梳齿的倒角较小，插接比较费时费力，后来改变了倒角形状，就变得很简便快捷。既提高了效率，又保证了格架组装质量。

☆故事新语：

能知晓“方雷氏”的人很少很少，能拿“方雷氏”比喻核相关产品的人，也是脑洞大开。欲知前世因，先查“方雷氏”。神秘二〇二，真的不一般。

83.三个女值长

早就想写写她们了：兰州铀浓缩有限公司第一车间的三个主工艺女值长。

在主工艺运行岗位上，要当好能串联各个环节、各个工种、各个现场、各个流程的值长，想象中肯定得是“狠角色”。然而，当女值长的身影出现在主工艺运行的这个地盘时，人们就会惊喜地发现：趟过“运行河”的女人拥有并刻录了最美的时光！

目前，在第一车间十几个值长中，女值长只有她们仨：马耀华、田国琴、王利娜。

马耀华

为什么要写她们？理由有三：一是她们在主工艺运行岗位上特别显眼，女值长的身份别具一格；二是她们都是独当一面的行家里手，在这个责任重大的岗位上作用突出；三是她们重任在肩而不惧压力，在困难面前高接低挡、应对自如、令人称奇。

先说她们的共性吧：她们都是从主工艺运行岗位上历练多年的能工巧匠，能攻善守，能征惯战，见多识广，处变不惊，堪当大任；她们都是能钻善研的学习型值长，在团队里属于男职工女职工共同信任的技术流，智慧超群，内力出众，拿得起放得下，吃苦耐劳看得见，攻坚克难信得过；她们都是具有兰铀公司特色的精英型蓝领，也是我们心目中的不同凡响的领军型白领，这种蓝白相间的工作性质、文化品质和岗位气质，让她们的故事绽放着三朵金花的独一无二的芬芳。

马耀华，从机械行业转行到铀浓缩生产第一线的她，长期工作在主工艺控制室，始终如一地慧眼凝眸，小心翼翼地坚守着运行高地。她的眼里“维护就是爱护、保护、呵护、守护”。马耀华没有一天能够放得下心爱的岗位。她是这样想也是这样说的：“我自然而然地喜欢上自己的工作，并且慢慢就变成了热爱。我认为主工艺运行是我从事过的最好的工作，得有技术，得有胆量，得有敏锐度，这是我们工厂的心脏地带，所体现的肯定也是兰铀公司生产经营、技术能力和运行管理的总和。”马耀华在值长岗位上摸爬滚打这么多年，酸甜苦辣都见识过了，从兰州交通大学毕业参加工作到再读清华大学二学位，她是自己把自己推到铀浓缩技术核心岗位上的。累得不行的时候，她也哭过、怕过、委屈过、退缩过，但最终还是挺住了，坚持下来了，她还是蛮感激那些经历过的难关、困苦，虽然压力山大，可滚石上山的非凡感觉只有自己知道。她至今能记得每一次处置突发情况的每一个微小细节，她说在主控室里监控运行的日日夜夜里，最基本的状态就是两个字：“忘我”。一旦有异常情况出现，她的第一反应就是：“马耀华，考验你的时候到了！”这些年，经过她的手处理的大大小小的救险情、补缺口、查漏洞、排隐患有几百起，每一次她都觉得特别庆幸，都感谢身边所有的人、事、物、料、机给足面子。生性要强而乐观的她，莫非真有上天眷顾呢。

田国琴

田国琴，是在一期运行

岗位做值长。她是工厂子女，典型的核二代，也是和运行岗位朝夕相处时间最久的女值长。她的特点是爱学习，肯钻研，她认为工作中没有学不会的、没有啃不动的，她特别坚韧，韧性而不任性，她说主工艺运行岗位有规律，知规范、懂规矩、守规矩比什么都重要，不怕有险途、有压力，怕就怕漫无目地停下来、不思不想不干。她对整个一期工程17年的运行状况了如指掌——“了如值长”。她虽然不是科班出身，但从普通操作工做起，她积累的运行操作和运行管理心得十分丰厚，对工程建设和运行技术的把握掌控非常全面。她的一个巨大优势就是形成了极强的科研习惯，对运行中出现的正反两个方面的经验都持之以恒地加以提炼总结，写出来的科技论文或技术报告量多质优，很有科研内涵和参考价值，为工艺值长的创造性工作提供了范例。田国琴，是一个把运行岗位当作精神家园的守望者。她早已习惯了早出晚归的倒班日子，只要有蛛丝马迹的异常情况，她都是第一个到达现场的人，被称为“置身第一线、冲向第一站、打好第一仗的女值长”！

王利娜

王利娜，也拿过清华大学第二学

位，是个很有闯劲的年轻女值长。她干过的最漂亮的事就是有一次进行事故预演，还没开始呢，就真的发现异常波动状态，如不及时发现、正确判断、紧急处置、果断执行，很有可能就是一场事故降临，王利娜几乎忘了事故预演的事，完全沉浸到处理真实的事件，她全神贯注地肩负值长的责任，在第一时间做出精确判断，找到问题关键，发出合理指令，实施准确操作，在还只有短短十几秒的霎那间，将可能发生的险情控制住了，全身而退，没有造成损失。当天亲眼目睹到这一幕的领导和专家，都不约而同地说：预演变成了实操，事故变成了故事，真是过山车一样有惊无险，比设计的演练更有价值。其实，王利娜心里有数，这样的情况经历的太多了，如果不能眼观六路耳听八方，随时都可能手足无措。作为一个女值长，王利娜还是蛮幸福的，因为她真的是蛮拼的，爱拼才会赢，尤其是她把主工艺运行岗位描述成“梦工厂”，她能够清晰地捕捉到流水作业的动态美、过程美乃至不确定的美和小概率的美。有个小发现噢：王利娜还是个小才女，能写些山青水秀、真水无香的小散文，拿出来也很耐读，给工艺值长的岗位带来“红袖添香”的效果。

不要人夸颜色好，只留清气满乾坤。第一车间的三个女值长，各有各的风采：马耀华的精气神，田国琴的稳准狠，王利娜的严细实。

有时，我甚至想，她们，也不局限于她们，而是所有工作在主工艺运行岗位上的女工们，就像女孩们都喜欢的薰衣草一样，静静地，柔和地，盛开在大红山下，她们在看似平淡如水的倒班岗位上，明亮地释放着自己的知识、能力、情感，日夜兼程、默默守候、细细叮咛、严谨巡查、精心提示，平静地伴随着那些心电图般生动的仪表参数，散发着兰铀女工迷人的清香……那是她们馥郁的心香，浓郁的温情，隐隐有一种执著构成了与机器一起排列的花海。

由于她们从事的值长岗位工作性质，我不能什么都写，但我知道的、我了解的、我听说的、我见到的、我想到的，都指向了一个风景线：女值长的故事汇成了兰铀梦，她们精雕细刻的工作和精耕细作的人生，都那么精致、温馨，那么典雅、出彩——她们是兰铀人值得自豪的姊妹花！

☆故事新语：

心中有梦，所以柔软而坚强。在中核兰铀，她们首先是爱岗如家的人，其次才是拖家带口的女人。作为运行值长，男多女少，女值长凤毛麟角。优秀不是因为她们个人单独优秀，而是她们的团队优秀。你看，她们总是浅浅微笑，遇到困难也没有苦相，挂在嘴角腮边的笑靥如花，仿佛整个春天都在她们的心湖上泛着涟漪。

84.新厂中的老厂人

老厂人　大厂人

中核机械的成立和壮大，离不开核工业第一批厂矿的支持，技能人才，管理先锋，劳模工匠的输出，为机械厂的开端打下了坚实的基础，人们把这些经验丰富的老师傅，叫作新厂中的老厂人，新旧交替与融合，在这片青春的土地上天天都在上演。

故事的主人公是个平凡的普通人，他就是中核机械特种加工车间直属党支部书记于金波。

于金波（右一）

研制阶段车间员工只有19位新人，没有师傅，大家只能是边学边干。当时，中核机械面临完成经营目标任务的硬指标，特种加工车间如果不能顺利地完成设备零部件的工艺转化，实现批量化生产，那么公司的年计划任务就不能完成。“压力很大，车间所有的人几乎投入了所有的精力。”于金波说。

“还是不行。”2009年6月1日凌晨，于金波看着刚刚拿到的试验结果紧锁眉头。这已经是特种加工车间团队做的第6次性能试验了，但依旧不成功。因为产品的特殊性，无法参考借鉴，他们只能对比每一次试验结果差别，仔细查找细微之处的变化，以此为突破口，反复比对、讨论、尝试，慢慢摸索。

而每做一次试验就需要近半个多月的时间。长时间的全力以赴已经让车间工作人员疲惫不已，但为了抢时间，大家根本顾不上累不累，有时甚至连续几天坚守在试验现场，困了就在现场眯一会儿，大家“铆足了劲”，不断调整工艺参数，改进工装，稳定工艺过程。

2009年9月28日，随着最后一组试验的完成，于金波露出了微笑，“成功了！终于成功了！”在进行了近一年的性能试验后终于成功实现了工艺转化。从10月初，逐步开始关键零部件的批量生产，在仅剩3个月时间内完成了全年生产任务。

这位新厂中的老厂人没有停下前进的步伐，依然在新的岗位上兢兢业业奉献、勤勤恳恳工作，新厂在他心中就像是孩子一样，他依然保持着当年的热血和智慧在为新厂作贡献。

缘起缘聚　筑梦中核

短短十年时间，中核机械驶向了发展的快车道。走进车间你会看到忙碌在各个岗位上的员工，很多都是年轻的面孔，而与稚嫩的面孔形成反差的是他们娴熟的操作和精湛的技术，甚至每一个人都可以独当一面。

回想企业初创时期，大部分员工都是刚刚毕业的学生，无论是产品、生产流程，还是加工要领都不甚了解。而要实现批量生产，如果没有老师傅传、帮、带，产品的质量根本无法保证。如何培养青年员工尽快成长，成为企业增强竞争力和发展力的一项重要课题。

在实际工作中，传统的“口传式”传、帮、带已然无法满足生产急需成熟员工的需要，老师傅们总结出来的“绝活”，在传统的“口传面授”下，不能让所有员工都全部吸收，做到齐头并进。传承的不仅仅是技术，更要传承精神和文化，以“四个一切”的核工业精神为纽带，培育工匠、智造精品、兴核强国、服务社会。很多核三代选择在中核机械闯出一片天地，因为从小就在老厂长大，与“核”有着天然的亲近感，父母均是四〇四、五〇四、二〇二这样老牌核工业基地的员工不在少数，从小的耳濡目染，让他们对核事业有着强烈的憧憬和无上荣耀。

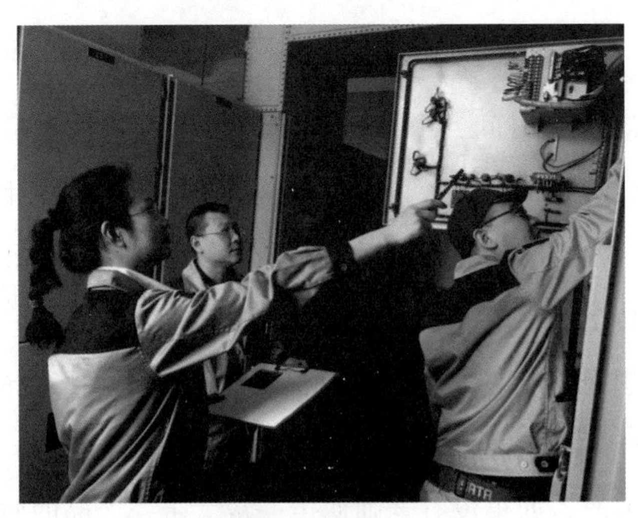

关碧云（左一）

年轻的工厂精益管理员关碧云，她的父母就是四〇五厂的职工，后来由于工作原因又调到核工业其他单位任职，正值毕业时期，她在父母的影响下毅然决然地选择了核事业，选择了与她一样成长中的中核（天津）机械厂。从小在老厂大院长大的经历，使她更加了解核工业的发展历程和优良传统，对整个核工业产业链条也有着较为清晰的认识，在产品的接收和转出上也有独特的见解，为公司提出了重要的物流流转方案。后来，她的父母相继退休，来到天津和她一起生活，在和父母交流过程中谈到了工作上的改善，她的父母不禁感叹，自从你们公司开展了精益管理，产品的质量稳步提高，并且派到其他公司的产品和单据也是井井有条，对中核机械的高水平、高素质作业无不表示赞许。公司领导无意间得知她的父母来到了天津生活，就发出邀请，希望他们来厂参观并提出宝贵的意见。两位老前辈走进现代化程度颇高的厂房，看到了年轻人忙碌的身影，不禁感慨我们的核事业后继有人！而中核机械活力、创新的氛围也给他们留下了深刻的印象。在展板前，小云亲自为父母介绍公司的精益改善项目，如组装线平衡率提升改善、专用设备零件加工布局改善、特种加工车间数控车改善、周转车防划伤改善等。

中核机械能够把年轻员工的父母邀请到工厂参观，既看到新厂，又看到新人，让他们领略核工业厚积薄发的力量。当所有的老厂焕发青春的时候，老厂也是新厂。当所有的新厂都能把老厂的优秀基因继承下来的时候，新厂也是老厂。无论新厂老厂，他们的根和魂都是核工业人的家国梦！

☆故事新语：

年轻的厂子几乎没老人，但有不少从老厂过来的人。很多高管都是从五〇四、四〇五那样的老厂调来的，他们有新厂梦、有老厂情。老厂人最大的特点就是爱和老厂的人说新厂的事，爱和新厂的人说老厂的事。通过说事讲文化、讲传承。

85.了不起的谭松培

20 世纪 80 年代中期，核八所承担了国家核能开发的重要科研项目，该项目涉及众多高新技术领域，可谓任重而道远。毕业于国防科技大学的谭松培同志满怀创业豪情，加入到这支肩负着攀登科技高峰神圣使命的队伍中。

谭松培同志从科研一线做起，经过不断磨炼，专业技术和管理能力逐步提高，1998 年 2 月，被聘任为核八所第七研究室主任，同年 6 月走上了核八所副所长的领导岗位。而科研事业往往并非坦途，而是充满曲折甚至风险。2003 年年初，想不到的事情发生了，科研产品出现严重的质量问题，科研工作顿时陷入困境。此时此刻，上级部门、八所领导、全体课题组人员的目光都聚焦在一处，有迷惘的，有自责的，有期盼的，而更多的则是不甘心。就在这关键时刻，谭松培同志站了出来，顶着巨大的压力立下了“军令状”：一个月之内解决问题。接下来的日子充满了艰辛，他们集思广益，充分发挥众人的聪明才智，终于在规定时间内克服困难完成了任务，并得到了有关方面的认可。

2006 年，为了更好地掌握某个关键设备，确保这个设备在今后的大规模生产中不出问题，谭松培同志毅然决定自主研发生产这个关键设备，掌握其中的关键技术。他带领一帮人说干就干，对每一个技术难点他都亲自过问，和技术人员一起钻研，争分夺秒，在半年的时间内取得了成功。虽然他的专业是复合材料，但他已对设备的机械和自动控制部分都了如指掌。

2011 年末，中核集团准备启动某关键设备的批量生产，在启动前的验证试验中，该设备的关键技术参数突然出现了波动，作为该设备成型工艺的主要研发院所，此时此刻，全所上上下下备受煎熬和考验。在谭所长的殷切期望中，在室领导的叮咛嘱托中，工艺组的各位同事顶着巨大的压力、克服家庭困难，全员集合并在第一时间赶赴批量生产现场，面对多方的质疑，大家并没有时间去气馁，也没有时间去委屈，一头扎进了试验现场。尽管每一道试验工序都烂熟于心，但我们仍然从每一个环节、每一道工序、每一组数据上都细致把关，不敢有丝毫的懈怠。试验整整进行了60 余天，北方

谭松培（左一）和一线科研人员在一起

隆冬季节的刺骨寒风、不合胃口的饮食，对于工艺组的成员们来说，都已置身度外。每天夜深结束了一天的试验工作，回驻地的末班车也停运了，我们互相鼓励着、拖着疲惫的身躯步行返回驻地，狼吞虎咽吃完晚饭，全体开会，总结当天的工作要点，布置第二天的试验任务。

工艺组同事们严谨细致、密切配合，在大量的试验数据中找寻问题的核心和关键，最终不辱使命，出色完成了所部的任务和既定的试验目标。

了不起的所长谭松培，成为核八所人心中永远的科研男神。

☆故事新语：

科研成就的背后，其实是一道风景线，山高人为峰，不论你是谁，你为祖国增砖加瓦，祖国对你呵护有加。核工业精神闪烁的地方，不是金光闪闪的锦旗，不是默默无声的秘密，而是你以身许国的那颗核心核魂。

86.被“冠名”的端塞检测装置

2013 年 5 月的一天，刚刚被任命为现场调度的王安平，正在压水堆核燃料元件生产线现场安排着一天的检测任务。“根据压水堆核燃料元件生产线的生产需求，今天大家要完成 4 ~ 5 批，200 至 250 件燃料棒端塞的检测任务……”

“这根本实现不了，我们现在的检测能力一天只能完成 50 件，即使是加班加点也完成不了那么多。”现场检测人员正与王安平争论着。

王安平 2005 年到中核北方核燃料元件有限公司，一直在检测岗位工作。2009 年他被调到中核北方压水堆核燃料元件生产线，开展新生产线检测方法的建立工作。2013 年被派驻到压水堆核燃料元件生产现场，承担起调度工作。

燃料棒端塞是燃料组件的重要零部件，每个压水堆燃料组件需要端塞数量大约 500 件。2010 年起至今，随着中核北方压水堆核燃料元件生产任务的逐年增加，对端塞的年需求量也不断攀升，由 2 万增加到 10 万个，提升了 4 倍。而当时每天 50 件的检测能力已明显不能适应生产的节奏，并造成了端塞批量检测积压。

作为生产调度的他，跟领导反映了这个问题。“这是制约当前生产的一个瓶颈，我们一直在想办法，没有可参考的经验，你是学机械设计的，你也给想想办法……”领导也没少为此事“挠头”。本来是反映问题，没想到却领回个重任，王安平只好硬着头皮说：“我试试吧！”

一台刚完成验收，还没有被利用的条带监测仪吸引了王安平的目光，他详细地了解了性能之后，对它动起了“念头”。

“这台新的检测设备，可以实现工件编程自动测量功能，我只要编写一个程序，设计一个工装，就可以实现端塞的批量检测了。”王安平琢磨着。压水堆燃料棒端塞直径 9.5 毫米、高度 14.3 毫米，以前靠人工一个一个地检测，如果由一次一个变成一次一批，那么就可以打破“瓶颈”。

有了想法的王安平开始着手设计工装，“按照一次检测 150 个的思路设计，放置端塞的格栅间隔为 0.15 毫米，后来发现间隔太小，严重影响检测质量。又将格栅间的距离调整到 0.25 毫米，检测数量降低到 120 个，这回行了，可以实现批量检测。”搞定了工装，还得有配套的程序。有一定理论基础和专业素养的王安平利用所学知识，有条不紊、按部就班地将一个个数据转换成计算机语言。这样还不行，还得让大家都看得懂，都能操作才行，不然可能会给大家增加负担，因为毕竟不是所有的人都可以读懂计算机语言的。后来

王安平想了一个办法，把检测数据自动输出到 Excel 数据表格上，这样既简单又方便。

经过试验检测，利用王安平改装的检测装置进行压水堆燃料棒端塞检测，数量由原来的每天 1 批 50 个提升到 10 批 500 个，年检测能力达到近 20 万个，并且测量结果误差小于 0.005 毫米，检测质量可靠。

王安平设计的工装解决了燃料棒端塞检测能力不足的问题，中核北方公司为宣扬他的首创精神，以他的名字为这个工装进行了“冠名”，命名为“王安平端塞自动化测量工装”。

☆故事新语：

讲“工业故事”，难就难在讲得活、听得懂，还有就是“不油腻”。故事是在文学与生活的边缘地带找个切口，不是把语言搁进去，而是把心灵拌进去，让设备啊设计啊机械啊工艺啊装置啊……都有生命的温度。

第十六节　梦想之核

87.从“零”开始一战成功

“十三五”期间，中核二七二铀业有限责任公司与湖南省合力打造湖南白沙绿岛军民融合产业示范区。

转化厂

作为近年来积极提升产能，并将产业链向后端延伸，以努力打造我国南方铀纯化转化基地的重大项目，中核二七二铀业有限责任公司铀转化项目具有非同寻常的意义。对于这家有着 60 年铀纯化历史的企业来说，铀转化意味着全新的考验，新技术、新工艺、新设备，一切都得从零开始。2017

年 3 月 16 日六氟化铀产品分析合格的再次确认，标志着历时 3 年的建设和调试、连续 18 天的联动试车的铀转化生产打赢了一场攻坚战。

“我宣布，铀转化生产线投料试车现在开始。”2017 年 2 月 27 日 11 时 18 分，二七二铀业转化厂中控室内，随着一声令下，所有人的眼光都聚焦到中控大屏。行车缓缓载着第一桶四氟化铀产品到达立式氟化炉进料口，现场对讲机中传出声音：“报告，电解制氟运行电流已达到 4 万安，可以点火！”历时 3 年建设和调试的铀转化生产线开始了首次联动投料试车。中控室和生产现场响起了期盼而兴奋的雷鸣般掌声。11 时 25 分，中控室监控画面显示第一桶四氟化铀产品全部投入氟化炉中，供料螺旋旋转正常，现场 DCS 显示各项参数运行平稳。铀转化生产线首次投料试车一次点火成功，全面试车攻坚战正式打响。

“核安全是核工业的生命线。”试车前，公司严格遵循“三不开车”的原则，多次对影响开车安全的各类问题进行梳理和整改，并对设备设施进行了一次又一次的“体检”，员工对操作流程进行了一次又一次的模拟操作，为的就是确保试车安全环保。中核四〇四公司、红华公司等兄弟单位专家也在应急、安全等方面帮助开展培训并提出多项建议，为保障铀转化生产线投料试车成功给予了积极支持。

2017年3月4日7时14分，转化厂中控室内，连续忙碌了几昼夜的二七二人，目不转睛地盯着一级冷凝器称重器DCS。数据一点一点往上升，当DCS显示收集六氟化铀产品已达到第一阶段预定收料计划值时，中控室所有人员都兴奋地跳了起来，“到了到了，可以收料了！”大家布满血丝的眼里闪烁着兴奋的光芒。

在收料的这几天中，二七二人用实际行动诠释了“同为试车，不分你我共进退”的精神。员工坚持把在值班内发现的问题解决了才下班，早上班晚下班成了普遍现象。值长1天2个班，管理人员、转化厂班子成员1天3个班成为大家不约而同的默契。

通过前期的生产和冷凝均质，转化试车迎来了关键节点——取样分析。看着样品从管道进入取样器，在场人员的内心激动万分。取好样品，产品专运车进行运送，抵达转化产品验收实验室开始产品分析。等待让时间变得格外漫长。3月7日，第一次分析结果出来了——产品不合格。得到这个消息，公司立即召集技术骨干开分析会。面对一张张强忍失落的面孔，没有埋怨，没有责怪，一场地毯式排查随即展开。对于可能影响产品不合格的原因一一列出，再一一排除，细到每一根管线、每一个操作规程都严格检查分析，不放过一丝一毫。

就这样在边查边改中，他们开始了第二次产品分析。3月16日17时28分，试验室分析员工填完产品数据的最后一笔，露出了喜悦的笑容——产品分析合格！这标志着铀转化试车成功生产出了六氟化铀。

二七二转型不易，根本就是一次伟大的创业转折！他们不需要华丽的转身，只需要让二七二的创业荣耀继续在新时代闪耀、闪耀！

☆**故事新语：**

从零开始，化蓝图为现实，这个零，不是空，不是无，而是弃空从实，“不驰于空想、不骛于虚声，一步一个脚印，踏踏实实干好工作”。戒满克躁，戒急用忍，逢山开路，遇水架桥，才能有战必应、有战必赢、直冲巅峰！

88.元件厂的“酿酒人”

五谷杂粮酿成酒，酒比水香，酒比水浓，但酿酒的人一定是又懂得水又懂得酒的智者。

相传，有两个人向酒神求教如何酿酒。酒神授之以法，二人找齐了所有材料，按照酒神的吩咐把酿酒的材料调和密封好后，耐心等待最佳启封时刻。等待是煎熬的，一人终于忍不住抢先打开了陶瓮，里面却是一汪浑水，酿出的酒又苦又酸。而另外一人，虽然迫不及待，但咬咬牙坚持到了第三天鸡鸣打开陶瓮：一股沁人心脾的美酒啊，甘甜、清澈。

他成功了，只是多等了一天而已。

“成功者，只是多了一点等待和忍耐。”走在中核北方核燃料元件有限公司冶金研究所大楼的楼梯上，这句励志的标语吸引着过往者的眼球。韩志华就是这栋大楼里用20年的坚守验证这句话的一员。

冶金研究所是中核北方下设的一个“厂所合一”的核材料、核燃料元件研究单位，研究并制造了我国大部分实验堆、生产堆用核燃料元件及控制元件。

为了打破国外技术垄断，结束我国钴-60依赖进口的历史，2003年至2006年，依靠国内的技术力量，中核北方自主设计和研制了钴调节棒组件，替代原来的不锈钢调节棒用于生产钴 -60。

2008 年年底，首批钴调节棒组件在中核北方下线并换入重水堆核电机组开始生产。可是辐照后的钴调节棒组件的放射性活度高达近 50 万居里，原来用于不锈钢调节棒出堆的基座根本无法满足防护的要求。“为了满足钴 -60 的生产，彻底打破国外的技术封锁，我们自主设计和研制这个屏蔽容器，以对辐照后的钴调节棒进行屏蔽防护，降低其辐射活度，确保辐照后的钴调节棒组件顺利出堆。”韩志华用带着山东味儿的普通话回忆着当时的情景。

纸上谈来终觉浅，就是把图纸变成实物。说到这里，韩志华流露出一种自豪感，“2009 年，我们受秦山第三核电有限公司委托，开始进行屏蔽基座的研制工作，先后开展了材料选择、模具加工、工艺路线确定等工作，2010 年 4 月就拿出了国内首套产品。2010 年 5 月，该产品成功应用于首批钴调节棒组件的出堆。”

人们常说“通往成功的路往往没有捷径可走”，当时没有任何经验可借鉴的韩志华，只能摸着石头过河。国际上多采用铅和钨等材料，但这些材料除了满足屏蔽要求外，都存在体积大、难于加工、易损坏等缺陷。以韩志华为首的科研团队经过反复研究比对，最后决定用“贫铀”替代铅、钨等材料研制屏蔽体基座。“基座高度大约在1.2米，在国内来说，研制这种大型贫铀结构部件，还属首次。他们当时设计了专门的熔铸和机械加工工艺，以及配套的专用模具和机械加工工装等，解决了大尺寸贫铀部件熔铸和整体机械加工的难题。这也为中核北方以及国家日后开展类似大型部件制造积累了技术和研制经验。”

采用贫铀制造钴调节棒组件出堆用屏蔽基座在国际上也尚属首次。该项目获得的研究成果，具有自主知识产权，在国际上处于领先地位。

周永茂院士曾告诉韩志华，要把核燃料元件当做宠儿来对待。这句话给了他很大的触动。

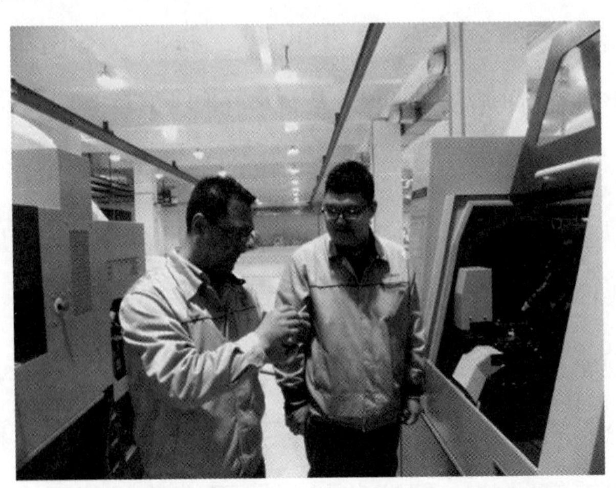

如果把核材料与核燃料元件研制比作“酒”，那么正是因为有了韩志华这样的酿酒人，才有了我国今天核材料和核

燃料元件研制方面的成就，也正是因为有了韩志华们的坚持，核材料和核燃料元件研制这瓮“酒”才越酿越香醇。

☆故事新语：

元件与酿酒，完全不沾边，但奇就奇在这里：用酿酒人作比喻，让你读得醉了。陶醉也是爱，爱读才知味。

89.能当状元的人

1992 年 7 月，胡锦明从长沙工业学校毕业，分配到二七二纯化分厂工作。来到工作岗位后，他虚心向身边的师傅们和科技人员学习，在很短的时间内就熟悉了铀的生产与工艺，并较好地进入了角色，他结合自己所学的专业知识，从熟悉纯化、了解纯化，到改造纯化，充分发挥了自己的聪明才智。

二七二铀业副总工程师胡锦明现场检测数据

1995 年，一项国家级科研课题在二七二厂进行，他服从组织分配，以一名普通科技人员的身份积极配合科研院所开展工作。据胡锦明介绍，也就是在这一次试验工作中，他接触到了本行业顶级的专家，并从中获取了大量的理论知识与试验方法，为其后的研究打下了扎实的基础。2002 年，胡锦明荣获国防科工委科学进步奖银奖。

熟悉他的人都知道：他在技术上取得成功是必然的，因为他静得下心，钻得进去，也就是这份执着，让他走得更远。

胡锦明带领的科研团队对纯化 4 个主工艺流程进行了大量的试验与计算，每一个细节都是在生产中不断完善与改进。10 年间，纯化产能提高了一倍，产品质量水平上升了近 7 个百分点，回收率水平接近了极限值，原材料水平下降了 20%以上，为企业创造效益数百万元。这些成绩的取得并未让他张扬，他总是说“生产不是一个人就能完成的，技术不是一个人就能研究得了的，没有这么多同志的配合，我弄不好。”

2011 年，在铀纯化新线试车的工作中，作为项目工艺组组长的胡锦明，上午到现场了解试车情况，下午对数据进行分析，晚上组织工艺组成员开会商讨对策，提出了很多建设性的意见和建议，对铀纯化新线顺利投产起到了重要作用。

原二七二总工程师黄代富对他的评价是：“对待科研攻关，他有股不成功不罢休的狠劲；对待工艺参数和安全环保规范，他眼睛里容不得半点沙子，坚持原则，绝不让步。”

2012 年 3 月，公司成立铀转化项目工作组，胡锦明任组长。

有着 20 多年工作经验的副总工程师胡锦明这样说："转化是新技术、新工艺、新设备，对于二七二人来说没有现成的东西，没有太多的经验可以借鉴，接到这个项目时，我心里还真的没底儿。"

从 2013 年开始，胡锦明作为转化厂的技术带头人，整理了《铀转化工序手册》，编写了《铀转化资料调研报告》，担负起了数项重大项目的攻关，在废水处理、环评达标等工作中，做出了突出贡献。

2017 年 6 月 27 日清晨 4 点半，转化厂四氟化铀车间实现 24 小时连续运行，生产的四氟化铀样品各项指标全部合格的消息一经传出，原本气氛紧张的中控室和现场值班室内顿时响起工作人员的欢呼声。转化厂试车副总指挥胡锦明一直忐忑的心慢慢平静了下来，这个从不落泪的男子汉跑到办公室关上门，竟然大哭了一场。

从四氟化铀第 1 次开始试车到第 8 次试车成功，在短短的 4 个月时间里，胡锦明的手机里一直有一张四氟化铀试车流程的四维导图，顺利通过的程序标成蓝色，失败的地方标成红色，一次次地尝试、摸索生产中的各项工艺参数。

"我是核二代，核工业精神对我而言，既是一种企业文化，更是一种家庭的传承。产生的似乎是一种天然的共鸣与责任感，给人一种浸润在历史中，而又继往开来的勇气与动力。”这就是他心灵独白的真实写照。

☆**故事新语：**

创业之书写起来难，要有创业之术。要把一份硬邦邦的工作，加入内心的温暖和期待，就要耐得住寂寞。真正创业人，都得有一颗能当状元的心，才能干成事！

90.小组长的大作为

郜松青，是二〇二厂1958年建厂以来的第一位全国劳动模范，一位平凡却有着很多不平凡故事的人……

郜松青

40年的称号

6岁时，他随同父母从河北蔚县老家一起来到包头并在二〇二厂落了户。9岁时，父亲因胃癌而病逝，幼年的他过早地体会到了生活的艰辛。为了贴补家用和购买学习用品，他从小就自己一个人，有时与待他视如己出的继父到二〇二厂周边的荒野去割草，然后卖到农牧场换点钱。为了省煤，他就去捡煤核，小时家里烧的，大都是他捡回来的。贫寒与磨难造就了郜松青吃苦耐劳，坚强善良的意志与品格。艰难困苦，玉汝于成。郜松青自小学起就以品学兼优而当班级中的小组长，这个“职务”一直伴随他近40年。

他有一句话，“干一件事要么不干，要干就尽心尽力争取干得最好。”话语朴素得像我们脚下厚厚的土地，却有生生不息、直冲云霄的力量。

他是个不服输的人，为了弥补自身知识的不足，他一边工作，一边上职工夜校。那时，除了睡觉，他几乎把所有时间都用在了上夜校和去图书馆。“当时的老师傅们在教技能时，往往不解释其中的原理和依据在哪里。”于是，好琢磨、爱较劲的郜松青给自己定了一个目标：“左手向老师傅学功夫，右手向文化人学原理。”就这样，他很快成长为一名理论知识丰富、动手能力强的知识型职工，在厂里举行的多次技术比赛中，每次参赛都能闯关夺隘，榜上有名。

郜松青是1972年从锡林郭勒盟大草原上的内蒙古生产建设兵团抽调回二〇二厂，分配在一车间当维修电工的，1980年被任命为一车间电工组组长，这个职务一干就是20年。他带过的班组成员有许多人说，跟郜师傅在一起工作就是一种幸福，跟着他工作有干劲、有激情、有成就感。工作中，大家有什么难题或棘手问题，都愿向他请教，每次他都不厌其烦地从原理讲起，让员工明白其所以然，然后再手把手地进行操作。他以宽广的胸怀对待员工，以纯朴的人格、高超的技术和模范的行为去带动、影响大家。因此他在不同单位所带过的班组，不是省（部）市先进或厂级先进就是模范班组。

戴眼镜的高手

追求卓越、追求完善，这是部松青几十年来工作的准则。

1987年，他被调入二〇二厂当年军转民的重点企业——纯碱厂，当时，由于动力等诸多原因，该厂生产一直徘徊不前。他组织全组人员对纯碱厂的电气设备逐一摸底，登记造册，按轻重缓急分期分批进行改造。还亲自制定了11项操作规程和检修规程，规范了操作，方便了维修，保证了生产。生产稳定后，他又根据碱厂动力系统严重制约纯碱产量的现状，翻资料、查数据、看现场，利用自己掌握的知识，根据当时国内同行业的动态，在节约能源、安全生产、技术引进、增收节支等方面开展了20多项技术革新和改造。期间，他通过减少“大马拉小车”、采取“照明定时控制”等多种措施，提高电能利用率，降低电耗，仅节约电费每年就高达70万元。

2000年4月，中国第一座重水堆核电燃料元件生产线开始建设，由于工作的需要，他又被借调到重水堆核电燃料元件工程建设筹备处，担任工程建设过程中电气方面的甲方代表。他凭借丰富的知识和维修经验，根据工程建线进度要求从实际出发，提出大大小小多达42项改进方案，均被设计方代表采纳，并以设计院变更的形式下发实施，节约工程资金20多万元，保证了元件工程按期竣工。

郜师傅的高超技艺，让他经常被二〇二厂各单位请去帮助解决疑难问题，有些问题连外国专家都束手无策，每次他都能很快判断出故障原因，并协助处理。美国、加拿大的专家们对此都伸手比划着“OK”的手势表示称赞佩服，称赞郜师傅为解决技术难题的“戴眼镜的高手”。他们也许不知道，这个能耐极高的大工匠仅仅是个小组长。小组长创造的大奇迹是二〇二人的创业新高峰。

☆故事新语：

一辈子当个小组长，其实挺好的，在工友们心中，小组长就是自己的头头，有你就能出头，没你缺个盼头。低头不见抬头见的小组长，时间一久，就是大家公认的高手，一出手就知有没有。

91.在永恒的史册上

一个工厂和四个第一

定格于当代中国核工业辉煌史册上的“四个第一”——第一颗原子弹、第一颗氢弹、第一艘核潜艇和第一座核电站，让古老的东方巨龙获得了生生不息、永续不竭的腾飞动力。被誉为“中国核燃料工业长子”的五〇四厂，在巨龙腾飞的时代里承担着“造血者”的重任，以出产品、出技术、出人才的卓越功勋，称雄于国防和国民经济建设两大主战场，先后为“四个第一”提供了合格装料，成为我国核工业领域著名的核燃料生产基地。邓小平同志曾经说过：如果60年代以来中国没有原子弹、氢弹，没有发射卫星，中国就不能叫有重要影响的大国，就没有现在这样的国际地位。这些东西反映一个民族的能力，也是一个民族、一个国家兴旺发达的标志。胡锦涛总书记视察五〇四厂时高度评价工厂“事关全局”“十三亿中国人民对你们寄予着殷切期望”。

一个工厂的命运和一个国家的四个奇迹如此紧密地联系在一起，在中国乃至世界上都是十分罕见的。在长达60年的建设和发展历程中，五〇四厂这座我国最早的浓缩铀生产企业，一直就是我国核工业从无到有、从小到大、从弱到强的见证者、亲历者、创造者。工厂的主产品高浓铀和系列低浓铀产品是服务国防和国民经济建设的“拳头产品”。为了顺利生产出用于不同需要的合格产品，五〇四厂历经艰苦磨难，千锤百炼，以耿耿丹心，奋勇行进在创业征途上，谱写了一曲曲感天动地的壮丽凯歌。

中央决策：发展原子能事业

新中国成立初期，百废待兴，在经济实力较弱的情况下，以毛泽东、周恩来为代表的第一代中央领导集体毅然决然地把发展我国原子能工业提上重要日程，是非同凡响的英明决策。1955 年 1 月 15 日，毛泽东主持召开了专门研究发展我国原子能事业的中共中央书记处扩大会议，作出了在我国建立核工业、研制核武器的战略决策。毛泽东极其明确而自信地说，我们要不要搞原子弹呀，我的意见是中国也要搞，但是我们不先进攻别人。别人要欺负我们，进攻我们，我们要防御，我们要反击。因为我们一向的方针是积极防御的战略方针，不是消极防御的。这件事总是要抓的，现在是时候了，该抓了。只要排上日程，认真抓一下，一定可以搞起来。

开国领袖一锤定音，中国原子能事业就此扬帆起航。1958 年 5 月 31 日，中共中央总书记邓小平亲自批准在大西北兰州建设我国首座浓缩铀生产企业。五〇四厂从此开启了它不同寻常的神秘历程。

六年苦战：五〇四厂拿出了浓缩铀

早日建成五〇四厂并拿出高浓度的铀–235，是我国研制第一颗原子弹最关键的环节，是核工业战线工作的重中之重。

后来被美国战略研究专家称为“兰州铁腕”的王介福、张丕绪等五〇四工厂第一代掌门人，率领着从全国各地选拔来的创业者，在山环水抱的黄河谷地上夜以继日地为拿出浓缩铀产品而战。在风云变幻的国际形势下，始终处在风口浪尖上的工厂，以只争朝夕的精神忘我拼搏，抢抓时间，提前在1959年11月20日成功实现了主机安装，为从容应对不久之后苏联专家的撤走争取了宝贵时间。从1960年8月起，工厂全面开始了自己动手、从头摸起的技术攻关活动，广大科技人员凭着解剖麻雀式的深入钻研，一步一步向成功掌握核心技术挺进。经过不懈努力，恰逢其时地于1964年1月14日生产出了第一批合格产品，为千呼万唤的我国第一颗原子弹的诞生提供了至为珍贵的“口粮”。

永恒的巨响：我国第一颗原子弹

1964年10月16日，位于新疆罗布泊地区的原子弹实验基地登上了历史舞台。从酒泉运来的原子弹全部部件在实验场的地下装配车间里进行完美无缺的装配，并将核弹体小心地用卷扬机安装在102米高的塔顶上。执行任务的人员作了最后一次检查后，迅速撤离到离实验塔23公里的实验控制室内，通过倒计时，发出了“起爆”命令。紧张激动的时刻到了，蘑菇云升起来了！经过近十年的努力，我国第一颗原子弹爆炸试验成功了！

当天下午5时，在人民大会堂周恩来总理接见音乐舞蹈史诗《东方红》演出人员时，宣布了原子弹爆炸成功的喜讯。当天晚上中央人民广播电台向全世界播送了这一消息。我国第一颗原子弹爆炸试验成功的消息震惊了全世界。最初西方新闻媒介的反应是“中国原子反应堆已运转多年，依此积累一颗原子弹所需要的钚-239，并非难事”。但当国外分析出我们是用铀–235作核燃料后，他们大感惊讶，才意识到中国已掌握了制造原子弹的最关键技术，即铀同位素分离技术，而且还掌握了先进的向心聚爆技术。把原先

为钚弹而开发的技术用于浓缩铀弹，这是一项惊人的成就。

世界震惊，一个工业、科学资源有限的贫穷落后国家，用不到十年的时间，就能取得如此复杂的科学技术成就，更令人吃惊的是，这一成就是在三年经济困难时期实现的。我国有 20 个部（院），20 个省、市、自治区的 900 多家工厂、科研机构、大专院校参加了第一颗原子弹的制造、试验，参与人数达数十万人。

从铀勘探到制造出第一颗原子弹，代价是昂贵的。在 20 世纪 60 年代困难时期，中国靠的就是“勒紧了裤腰带”，才终获成功的。我国第一颗原子弹成功爆炸的喜讯也让朝思暮盼的工厂干部职工欢呼雀跃，那永恒回荡在罗布泊上空的震天巨响，跌宕着全厂干部职工长达六年多的奋斗、拼搏、奉献、憧憬！

永恒的闪光：我国第一颗氢弹

我国拥有第一颗原子弹之后，立即着手开始第一颗氢弹的研制工作。作为世界上几个核大国的绝对机密，氢弹的设计原理和关键技术比原子弹更难以从外界获得。以我国“氢弹之父”于敏为代表的科学家，以极大的爱国热情和科学精神，为揭示氢弹的奥秘进行了不知疲倦的辛勤探索。他们搜集了世界上为数不多的关于氢弹的科学技术报道，从个别有用的只言片语中寻找蛛丝马迹，最终硬是靠中国科学家的智慧突破了众多看似高不可攀的难题，掌握了氢弹设计的关键原理。

氢弹的研制基地在青海，最后组装和爆炸试验在新疆。在运输过程中，为确保列车的安全和稳定，沿途各铁路部门都被命令以高级领导人的标准对待专列，但没有人知道专列上的“高级乘客”就是我国第一颗氢弹。

1967 年 6 月 17 日早晨 7 时多，填充着五〇四厂生产的高浓铀燃料的我国第一颗氢弹，在新疆罗布泊上空试爆成功，升腾起比原子弹爆炸更加巨大的蘑菇云，其爆炸威力达到百万吨级梯恩梯当量。

永恒的遨游：我国第一艘核潜艇

自从第一颗原子弹成功爆炸后，由这座被誉为“中国铀浓缩工业摇篮”的工厂生产的高浓铀产品源源不断地提供给新型核武器的研制，成为新型核武器的“燃料后盾”。具有雄才大略和远见卓识的党中央第一代领导人，早就洞察到要建立一支强大的人民海军，就必须拥有中国自己的核潜艇！这种高瞻远瞩的目光，在20世纪50年代显得激情四溢，令人拍案叫绝，因为那时我国连常规潜艇都不能建造！1958年6月，聂荣臻元帅以自己的名义亲笔起草了研制核潜艇的报告，毛泽东对报告的批示掷地有声："核潜艇，一万年也要搞出来。"

令人倍感骄傲的是，曾经在五〇四厂工作过的著名科学家彭士禄担任我国第一艘核潜艇的总设计师。这位彭湃烈士的后代凭着手中仅有的"资料"——两张外国杂志上发表的并不完全的核潜艇外形照片，开始了默默无闻的科学探索。

从1958年中央批准研制核潜艇，到最终研制成功并交付海军使用，我国第一艘核潜艇整整用了16年时间，比原

子弹、氢弹的研制耗时都长。这主要是因为没有任何可以参照的技术和经验，再加上“文革”时期多次受到冲击和干扰，直接影响了研制工作的进度。多亏有了周恩来、聂荣臻等一代伟人千方百计的爱护和扶持，多次濒临下马的核潜艇研制工程才得以坚持下来。1970 年 8 月 30 日，我国第一艘潜艇核动力装置陆上模式堆达到满功率。1971 年 4 月，核潜艇安装调试工作完毕，并填装了由五〇四厂提供的核燃料。1971 年 8 月，核潜艇开始试航，累计出海 20 余次，航程 6000 多海里。1974 年 8 月 1 日，中央军委发布命令，将我国第一艘核潜艇正式编入人民海军的战斗序列，我国从此成为世界上第五个拥有核潜艇的军事强国。

永恒的辉煌：中国大陆第一座核电站

20 世纪 70 年代末 80 年代初，工厂由单一生产高浓铀产品转向同时可以生产不同浓度的系列低浓铀产品，为加快中国大陆核电事业“零的突破”创造了有利条件。这些低浓铀产品，后来直接应用于中国大陆第一座核电站——秦山核电站，五〇四厂为国民经济发展作出了新的重要贡献。

秦山核电站是我国自行设计、建造和运营管理的第一座 30 万千瓦压水堆核电站，从 1985 年 3 月 20 日开工，到 1991 年 12 月 15 日首次并网发电，结束了中国大陆无核电的历史，被誉为“国之光荣”。秦山核电站投产以来，机组运行一直处于良好状态，成为中国自力更生和平利用核能的典范。作为我国最早建成并持续发展的核电基地，秦山核电基地拥有 9 台运行机组，总装机容量 654.6 万千瓦，年发电量约 500 亿千瓦时，是目前我国核电机组数量最多、堆型品种最丰富、装机容量最大的核电基地。它的成功设计、建造和运行，为我国大规模开展核电建设提供了宝贵的经验。近年来，为了满足未来我国核电发展的需要，五〇四厂正在加快提升核燃料生产的技术、能力和规模，确保在新的历史时期继续谱写壮国威、扬军威的时代华章。

五〇四厂的建设和发展，始终与党的事业交相辉映，始终与祖国和人民的需要心心相印，始终忠实地记录着、体现

着“事业高于一切，责任重于一切，严细融入一切，进取成就一切”的核工业精神。

☆**故事新语：**

在中国核工业创业史的坐标上，五〇四的“四个第一”和核工业的“四个一切”是最伟大的支点。任何执意的虚构或刻意的杜撰，都是多余的。创业初心不老，创业旗帜不倒，创业步伐不辍，伟岸的创业潮必将让勇立潮头的核工业精神，再次领航我们的事业，让该辽阔的继续辽阔，该辉煌的继续辉煌，该奔放的继续奔放。祖国如此多娇，引无数英雄竞折腰！创业不是想象中的穿越，而是有足够勇气和足够智慧的担当，自信百年千载，创业初心永在！

后 记

党的十九大报告指出，要坚定文化自信，推动社会主义文化繁荣兴盛。2018 年，是核工业第一批厂矿创建 60 周年。为贯彻落实党的十九大精神，回顾核工业第一批厂矿创业发展的光辉历程，展现老一代核工业创业者们以祖国需要为崇高使命的精神追求，激励新一代核工业人继承核工业精神及优良传统，落实强军首责，在传承中创新发展。中核集团党组决定，开展核工业第一批厂矿创建 60 周年宣传文化活动。编写《核梦初心》故事集和《核梦璀璨》照片集是纪念活动的内容之一。

《核梦初心》自 2017 年 6 月开始征稿，征集范围涵盖了核工业第一批厂矿及相关单位，共收到来自 17 个单位，500 余篇故事，200 余幅图片，总字数达 86 万字。编辑部对故事集章节进行合理设置，故事文风、叙述角度进行统一，文字内容进行核对，突出故事内容的情感化、文学化，经专家组多次审核、反复斟酌，编辑部多次进行修改、补充、完善，最终《核梦初心》成书 91 篇。

本书编写过程中，中核集团党群工作部牵头负责组织，中国原子能工业有限公司具体承办，由中核兰州铀浓缩有限公司具体负责编撰工作，邀请了中国核建集团党群工作部参与，中国铀业有限公司、核工业二二一离退休人员管理局、中核北方核燃料元件有限公司、中国原子能出版社等单位全程参与了故事集的组织、编写、修改、统稿和出版工作，对参与单位表示衷心感谢。另外，特别感谢火箭军军史馆、“两弹一星”历史研究会的大力支持。

在此，要特别感谢专家团队郑庆云、汪兆富、谢建源、杨志平、费本涛、沈振华对本书编写进行具体指导并提出宝贵意见，杨志平对本书进行了统稿。

由于时间跨度大、涉及面广、加上编写出版时间较短，书中难免有不尽如人意的地方，恳请广大读者批评指正。

最后，向所有撰稿者和支持本书编写出版工作的单位和个人表示真挚的感谢！

编　者